W0047856

SCIENCE FICTION

Herausgegeben
von Wolfgang Jeschke

Die Untiefen der Sirenen

*Eine Auswahl
der besten Erzählungen*

aus

THE MAGAZINE
OF FANTASY AND SCIENCE FICTION

93. Folge

Zusammengestellt von
Ronald M. Hahn

Deutsche Erstveröffentlichung

WILHELM HEYNE VERLAG
MÜNCHEN

HEYNE SCIENCE FICTION & FANTASY
Band 06/5429

Deutsche Übersetzungen von
Michael K. Iwoleit
Das Umschlagbild malte Stefan Theurer

Redaktion: Werner Bauer
Copyright © 1993, 1994 by Mercury Press, Inc.
(Einzelrechte jeweils am Schluß der Erzählungen)
Copyright © 1996 der deutschen Übersetzungen
by Wilhelm Heyne Verlag GmbH & Co. KG, München
Printed in Germany 1996
Umschlaggestaltung: Atelier Ingrid Schütz, München
Technische Betreuung: M. Spinola
Satz: Schaber Satz- und Datentechnik, Wels
Druck und Bindung: Elsnerdruck, Berlin

ISBN 3-453-09469-7

INHALT

Maureen F. McHugh

VIRTUELLE LIEBE

An Virtual Reality gefällt mir am besten, daß man damit alles machen kann; nicht bloß die offensichtlichen Sachen, zum Beispiel jemanden umbringen oder ein Archäologe in Peru sein, obwohl das dann und wann auch Spaß macht, sondern vor allem mit Leuten zusammenzuhängen und dabei sein, was man sein will. Ich habe zwölf verschiedene Persönlichkeiten. Einige von ihnen, wie Lilith und Marty, nehme ich nicht allzuoft an, aber der Gedanke gefällt mir, daß ich sie in Reserve habe, und wenn ich ein Vamp sein will, kann ich mich in Lilith verwandeln, auf eine Party gehen, mitternachtsblaue Ziermünzen an den Kleidern tragen, um mein fuchsrotes Haar vorzuzeigen, virtuelle Martinis trinken – haben Sie je echte Martinis probiert? Himmel! – und meine virtuellen Hüften schwingen, wie ich will.

Es erfordert Talent, sich durch virtuelle Welten zu bewegen. Wenn jeder alles sein kann, wird das Wetteifern um Aufmerksamkeit ein hartes Geschäft. Jeder kann eine perfekte Figur, perfekte Beine, perfektes Haar, perfekte Lippen haben, eine Garderobe im Wert von einigen Hunderttausend. Man muß eine besondere Ausstrahlung haben, verstehen Sie? Es geht nicht mehr um Geld oder die genetischen Vorteile, mit denen einen Mutter Natur ausgestattet hat, oder um die Zufälle von Krankheiten und Schicksal, es geht nur noch um den Geist. Da draußen, gekleidet als Lilith oder Alicia oder Terese, kommt es auf reine Energie an, auf die reine Flamme eines Geistes, der wie ein Elektronenfeuer lodert. Elektronen, die im Licht tanzen. Und wer kann wissen, was der Tanz und was der Tänzer ist?

Nun, ich kann's schon, Schätzchen, aber du kannst es nicht, und das ist doch wohl der Knackpunkt, stimmt's?

Ich habe ein VR-System in meiner Wohnung. Es ist nicht das beste, man muß sich reinsetzen, aber was soll's. Meine Handschuhe sind gebraucht; es sind gute Handschuhe, ein englisches Fabrikat, DNRs. Für meinen Helm mußte ich einen Haufen hinblättern, Sie glauben ja nicht, was so ein Helm kostet. Es ist einer von Mitsubishi, nicht der teuerste, aber zweifellos High End. Ein leichtes Teil, was für mich sehr wichtig ist, wenn ich's längere Zeit trage. Ich ziehe die Handschuhe an, setze den Helm auf, und dann kommt dieser Moment, bevor das System anspringt, wenn auf dem Schirm alles schwarz ist, kein Laut an meine Ohren dringt und ich im prävirtuellen Dunkel schwebe, als sollte ich erst noch geboren werden. Gerade genug Zeit, um tief Luft zu holen, bevor ich reingesaugt werde …

Ich bin in der Garderobe. Es ist eine schmuddelige kleine Kammer, so wie die, wo Schauspieler sich für ein Stück zurechtmachen. Ich sehe die Handschuhe an meinen Händen, rubinrot wie Judy Garlands Schuhe in *Ein zauberhaftes Land*, aber kein Gesicht im Spiegel, was kein Wunder ist, denn ich habe mir noch keins ausgesucht.

Ab und zu gehe ich unsichtbar raus. Man nennt das Lauern. Als ich achtzehn wurde und erstmals vollen Zugriff auf alle Sektionen hatte – einschließlich der für Erwachsene –, habe ich's dauernd gemacht. Ein paar Jahre lang hatte ich keinen Körper und habe mit niemandem gesprochen. Ich sah nur zu, lernte gewissermaßen die lokalen Gebräuche. Ich wurde zu einem Kenner menschlicher Persönlichkeiten. Ich konnte gleich erkennen, wenn sich jemand eine Gestalt ausgesucht hatte, die nicht seinem Wesen entsprach, wenn ein achtzehnjähriges Kind versuchte, als fünfunddreißigjähriger Cary Grant durchzugehen. Am liebsten beobachtete ich Leute, die es richtig machten, so daß man nicht merkte, daß sie nicht die Personen waren, als die sie sich ausgaben, und dann habe ich fachmännisch mit der Zunge geschnalzt und gesagt: »Ach ja, ich verstehe, wie das gemeint ist.« Nämlich dann, wenn ich an ihrer Stelle dieselbe Wahl getroffen hätte.

Am Ende konnte ich's nicht mehr aushalten. Zu dieser Zeit entwarf ich die grüne Kammer. Zuerst erfand ich Sulia. Ich hatte nicht vor, in Sulias Haut zu schlüpfen, aber ich wußte, daß sie etwas Außergewöhnliches war, die impulsivste meiner Persönlichkeiten. Sie ist groß, und über ihren braunen Rücken fällt ein Wasserfall von schwarzem Haar. Sie ist muskulös, schlank und auf eine unschuldige Weise wild, mit einem wunderbar offenen Lächeln. In der grünen Kammer, wo mich niemand sehen kann, nahm ich oft stundenlang ihre Gestalt an, genoß es einfach, sie zu sein. Dann kam aber dieser Moment, wenn ich den Helm absetzte und mir zu Bewußtsein kam, daß es doch nur ich gewesen bin. Und das war mir zuwider.

Aber ich muß wirklich in kühner Stimmung sein, um mich in Sulia zu verwandeln. Ich habe sie als erste entworfen, und sie war ein Meisterstück, aber ich bin nicht als erstes in ihre Haut geschlüpft.

Ich habe mit Terese angefangen. Terese ist ein blasses, zartes Ding und trägt ein weiches, geblümtes Kleid, hellgrün und rosa, so daß es zu ihrem hellen Haar paßt. Terese beherrscht einen Raum nicht, sie wirkt darin eher wie ein Parfüm. Terese kann gut zuhören, und Menschen vertrauen sich ihr an. Menschen sagen ihr die erstaunlichsten, intimsten Dinge, wenn man sie läßt. Es war einfach, Terese zu sein, denn einer ihrer Vorzüge ist ihre Ruhe. Die Leute halten sie für zurückhaltend. Ich kann sehr ruhig sein.

Heute, glaube ich, werde ich's mit Alicia versuchen.

In ihre Rolle bin ich in letzter Zeit am häufigsten geschlüpft.

Neben dem Make-up liegen viele andere Sachen auf dem Tisch. In einer Knospenvase steht eine Rose – das ist Terese. Wenn ich die Rose in die Hand nehme, verwandele ich mich in Terese. Wenn ich die Goldkettchen aufhebe, bin ich Alicia, eine schlanke Frau mit warmem braunen Haar, das zu einem französischen Knoten gebunden ist. Fast alle meine Persönlichkeiten haben langes Haar. Das macht mir Sorgen, aber mein Haar ist dünn und mausbraun, und ich wollte immer langes Haar haben, obwohl das soviel Arbeit macht. Dennoch habe ich Angst, daß das zu meinem Markenzeichen werden könnte. Sie sollten sich alle voneinander unterscheiden, alle Individuen sein.

Alicia sieht mich aus dem Spiegel an. Ihre sonnengebräunten Arme sind glatt und nackt, und sie trägt ein schlichtes, elfenbeinfarbenes Unterhemd. Das ist Alicia, einfach, schmucklos und direkt.

Ich strecke den Zeigefinger aus und bewege mich zur Tür. Ich öffne die Tür und gehe hinaus in die Welt.

Der Zugang ist eine große Lobby mit aushängenden Menüs. Ich studiere die Menüs, überspringe die Spiele – *Illuminati, Tempelritter, Cthulhu, Voodoo-Reiter, Internationale Spione* – und suche nach etwas Interessantem. *Bei den Ärzten* ist in Ordnung, da war ich schon mal. *Das Schwarze Loch* ist lustig. *Alpträume* ist Unfug. *Bei Madame Stael* ist eines meiner liebsten Ziele, deshalb tippe ich auf das Menü, und die Aufzugtür öffnet sich. Im Aufzug atme ich tief durch.

Die Aufzugtür öffnet sich, und ich sehe in einen langen Saal, etwas ähnliches wie der Spiegelsaal in Versailles. Zur Linken befinden sich Fenster, die auf einen Garten hinausgehen, zur Rechten imposante, golden gerahmte Spiegel, und zwischen den Spiegeln die Türen zu den Salons. Ich begebe mich ins Café, drei Türen weiter.

»Allô, Alicia«, sagt Paul-Michel, der Barmixer.

»Champagner?«

»Ein Glas Bordeaux-Wein.« Paul-Michel ist ein Eliza-Programm. Er läßt einen stundenlang über seine Sorgen plaudern und vergißt nie einen Namen. Das Problem ist nur: wenn die Sysop Aufsicht führt, hört sie mit.

Es sitzen ein halbes Dutzend Leute im Café, am Fenster ein Typ, den ich noch nie gesehen habe. Er sitzt – ob zufällig oder mit Absicht – an einer Stelle, wo das Licht auf ihn fällt wie auf eine Gestalt in einem holländischen Gemälde von Jan Vermeer. Sein Gesicht ist ein Licht- und Schattenspiel, jung, mit vollen Lippen und dunklen Augen. Das Gesicht eines Engels.

Er ist interessant. Alle Männer sehen gut aus, aber zur Zeit scheint die virtuelle Szene von diesen zynischen, weltverdrossenen, charmanten Matinee-Halbgöttern überlaufen zu sein. Manchmal hat man den Eindruck, als kauften alle ihre Gesichter im selben Laden ein. Sein Gesicht dagegen sieht nicht so gemacht aus, man könnte es für sein echtes Gesicht halten. Das trifft natürlich nicht zu. Aber *es sieht so aus*. Das ist die Kunst.

Er lächelt mich an, weil ich ihn ein wenig schüchtern ansehe. Deshalb nehme ich mein Glas Rotwein und setze mich zu ihm an den Tisch. Ich muß nur den Zeigefinger ausstrecken, damit mein System mich durch den Raum bewegt, aber das Interface ist so programmiert, daß ich für jeden, der mich beobachtet, wirklich gehe. Mit Hilfe eines schwarz erstandenen Spline-Programms habe ich für jede meiner Persönlichkeiten einen anderen Gang programmiert; Sulia geht wie eine Gepardin, aber Alicia hat einen noch geschmeidigeren Gang. Mir gefällt die Vorstellung, sie sähe so aus, als habe sie in ihrer Jugend Tanzstunden genommen. Ich hätte selber gern getanzt.

»Hallo«, sagt er. »Ich bin Ian.«

»Hallo, Ian«, sage ich. »Alicia.«

Die Tischplatte besteht aus zerkratztem Holz. Draußen ist ein schöner Tag, der Himmel von einem klaren Blau, und die Leute spazieren über die Champs Élysées. Wir können den Eiffelturm durchs Fenster nicht sehen, nur draußen könnten wir's.

Gewöhnlich fragen die Leute so was wie »Kommst du oft her?« oder »Bist du lokal?«, was bedeutet, daß sie wissen wollen, ob man über eine Ortsleitung oder durch einen Dienstleister hier ist. Ich lüge immer und behaupte, daß ich einen Dienst in Anspruch nehme. Aber er fragt gar nicht erst, sagt statt dessen: »Wer hier sitzt, meint man, müßte eine Skizze fertigen oder ein Gedicht schreiben oder etwas in der Art.«

»Bist du Künstler?« frage ich. Aber natürlich weiß ich es schon. Wenn ich ihn anschaue, sehe ich, woran er arbeitet. Er ist sein eigenes Kunstwerk.

Aber er schüttelt den Kopf. »Mir gefällt's hier«, sagte er. Ich weiß nicht, ob er den Salon oder das Café meint. Oder bloß diesen Platz am Fenster. Er sieht hinaus, und ich tue es ihm nach. Ein Paar schlendert Arm in Arm vorbei. Sie ist blaß und hat rote Haare, das quintessentielle französische Mädchen, und er ist dunkelhäutig und sieht aus wie ein Seemann. Sie sind perfekt, schlicht und unkompliziert. Er bleibt stehen, um sich das Halstuch zu binden, und für einen Moment wünsche ich, ich wäre sie – was schon seltsam ist, denn im Augenblick bin ich Alicia, und es gibt nichts an mir auszusetzen. Ich bin, was ich zu sein wünsche. Dieses Paar dort existiert nicht einmal wirklich, es ist eine Fensterdekoration, entworfen von der Sysop – der System Operatorin –, die Cassia heißt und mit der ich schon einmal gesprochen habe.

Ich wende den Blick ab und stelle fest, daß Ian mich ansieht. Es ist mir peinlich, und ich frage mich, ob meinem Gesicht meine Gefühle anzusehen sind.

»Du bist wirklich schön«, sagt er.

Meine Brust zieht sich zusammen, und ich fühle mich ertappt, nackt. Was hat ihn dazu veranlaßt? »Hier«, sage ich, »kann jeder schön sein.« Ich wollte nett sein, ihm irgendwie sagen, daß es nichts bedeutet, aber es klingt ungewollt geringschätzig. Er wird rot.

Das ist ein wirklich netter Zug, und ich frage mich, wie er das fertigbringt; mein Programm ermöglicht kein Erröten.

»Kopien von etwas Schönem sind nicht wirklich schön«, sagt er. »Sie sind perfekt, aber alle gleich.«

»Was macht wirkliche Schönheit aus?« frage ich, ohne aber schon, was er sagen wird. Irgend etwas über Originalität.

»In wirklicher Schönheit«, sagt er, »ist immer etwas Seltsames, eine Asymmetrie.«

Alicia ist in keiner Hinsicht asymmetrisch. Ich habe sie Tänzerinnen nachempfunden. Und jetzt gibt er mir das Gefühl, ich sei anders als Alicia. »Ich weiß nicht, ob ich dich richtig verstehe«, sage ich leichthin.

Er schüttelt den Kopf. »Ich kann mich nicht besonders gut ausdrücken.«

»Vielleicht bist du kein Dichter.« Ich versuche zu lächeln und die entsprechenden Geräusche zu machen. Damit die Sache nicht zu ernst wird.

»Nein«, sagt er scharf, abrupt. »Das bin ich nicht.«

Konversationen im Salon nehmen manchmal seltsame Wendungen, werden plötzlich sehr vertraulich, weil man es nicht selbst ist, der redet, oder besser, man es *doch* selbst ist, der hinter dem Schutz einer Maske redet.

»Ich habe dich noch nie im Salon gesehen«, sage ich.

»Ich habe gelauert«, erklärt er. »Bin herumgegeistert. Ich habe dich schon mal gesehen. Darf ich dir eine Frage stellen?«

Ich antworte mit einem Achselzucken.

»Hast du mehr als eine Persönlichkeit? Wenn ich dir zu nahe trete, sag's mir. Aber es gibt da eine andere Frau, die gelegentlich hierher kommt, und etwas an ihr erinnert mich an dich. Eine ältere Frau in einem gemusterten Leinenkleid und mit zurückgekämmtem Haar.«

Kristiana. Ja, sie ist meine Persönlichkeit, aber sie und

Alicia haben nun wirklich nicht das geringste gemeinsam. Sie sind völlig verschieden; Kristiana ist eine alte, kluge Frau, groß und stark, das grauweiße Haar mit einer ockerfarbenen Schnur zu einem Knoten zurückgebunden. »Nein«, lüge ich. »Ich bin nur ich.«

Er lächelt, scheint aber verwirrt. Und ich denke angestrengt nach, wann ich das letzte Mal als Kristiana aufgetaucht bin. Ich schlüpfe nicht oft in ihre Haut. Fast nie, wenn ich in den Salon gehe. Ich bin versucht zu fragen, ob er sie wirklich im Salon gesehen hat. Ich könnte lügen und behaupten, ich habe noch nie eine solche Person gesehen.

Er beißt sich auf die Lippen. »Sie hat etwas an sich, das mich an dich erinnert ...«

Wie ein Kaninchen im Scheinwerferlicht sitze ich reglos da und höre zu.

»Die Leute hier sind alle gleich, aber sie hat etwas Besonderes. Sie, sie ist ... schön. So wie du.«

»Danke«, sage ich. Wie dämlich. Ich bin froh, daß ich nicht rot werden kann. »Kennst du die Leute hier?« frage ich, zeige auf diesen und jenen und erzähle ihm etwas über sie. Gelbauge und Greg, Lizabeth R. Ich lenke ihn bloß ab. Und er lächelt, nickt und macht die entsprechenden Geräusche, aber wenn ich auf jemanden deute, kann ich seinen Blick auf mir spüren.

Nach einer Weile sage ich: »Ich will mich noch mit ein paar Freunden in einer anderen Sektion treffen, aber es war sehr nett, sich mit dir zu unterhalten. Vielleicht sehen wir uns mal wieder.«

»Einen Moment«, sagt er. »Wie kann ich mit dir Kontakt aufnehmen?«

»Die Welt ist klein«, sage ich. »Wir werden uns schon wieder über den Weg laufen.«

Alicia schlendert hinaus, aber ich weiß, daß ich fliehe.

Wieder in der grünen Kammer, nehme ich das ockerfarbene Haarband, das Kristiana immer trägt. Die ernste

Kristiana, was soll sie mit Alicia gemeinsam haben? Kristiana, die selten lächelt, sich langsam bewegt – nicht weil sie alt ist, sondern ernst und bedächtig. Alicia ist ganz und gar nicht wie sie.

Vielleicht ist das bloß ein Zufall. Er ist neu, er ist herumgegeistert. Oder vielleicht ist es eine Geste, ein kleiner Schnitzer womöglich, etwas, das von Alicia auf Kristiana übergegangen ist.

Ich schlüpfe in Alicias Rolle. Sie ist auch ernst. Ich habe immer gedacht, sie hätte eine Würde eigener Art, aber vielleicht gibt es gar keinen Unterschied zwischen Alicias Würde und Kristianas Bedächtigkeit. Oder Tereses Ruhe. Vielleicht sind sie alle gleich.

Nein, Sulia ist anders, und Lilith, der Vamp mit ihrem fuchsroten Haar, und Stork, die wie ein Lastwagenfahrer flucht, virtuellen Scotch trinkt und Poker spielt.

Schön. Er sagte, sie seien beide schön. Sulia ist schön. Sogar Stork mit ihren Sommersprossen und breiten Knochen. Stork ist eigentlich nicht besonders hübsch, aber *ich* finde sie schön. Für mich sind sie alle schön.

Ich lasse Alicia fallen und bin für den Spiegel wieder unsichtbar, öffne die Tür, geistere durch die Lobby – um mir *Bei Madame Stael* auszusuchen – wieder den Fahrstuhl rauf und lauere im Café. Um ihn zu beobachten, wie er dort im Licht sitzt. Um festzustellen, ob er in andere Menschen hineinsehen kann. Um in ihn hineinzusehen.

Der Barmixer Paul-Michel blickt nicht auf, als ich durch die geschlossene Tür geistere.

Der Stuhl am Fenster ist leer. Er ist gegangen.

Und ich bemerke, daß ein anderes Licht strahlt, nicht mehr so heiß und hell wie zu dem Zeitpunkt, als er noch hier saß.

Er war auch schön.

Einige Tage lang bin ich ein Geist. Ich spuke durch den Salon, sitze in Kairo in weißem Leinen unter tiefhän-

genden Deckenventilatoren, schau in alle lokalen Treff-
punkte rein, wo er sich aufhalten könnte. Orte, die
seinem Geschmack entsprechen müßten. Aber woher
sollte ich seinen Geschmack kennen? Niemand würde je
auf den Gedanken kommen, daß dieselbe Frau, die als
Alicia den Salon mag, auch Stork sein könnte, die das
schmutzige Gerede im Schwarzen Loch bevorzugt.
Oder Sulia, die im Getümmel der Metro aufblüht. Er
könnte überall sein. In beliebiger Verkleidung. Vielleicht hat er mehr als eine Persönlichkeit.

Natürlich hat er mehr als eine Persönlichkeit.

Deshalb schaue ich mich in allen möglichen Lokalen
um. Ich finde ihn im Ratskeller, wo er sich über Politik
unterhält. Ich erkenne ihn im selben Moment, als ich ihn
entdecke, auch wenn er jetzt ein langhaariger, radikaler
Student ist, der einen Mantel aus der französischen Revolution trägt. Er ist lebhaft, interessant auf eine Weise,
wie es die blassen Kopien um ihn nicht sind. Seine
Handschrift fällt sofort ins Auge. Es liegt nicht an einer
einzigen Eigenheit, denn dieser Student ist von Ian so
verschieden wie Kristiana von Alicia, und doch sind
beide so intensiv, so originell; sie haben Stil. Er ist ein
Künstler. Er ist jemand, mit dem ich reden kann, und
der begreifen wird, warum ich etwas bewundere.

Ich gleite in die Lobby zurück, geistere heim in die
grüne Garderobe – und mache eine Pause. Wen habe
ich für den Ratskeller? Wer kann in einem ziegelsteiner-
nen Kellergewölbe sitzen und beim Lärm der Band über
Politik reden?

Ich hebe ein Männerarmband auf. Marty könnte
hingehen. Marty sieht mich an. Marty ist klein, adrett,
ziemlich geschniegelt. »System«, sage ich laut und tue
etwas, was ich fast nie tue, wenn ich eine Persönlichkeit
erst einmal fertiggestellt und benannt habe; ich ändere
Marty. Statt seines ordentlichen Anzugs ziehe ich ihm
einen langen, leicht abgewetzten Haifischledermantel
an. Und ich setze ihm eine Brille von der Art auf, über

deren Rand man hinwegsehen kann. Ich hebe seine Schläfen, nehme ihm etwas Haar weg, arbeite schnell, obwohl ich weiß, daß eine Reparatur zu lange dauern könnte, wenn ich einen Fehler machen sollte, daß *er* dann fort sein könnte. Ich versehe Marty mit einem schmalen Haarzopf und einem Paar kniehoher Stiefel. Er ist eine Mischung von Epochen und Stilen, verwegen und genau richtig für den Ratskeller. Ich speichere ihn als Mick, und die Brille wird sein Icon.

Ich durchquere die Lobby, und der Fahrstuhl braucht eine Ewigkeit. Ich weiß, daß er weg sein wird. Ich stapfe durch eine Berliner Straße, sehe mein Spiegelbild in den Fenstern, bewege mich so geschmeidig wie Marty, trotz Micks schwerer Stiefel, aber es ist zu spät, um das zu korrigieren. Vorbei an den grünhaarigen Huren, die in der Kälte bibbern und »Hey, Englishman« rufen, weil sie meinen, daß Mick wie ein Brite aussieht. Vielleicht habe ich was Irisches, überlege ich, während ich weitergehe, voll auf Adrenalin, wie ein Wilder improvisiere, erschrocken und erregt.

Er ist noch da. Und bemerkt mich nicht einmal, als ich eintrete. Das weißhaarige Mädchen mit der tätowierten Schlange, die sich ihren dürren Arm emporwindet, schenkt mir ein Bier in einem dieser hohen Gläser ein, ein virtuelles Bier. Und ich stütze mich auf die Theke, beobachte die Leute und warte darauf, daß er mich bemerkt. Mal sehen.

Sein Blick streift mich einmal, ohne daß er mich erkennt. Meinetwegen, ich habe Geduld. Ich schaue auf die Poster, Marlene an der Wand in ihrer Pose als blauer Engel. Von einem Plakat der Arbeiterbewegung schaue ich zu ihm zurück, und wieder streift mich sein Blick — eigentlich sieht er mich gar nicht an, er hört jemand anderem zu. Sein Blick schweift umher. Seine Augen sind tiefblau.

Und dann wenden sie sich mir wieder zu; wir sehen uns an.

Ich habe einen Fehler gemacht. Ich hätte ihn ignorieren sollen. Sein Haar ist vom wilden Grauschwarz einer Sturmwolke, umgibt weich und voll sein Gesicht. Er ist ein Meister. Und er kann durch die Maske in mich hineinsehen, alle Unsicherheiten und Bedürfnisse erfassen, aus denen ich meine Persönlichkeiten forme.

Als er mich ansieht, vergesse ich Mick, ebenso wie ich Alicia vergessen habe. Ich kenne mich, eine kleine Frau in einem Rollstuhl, mit Gurten festgehalten, die einen VR-Visor und Handschuhe trägt. Eine Frau, die in keiner Tretmühle laufen könnte, weil sie keine Beine hat, um darauf zu stehen. Flossenbabies nennt man uns, wenn wir klein sind, Robbenbabies, und obwohl ich weiß, daß ich dankbar dafür sein sollte, mit normalen Armen und Händen geboren zu sein, bin ich es nicht. Ich bin es einfach nicht. Ich will normal sein. Er ist so schön und schrecklich wie ein Engel, einer von den Thronen der Seraphim, den Vieläugigen an Gottes Seite, und in der Hitze seines Blicks fühle ich die Maske wegschmelzen, und ich werde entblößt als das, was ich wirklich bin.

Ich greife nach dem Visor, weil das die schnelle Art ist, um wegzukommen, denn gleich breche ich in Tränen aus.

»Warte!« ruft er und unterbricht das Gespräch. »Warte mal, ich kenne dich!«

Das ist ja das Problem, denke ich, halte aber inne.

Der Stuhl poltert hinter ihm, als er aufsteht – der Sysop des Ratskellers muß gut sein, daß solche Sachen hier vorkommen – und zu mir herüberkommt. »Wie heißt du?« fragt er.

»Mick«, sage ich.

Er ist groß diesmal, sehr groß sogar, über einsachtzig, würde ich sagen. Er wäre selbst gegenüber Sulia noch groß, die die größte meiner Persönlichkeiten ist.

»Ich habe nach dir gesucht«, sagt er. »Seit du aus diesem französischen Lokal verschwunden bist. Ich habe auf die Tu-Do-Straße hinausgesehen, von der Veranda des Continental, und habe dir eine Nachricht auf dem Mond hinterlassen.«

Ich bin dort gewesen, aber nur als Geist, deshalb hat mir niemand gesagt, daß eine Nachricht auf mich wartet.

»Erzähl mir, wie du diesen Gang hinkriegst«, sagt er. »Erzähl mir, wie du es schaffst, daß deine Verkörperungen so... wie soll ich's ausdrücken? Nicht auffällig. Nicht so wie meine. Meine Rollen sind alle so offenkundig, aber deine. Ich habe eine Weile gebraucht, um zu merken, wie gut du bist. Du bist mehr als gut, du bist... du bist eine Künstlerin. Je mehr ich dich ansehe, desto mehr sehe ich.«

Ich schüttle den Kopf. Es war ein Fehler, ihn zu treffen. Er ist grausam, ohne es zu wollen. Er läßt mich die Illusion erkennen. Ich sollte ihn nach dem weißen Licht im Café fragen, dem Vermeerschen Licht, und wie er das Rotwerden hinbekommen hat. Ich kann aber nicht.

»Ich kann nicht mit dir reden«, sage ich.

»Du kannst nicht gehen«, sagte er. Er faßt meine Hand, und ich spüre seine Hand durch den Handschuh. Ich ziehe sie weg.

Die Treppe hinaus, rauf auf die Straße, an den grünhaarigen Nutten vorbei, die in ihren Shorts zittern. Ich sehe mich ständig um, ob er mir folgt, aber er tut es nicht. Zurück zum Fahrstuhl, zurück in die Sicherheit der gelben Kammer. Wieder in dem Stuhl, um Mick abzuwerfen und zu weinen. Ich sitze unsichtbar da und weine die ganze Zeit. Ich weiß nicht, was ich tun soll.

Er hat es für mich zerstört. Ich kann nicht mehr da raus; was ist, wenn ich ihm noch mal über den Weg laufe? Aber was soll ich tun, wenn ich mit VR nichts mehr anfangen kann? Wie sollte ich sie alle aufgeben? Wie soll ich meine Tage verbringen, in meinem Stuhl sitzen, auf den Bildschirm starren, meine Jobs als Textverarbeiterin erledigen und sie übers Modem schicken, manchmal tagelang am Stück nichts sagen und auf einen Anruf meiner Eltern warten, der die Monotonie unterbricht? Ich hasse ihn. Ich hasse ihn für das, was er aus meinem Leben gemacht hat.

Du bist schön, sagte er. Aber ich weiß, daß es nicht stimmt.

Ich kann mich von der grünen Kammer nicht fernhalten. Ich geistere herum, habe mit einer neuen Persönlichkeit angefangen; eine Kopie, die niemandem auffallen wird. Aber ich kann es nicht ertragen, will nicht in diese Rolle schlüpfen. Sie hat nichts Magisches an sich. Ich kann nicht vergessen, wenn ich sie annehme. Ich werde nicht lebendig. Deshalb mache ich mir nicht die Mühe, sie zu speichern, und ich werfe sie aus dem System, um mir etwas auf dem Videoschirm anzusehen.

Aber wenig später bin ich wieder da, poltere durch die grüne Kammer. Nichts zu tun, niemand, mit dem ich reden kann. Ich könnte einen Dienstleister finden, meinen Mitgliedsbeitrag entrichten und für die Minuten bezahlen, die ich im System bin. Er ist ein Lokaler, so wie ich. Ich würde ihn nicht mehr treffen, wenn ich das lokale Netz verlasse. Aber ich verdiene nicht genug, nicht um meine Rechnungen zu bezahlen oder die Frau, die ich zum Putzen angestellt habe. Es ist zu teuer. Ich brauche die lokalen Sektionen. Wie ein Süchtiger.

Ich wage nicht einmal, die Icons in die Hand zu nehmen. Ich will keine Reflektion im Spiegel sehen. Nur die rubinroten Handschuhe, die durch die Kammer tanzen.

Mein System sagt mir, daß eine Nachricht auf mich wartet. Post.

Ich habe bisher noch nie etwas anderes als Werbesendungen bekommen. Niemand kennt meine Systemadresse. Sie stammt von ihm, er ist ein Zauberer. Ich schau mich in der Kammer um, ignoriere das Postzeichen im Spiegel, bis ich ihn entdecke, einen winzigen glitzernden Skarabäus, einen blauschwarzen Käfer, der sich unweit der Tür versteckt. Er muß mir das Tier angesteckt haben, als er meine Hand nahm.

Und was jetzt? Ich schaue den Käfer an und überlege, was ich tun soll. Die Nachricht ignorieren? Sie empfangen und nie lesen? Er wird mein Schweigen verstehen, oder nicht? (Aber er kennt meine Adresse. Was soll ich tun? Mama Bell bezahlen und meine Zugangsleitung ändern? Mir wird nichts anderes übrig bleiben, und das kostet Geld.)

Also empfange ich die Nachricht und spiele sie ab. In der Garderobe entfaltet sich ein Bildschirm, flach wie ein Fenster, so wie der Videoschirm. Für die Dauer der Übertragungszeit bleibt er perlgrau und wartet darauf, zum Leben zu erwachen.

Der kleine Mann in dem Rollstuhl besteht fast nur aus Kopf, ein Kopf mit einem scharfkantigen, spitzen Kinn, spärlicher werdendem Haar und lebhaften Augen. Natürlich hat er nicht nur einen Kopf, sondern auch einen Körper, kurze Streichholzbeine und kurze muskulöse Arme. Wie ein Zwerg aus einem Gemälde von Velásquez.

»Hallo«, sagt er.

Es ist eine Aufzeichnung, deshalb brauche ich nichts zu erwidern.

Er ruckelt ein bißchen in seinem Stuhl hin und her. Ich bin ganz ruhig. Darin bin ich sehr gut.

»Ich bin ein Spieler«, sagt er. »Ich habe das schreckliche Gefühl, daß ich verkehrt bin. Aber dann bin ich auf diese Theorie über Toulouse-Lautrec gestoßen, daß einer der Gründe, warum er seine Charaktere so verschwenderisch malen konnte, der war, daß er keiner von ihnen war. Die anderen Leute draußen projizieren nur etwas. Aber ich nicht. Ich projiziere mich überhaupt nicht.«

Er macht eine Pause, wischt sich mit einer Hand über den Mund, und seine Schulter schlingert dabei. Ich frage mich, was ihn so schrecklich geschädigt hat, daß sie seine Gene nicht mehr reparieren konnten. War es wie bei mir? Hat der Virus, der sein genetisches Material verbessern sollte, die Sache nur noch schlimmer gemacht? Es gibt nicht viele von unserer Sorte.

»Ich weiß nicht, was dich anders macht«, sagt er. »Vielleicht bist du nur eine Art Genie auf dem Gebiet der Virtuellen Realität. Aber ich muß mit dir reden.« Und in wehmütigem Ton: »Es gibt niemanden da draußen, der mich verstehen würde, außer dir.«

»Ich glaube, es ist ein Fehler«, sagt die Aufzeichnung. »Ich weiß nicht, ob ich diese Nachricht abschicken werde. Aber wenn ich es tue, und wenn du mit mir Kontakt aufnehmen willst, hinterlasse auf dem Mond eine Nachricht für Sam. Zum Teufel, ich weiß nicht einmal deinen Namen, Alicia.«

Und ohne einen Abschiedsgruß ist es vorbei.

Stork. Sie ist die einzige Person, in deren Gestalt ich auf den Mond gehen könnte. Ziemlich stark, und ein wenig ungestüm. Sie paßt da rein, wenn sie in die Tech Bar marschiert, deren Fenster auf die öde, verwüstete Mondlandschaft hinausgehen. Stork könnte ein Monteur in einer Mondstation sein.

Er erkennt mich, sobald er mich sieht. Er ist immer noch groß (natürlich, so wie ich fast immer langes Haar trage; das ist etwas, wonach er so heftige Sehnsucht hat, daß er einfach nicht anders kann). Er steht von seinem Solitärspiel auf, hat blaue Augen, ein rothaariger Wikinger in einem Overall. *Sam* steht auf dem Brustabzeichen.

»Hi, Sam«, sage ich. »Ich bin Stork. Ich glaube, deine Toulouse-Lautrec-Theorie könnte stimmen.« Nicht daß ich das wirklich glaube. Ich glaube nicht, daß ich weniger dazu neige, etwas zu projizieren, als andere Leute, daß ich objektiver bin als irgendwer sonst. Aber vielleicht nehmen Leute wie Sam und ich uns mehr Zeit. Wir verfeinern unsere Kunst. »Ich will dir einen Haufen Fragen stellen. Zum Beispiel, wie du das mit dem Rotwerden machst.«

Stork ist so, immer geradeaus.

Eine Zeitlang sagt er nichts. Und dann lacht er, das tiefe Lachen eines großen Mannes, aus dem Bauch heraus. Ich würde auch gern erfahren, wie er *das* macht.

»Du bist schön«, sagt er.

Originaltitel: ›Virtual Love‹ • Copyright © 1994 by Mercury Press, Inc. • Aus: ›The Magazine of Fantasy & Science Fiction‹, Januar 1994 • Aus dem Amerikanischen übersetzt von Michael K. Iwoleit

Jack McDevitt

STANDARDKERZEN

Das Observatorium war ein warmer Fleck im Nebel. Aus den Fenstern des Verwaltungstrakts im zweiten Stock drang Licht und fing sich in den unruhigen Bäumen am Rande des Parkplatzes.

Carlisle fuhr zu schnell, wirbelte Kies auf, trat abwechselnd das Pedal ganz durch und ließ es wieder los. Er war zu ungeduldig für das zähe Erklimmen des Berges. Die Scheibenwischer quietschten hin und her, Zweige verdeckten den Himmel.

Wegen der Bewölkung würde heute nur ein kleiner Teil des Personals da sein. Aber die Beobachtungsbedingungen kümmerten ihn nicht: Die Andromeda-Galaxie hätte am Himmel stehen und die Berge in gleißendes Licht tauchen können, und er wäre nicht aufgeregter als jetzt gewesen.

Die Ausdrucke waren mit der Zeit aus der Innentasche seiner Jacke gerutscht. Er schob sie fast liebevoll zurück. Die Zahlen waren wundervoll, sie durchströmten und wärmten ihn regelrecht. Bei Gott, wie er blaue Sterne liebte.

Die Straße führte immer weiter nach oben, und schließlich lenkte er den Wagen aus dem Wald und rollte auf den Parkplatz. Neben Boddikers Van kam er ruckartig zum Stehen und stieg aus dem Wagen, ohne auf den kalten Nieselregen zu achten, nahm sich nicht einmal die Zeit zum Abschließen. Er stieg die drei Betontreppen vor dem Gebäude hoch, schöpfte Atem und trat ein.

Toni Linden stand bei der Kaffeemaschine. Er winkte ihr mit den Ausdrucken zu, rief »Ich hab's …« und ging weiter.

Löwenthal war nicht in seinem Büro, deshalb suchte Car-

lisle das ganze Gebäude nach ihm ab und fand ihn unten im Maschinen-Kontrollraum, wo er sich mit Boddiker stritt. Boddikers hagere Züge hatten sich verfinstert, und der kleine rote Fleck, der sich immer auf seinem schrumpeligen Schädel zeigte, wenn er sich aufregte, glühte regelrecht. Seine Stimme überschlug sich, und er stach mit dem Zeigefinger auf den Direktor ein. Carlisle wußte nicht, worum es ging, und es interessierte ihn auch nicht. Er zog sich nicht aus dem Raum zurück, wie man es von einem respektvollen jungen Post-Doktoranden erwartet hätte, wartete nicht einmal, bis sie ihn zur Kenntnis nahmen, sondern bat einfach um Entschuldigung und platzte in ihre Konversation. »Ich glaube, wir haben eine neue Standardkerze«, sagte er.

Auch Judy hatte an dieser Nacht Anteil gehabt. Er kannte sie erst seit drei Wochen, war aber bereits einem allzu vertrauten romantischen Symptom zum Opfer gefallen: Seine Stimme verriet ihn in ihrer Gegenwart, sie beherrschte seine Gedanken vollkommen, und die Vorstellung, daß sie sich mit anderen Männern traf, machte ihn rasend. Inzwischen war er sogar von der absurden Idee besessen, daß eine höhere Macht ihr Kennenlernen herbeigeführt hatte. Er mußte nichts weiter tun, als sie irgendwie festzuhalten.

Selbst jetzt noch – fünfzehn Jahre später – konnte sie seinen Puls beschleunigen. Er hatte recht gehabt: Judy Bollinger war jede Anstrengung wert gewesen. Unglücklicherweise war ihm erst in letzter Zeit klar geworden, was das bedeutete.

Sie hatte blaue Augen wie Teiche, auf deren Grund er nicht ganz hinabsehen konnte. Einen schlanken Jogger-Körper. Und ein Lächeln, das wieder einmal durch seine Träume spukte. Als Carlisle das letzte Mal zum Observatorium zurückkehrte, kamen ihm die vielen Variationen dieses intensiven Blicks in den Sinn.

In den frühen Tagen ihrer Bekanntschaft hatte Judy ihr kastanienbraunes Haar kurz getragen. Judy war durchschnittlich groß, aber weil Carlisle so hochgewachsen war, mußte sie die Arme nach ihm ausstrekken, und sie hatte die Angewohnheit, sich auf die Zehenspitzen zu stellen, sich nach ihm zu strecken, den Mund hochzuhalten und ihr ganzes Wesen in ihre Lippen zu konzentrieren.

In dieser Nacht der Nächte, als es so viel zu feiern gab, hatte er gezögert, sie anzurufen. Es war schließlich ein später Mittwochabend, und Carlisle behandelte sie immer noch sehr rücksichtsvoll, war darauf bedacht, nichts zu tun, was ihrer Beziehung schaden könnte. Sei nicht übereifrig. Geduld zahlt sich aus, ob man nun die Entfernungen zwischen den Sternen mißt oder hinter einer schönen Frau her ist.

Aber es war eine Gelegenheit, sie zu beeindrucken.

Er hatte das Telefon im Konferenzraum benutzt.

»Hugh?« Sie schien erfreut, seine Stimme zu hören, und seine Laune erklomm neue Höhen.

»Ich bin im Kitchener«, sagte er. »Es ist etwas passiert.« Er hatte sicher sehr eingebildet geklungen.

Aber sie war so freundlich gewesen, es zu ignorieren. »Was ist denn los?«

»Judy, ich habe einen Durchbruch geschafft. Ich habe eine neue Standardkerze gefunden.«

»Bist du dir sicher?« Sie klang glücklich, als wüßte sie, was eine Standardkerze ist.

»Ich dachte, wir könnten feiern.«

»Ich bin schon unterwegs. Warte auf mich.«

Und sie hatte aufgelegt, bevor er ihr erklären konnte, daß er eigentlich über Samstag redete.

Er parkte auf dem Platz mit dem Schild DIREKTOR, holte die leeren Kartons aus dem Kofferraum und machte eine Pause, bevor er das Gebäude aufschloß. Auf der Bergkuppe herrschte Stille. In jener Nacht hatte er hier draußen gestanden und die Scheinwerfer ihres Wagens über die Zufahrtstraße näherkommen sehen. (Die

Straße war jetzt dunkel, kalt und unbefahren, abgesperrt für die Vertragsunterzeichner, die bei Tagesanbruch kommen und alles mitnehmen würden, was von Wert war.) Ihr weißer zweitüriger Ford war genau hier zwischen den Bäumen zum Vorschein gekommen, und sie hatte drüben auf einem der Reserveparkplätze geparkt, unter den Sicherheitslampen am Liefereingang.

Die Sicherheitslampen waren nun ausgeschaltet. Für immer. Die Stiftung hatte vor zwei Jahren den Betrieb des Kitchener eingestellt. Ein Großteil der Arbeit hatte sich auf die südliche Hemisphäre verlagert, wo es weniger Licht und Luftverschmutzung gab, ein fruchtbareres Feld für Forschungen. Carlisle unterstützte die Aktion, hatte Löwenthal sogar davon abgeraten, gegen den Beschluß vorzugehen.

Aber er hatte einen hohen Preis dafür bezahlt. Viele seiner alten Bekannten, von denen er einige als seine Freunde betrachtete, redeten nicht mehr mit ihm. Außerdem würde er wieder unterrichten müssen. Seine Träume, etwas Großes zu werden, waren nun wohl vorbei.

Er schloß die Tür auf, trat ein und schaltete das Licht an. In dem Schacht, in dem der Achtzig-Zoll-Cassegrain-Reflektor verankert gewesen war, herrschte schattige Kälte.

»Wie weit kann man damit sehen?« hatte sie gefragt. Sie hatte sich ihren gelben Pullover über die Schultern geworfen. Seltsam, daß er sich nach so langer Zeit noch an Einzelheiten erinnerte.

Es war eine naive Frage. »Bis an den Rand des Universums«, hatte er geantwortet. Das war natürlich nicht ganz richtig. Sie konnten bis an die Grenze der Rotverschiebung sehen, dem weitesten Punkt, von dem seit Anbeginn der Schöpfung Licht die Erde erreicht haben konnte.

Noch vor einer Woche hatte er die Demontage des

Teleskops überwacht. Es war auf dem Weg nach Kitt Peak, wo es als Reserve dienen würde.

Judy hatte neben ihm in dieser Tür gestanden und ihm kaum bis zur Schulter gereicht. Aber ihre physische Gegenwart war überwältigend gewesen.

Sie lehrte Geschichte an der Franklin High School, die jetzt ein Einkaufszentrum war. Sie wußte ziemlich wenig über Wissenschaft, geschweige denn über Kosmologie, aber sie schien ungemein interessiert an allem, was Carlisle tat. Ihr Vater war Polizist, und sie war ein Produkt öffentlicher Schulen und Staatsuniversitäten, hatte nie die Vorteile im Leben genossen, die *ihm* zuteil geworden waren. Sie sprach davon, die definitive Geschichte der McCarthy-Ära zu schreiben. Bisher sei noch nicht alles rausgekommen, behauptete sie. Seine Verbindungen zu Hoover. Abmachungen mit Nixon. Während all der Jahre, die er sie kannte, sammelte sie nun schon Material und plante das Buch. Manchmal las sie ihm Auszüge daraus vor. Carlisle, den die Sozialwissenschaften immer gelangweilt hatten, fesselte ihre Darstellung. Er war immer wieder entsetzt darüber, daß Regierungsbeamte derartig perfide vorgehen konnten, und sie sagte ihm mehr als einmal, daß sie ihn liebte, weil er die Fähigkeit bewahrt hatte, empört zu sein. »Laß es nicht zu, daß du sie verlierst«, warnte sie ihn.

Sie sahen Boddiker zu, der im Beobachterkäfig hockte. »Er ist unser Sternhaufen-Spezialist. Im Moment warten die Jungs nur darauf, daß sich der Himmel klärt. Da können sie lange warten. Aber wenn's doch soweit kommt, werden sie Aufnahmen vom galaktischen Zentrum machen, damit sie die optischen Resultate mit den Röntgenaufnahmen vergleichen können. Da drüben ist das Bildzentrum.« Blah, blah. Heute zuckte er zusammen, wenn er daran dachte, aber ihr schien es gefallen zu haben, und sie hatte seine Hand gedrückt, wenn sie glaubte, daß niemand hinsah.

Löwenthal war schon lange fort. Carlisle machte sich

keine Sorgen: Er wußte, daß er sich nicht irrte; er hatte seine Ergebnisse sorgfältig überprüft. Deshalb schlug er vor, daß sie feiern sollten.

»Bringt das nicht Unglück? Bevor du die Bestätigung hast?«

»Vielleicht. Aber bis dahin habe ich einen Abend Zeit für dich. Das ist es auf jeden Fall wert.«

Sie setzten sich beide in ihre Wagen und fuhren den Berg hinunter ins *Spike*. Das *Spike* war eine kleine Bar in dem Wäldchen ein Stück abseits der Observatoriums-Straße, etwa anderthalb Kilometer vom Fuß des Berges. Es war das Lieblingslokal des Kitchener-Personals und der wissenschaftlichen Abteilung der Ausbildungs-behörde, weil die Geschäftsleitung sie regelrecht um-garnte, ihre häufigen Feiern und Partys organisierte und Wert darauf legte, sie wie VIPs zu behandeln.

Es war ihr erster gemeinsamer Abend gewesen. Sie fanden einen Ecktisch, bestellten Drinks und saßen im Schein einer kleinen Kerze in einem Glasleuchter. Leise Musik erfüllte den Raum. Carlisle war klar geworden, wie wenig er über sie wußte und wie sehr ihn selbst die belanglosesten Kleinigkeiten aus ihrem Leben faszinier-ten. Wie war sie in der High School gewesen? Wofür in-teressierte sie sich? Aus welchen häuslichen Verhältnis-sen stammte sie? *Was hielt sie eigentlich von ihm?*

Es war die glücklichste Nacht seines Lebens. Er war bei ihr, ein goldenes Zeitalter der Kosmologie stand bevor, und er freute sich auf eine Karriere als ein Gigant in seiner Disziplin. Er rechnete damit, am Ende des Jahrhunderts auf einer Stufe mit Hubble, Sandage und Penrose zu stehen. Die gegenwärtige Epoche stand in der Geschichte der Menschheit ohne Beispiel da. Eine kleine Gruppe von Männern und Frauen – zum ersten Mal angemessen ausgerüstet, was Instrumente wie theoretische Voraussetzungen anging – versuchten die Natur des Universums zu ergründen, wie groß es war, wie alt, ob die Expansion so präzise ausbalanciert war, wie es den Anschein hatte, und warum das so war. Wie sich Galaxien bildeten. Ob Strings existierten. *Warum* es Symmetrie gab. Es war eine einzigartige Epoche, und Carlisle hatte bereits Anteil an ihr.

Und er hatte vor, seine Reise mit diesem wundervollen Geschöpf an seiner Seite zu machen.

Sie sah ihn mit unverhüllter Freude an. Jetzt erst begriff er, wie leicht sie ihn durchschauen konnte.

Ich bin gern mit dir zusammen, sagten ihren Augen. Aber sie fragte: »Was ist eine Standardkerze?«

Die Wachskerze auf dem Tisch brannte fröhlich. »Wenn wir einer Schachtel zwanzig Kerzen wie diese entnehmen würden, dann würde wahrscheinlich jede einzelne mehr oder weniger die gleiche Menge Licht ausstrahlen. Wenn wir eine auf einem Dach sehen würden, könnten wir also die Entfernung zwischen uns und ihr abschätzen, indem wir messen, wie stark das Licht geschwächt wird. Das ist eine Standardkerze. Es ist eine Lichtquelle, die immer dieselbe Lichtstärke ausstrahlt. Wir nennen das die absolute Lichtstärke. Wo immer man sie beobachtet, kann man ungefähr die Entfernung abschätzen.« Er machte eine Pause und nippte an seinem Drink. »Cepheiden-Variablen sind Standardkerzen. Man kann immer berechnen, wie weit sie entfernt sind. Aber sie sind nicht hell genug. Wir können sie nur auf den Dächern unserer näheren Umgebung erkennen. Wir brauchen etwas, das noch in der Nachbarstadt zu erkennen ist. Oder im ganzen Land.«

»*Die blauen Sterne*«, sagte sie fast außer Atem, als sei sie gelaufen.

»*Ja*. Die hellsten blauen Sterne in einer Galaxie gehören unterm Strich immer derselben Größenordnung an. Also haben wir eine intergalaktische Meßlatte.«

»Ich dachte, man könnte die Entfernungen schon anhand der Rotverschiebung berechnen.«

»Näherungsweise«, erklärte er. »Je stärker die Rotverschiebung, desto größer die Entfernung des Objekts.

Aber die Methode ist nicht exakt.« Er sah sie über den Brillenrand an. »Sie sind zu sehr eine Sache der Interpretation.«

Die Kerzenflamme glänzte in ihren Augen. »Gratuliere, Hugh.«

Später, als der Abend sich dem Ende neigte, rief er das Observatorium an. »Ihre Zahlen scheinen zu stimmen«, berichtete Löwenthal.

Carlisle sah das Telefon immer noch vor sich, ein großes altmodisches Wandmodell mit Wählscheibe; er hörte noch das leise Klimpern eines Piano-Solos, roch das warme Wachs in der unbewegten Luft. Judy saß ihm schräg gegenüber, den Blick unlösbar in ihn geheftet, und wartete auf ein Zeichen.

»Danke«, sagte er ins Telefon.

Er sah zur ihr hinüber. Mit dem Daumen nach oben.

Carlisle war immer eine Art Puritaner gewesen. Aber an diesem Abend war eine Anzahl anderer universeller Gesetzmäßigkeiten am Werk. Er bestellte eine Runde Drinks für eine Gruppe von Fremden am Nachbartisch, verwirrte sie, indem er ihnen mit den Worten »Auf die Kerzen« zuprostete, umarmte Judy und ließ ein Zwanzig-Dollar-Trinkgeld auf dem Tisch liegen.

Sie fuhren in ihr Apartment, Carlisle voran. (Kein Gedanke, einen Wagen auf dem Parkplatz stehenzulassen; Carlisle wäre nie so direkt gewesen.) Aber darauf war es nicht angekommen. An ihrer Tür war sie in seine Arme gesunken, und er hatte intensiv den Druck ihrer linken Brust gespürt. Auch die andere lockte ihn, doch er fand das Gefühl intimer, intensiver, wenn er sich zunächst nur auf eine konzentrierte.

Judy hatte sich behutsam an ihn gedrückt und ihn geradezu eingeladen. Damit war es für Carlisle vorbei. Er erinnerte sich an ihre Lippen, die schwungvolle Linie ihres Kinns, ihren Atem, das Rauschen des Windes in den Bäumen.

Sie zog sich nicht zurück. Damals nicht und von da an viele Jahre nicht.

Am nächsten Tag, irgendwann am späten Nachmittag, rief Löwenthal an und bat ihn, ins Kitchener hinaufzukommen. Die Stimme des Direktors klang ernst, und Carlisle wußte gleich, daß er in Schwierigkeiten war. Dennoch hatte er nicht nachgehakt. Er befand sich in einem euphorischen Zustand und konnte ihn nicht abschütteln. Deshalb verdrängte er den Anruf und beendete seinen Unterricht für diesen Tag. Dann, nach einem absichtlich gemütlichen Essen, fuhr er auf den Berg hinauf.

»Sieht so aus, als hätten Sie recht«, versicherte ihm Löwenthal. Aber schließlich war er schon seit zehn Jahren Direktor des Kitchener. Er war wortkarg und höflich, zurückhaltend und hatte ungemein gute Manieren, eine Seltenheit unter den aufdringlichen Egomanen, die das Feld beherrschten. »Das mit den blauen Sternen funktioniert. Aber leider sind wir zu spät. Sandage und Tammann sind vor uns auf die Idee gekommen. Sie haben die Sache sogar schon publiziert. Der verdammte Artikel lag seit drei Tagen auf meinem Schreibtisch. Ich hab's heute morgen gemerkt.«

Carlisle wußte noch, wie er über die Bergkuppe hinausgestarrt hatte. Und er wußte auch noch, was Löwenthal danach gesagt hatte, und würde es *nie* vergessen. »Machen Sie sich keine Gedanken. Das war einfach Pech. Aber Sie werden wieder zur Stelle sein. Sie sind zu gut, um in der Versenkung zu verschwinden.«

»Wie kannst du da sitzen und behaupten, daß das Universum keinen Rand hat?«

Er genoß diese frühen Abende, als ihre Geheimnisse noch etwas Neues für ihn waren, tiefer und dunkler als die Abgründe zwischen den Galaxien. Und sehr viel verlockender.

Sie wurden regelmäßige Freitag-Abend-Gäste im *Spike* und gingen samstags ins Kino oder ins Theater. Carlisle verlebte seine Tage mit einem warmen Gefühl des Wohlbehagens, aufgeregt nur beim Gedanken ans Wochenende.

Sie lud ihn in die Franklin High School ein, um vor der Klasse, die sie in US-amerikanischer Geschichte unterrichtete, ein Referat über die wissenschaftlichen Fortschritte zu halten, die seit der Jahrhundertwende den Gang der Geschichte beeinflußt hatten. Weil Carlisle sich über den Ablauf der Ereignisse selbst nicht ganz im klaren war, brauchte er ihre Hilfe. Aber gemeinsam meisterten sie die Herausforderung, redeten über Atombomben und Computer und Gasturbinen und die Schadenfreude, mit der viele Kirchen den Urknall begrüßt hatten.

Sie hatten sich am Kane-Planetarium kennengelernt, wo Carlisle stundenweise Vorlesungen hielt. Sie hatte das Stern-von-Bethlehem-Programm betreut und zu seiner Rechten an der Seite eines Mannes gesessen, der wie ein Football-Spieler aussah. Nach der Vorführung hatte sie ein paar Fragen gestellt und war dann mit ihrem Begleiter verschwunden. Danach hatte er sie einige Male zufällig getroffen. Sie war allein oder in Begleitung von Freundinnen, wenn sie sich über den Weg liefen, und sie wechselten immer ein paar Worte über die Vorführung. Es dauerte eine Weile, bis er sich traute, sie zum Essen einzuladen.

An dem Abend nach dem Geschichtsunterricht hatte er einen weiteren großen Schritt nach vorn getan. Sie war mit seinem Auftritt zufrieden gewesen, und er witterte eine günstige Gelegenheit. »Vielleicht hat Everett recht«, sagte er geheimnisvoll.

Sie runzelte zwischen zwei Bissen Hühnchenfleisch die Stirn. »Wer ist Everett?«

»Ein Astronom. Er hat die Idee vorgebracht, daß es für jede Möglichkeit ein eigenes Universum geben könnte. Einen Ort, wo jede Wellenfunktion realisiert wird. Wenn ein Ereignis möglich ist, dann findet es irgendwo auch statt.«

Das machte sie allerdings neugierig. »Das ist doch Science Fiction«, sagte sie. Aber er bemerkte, daß der Gedanke ihr gefiel.

»Es ist nur eine Idee.« Er sah sie an, dann platzte er mit einem Gedanken heraus, der ihm gerade durch den Kopf ging, auch wenn er wußte, daß er unüberlegt war. Daß er sie damit erschrecken konnte. »Wenn es irgendwie möglich ist, dann tragen du und ich irgendwo da draußen die Ringe, die wir einander geschenkt haben.«

Es war wie ein elektrischer Schlag. Ein für ihn ungewöhnlich gewagter Schritt.

Sie ließ ihn einen Moment lang in der Luft hängen. Und drückte seine Hand.

Irgendwo da draußen tragen du und ich die Ringe, die wir einander geschenkt haben.

Einige Monate später sagte sie ja, und sie gingen in eine kleine Unitarier-Kirche auf einem Hügel in Massachusetts, wo das einzige religiöse Symbol ein stilisiertes Kohlenstoffatom war. Judys Angehörige, alles Katholiken, waren sichtlich ungehalten und hegten den Verdacht, daß Carlisle auf diese Art der Trauung bestanden hatte. Carlisle war es gleich, er hatte weder in der einen noch in der anderen Richtung besondere religiöse Gefühle und hätte sie mit einem Ritual nach Brauch der Fidschi-Inseln geehelicht, wenn sie darum gebeten hätte.

Seine Braut war so fasziniert von dem Gedanken, daß es eine unendliche Zahl von Judys und Hughs gab, die unter den Sternen – *unseren Sternen*, wie sie betonte – subtil voneinander unterschiedene Leben führten, daß sie den Gedanken in der Zeremonie zum Ausdruck brachte: *Es kann sein, daß es Orte gibt, wo unsere Augen grau sind oder wo niemand von den Anwesenden meinen Namen kennt. Aber wo immer wir leben, wenn ich dich ken-*

nengelernt habe, dann liebe ich dich. Die Wellenfunktion kann in keine andere Richtung zerfallen.

Sie tauschten Ringe mit eingravierten Unendlichkeitszeichen, wie es die Mathematiker verwendeten.

Und wenn Allan Sandage und Gustav Tammann ihm auch mit den blauen Sternen zuvorgekommen waren, dann machte das nichts. Jetzt nicht mehr.

Eine der großen Fragen der Epoche war, ob das Universum in alle Richtungen gleichmäßig expandierte. Oder ob die Superhaufen so massiv waren, daß sie die Expansion behinderten und ein Ungleichgewicht schufen. Die bisherigen Beobachtungen deuteten darauf hin, daß die Milchstraße von ihrem ursprünglichen Kurs abgekommen war und in den Virgo-Superhaufen stürzte. Was ging nun tatsächlich vor sich? Wenn die Schlußfolgerung zutraf, wie schnell bewegte sich die Milchstraße dann? Ließ sich eine Methode entwickeln, um den Virgo-Effekt zu messen? Carlisle übernahm die Verantwortung über das Kitchener-Team, und sie machten sich daran, Daten zu sammeln.

Er zog buchstäblich in das Observatorium um. Löwenthal ermutigte ihn dazu, und er ließ ihn nicht im unklaren darüber, daß Carlisle in Zukunft mit weiteren hochkarätigen Projekten rechnen konnte. »Es ist nur eine Frage der Zeit, bis Sie auf sich aufmerksam machen«, sagte er. »Ich will dafür sorgen, daß Sie in einer Position sind, um jede Gelegenheit beim Schopfe fassen zu können.« Und als Carlisle ihm dankte, grinste der Alte. »Arbeiten Sie an Ihrer Reputation«, sagte er. »Wenn das geschafft ist, können Sie mir öffentlich danken.«

Die Sache erwies sich als ungemein schwierig, ein verbindliches Ergebnis steht nach wie vor aus.

Er benutzte die Kartons, um die Tür aufzustoßen. Von seinem Büro war nicht mehr viel übrig.

Seine Fotos hatte er nicht von der Wand genommen. Carlisle an der Seite von Brent Tully auf der Kona-Konferenz, Carlisle, wie er mit John Schwarz am CalTech Hände schüttelt, Carlisle, wie er mit Allan Sandage in New York zu Mittag ißt. Ein ätherisches Porträt des Kitchener unter einem vollen Mond. Eine farbverstärkte Aufnahme des Pferdekopfnebels. Eine stilisierte Darstellung des Hubble-Diagramms.

Und natürlich sein Lieblingsbild von Judy, wie sie vor einem verhangenem Himmel am Cape Hatteras posiert. Er hatte es nach ihrer Trennung ab-, aber wenige Monate später wieder aufgehangen.

Er fand alte Notizbücher, als er in der Schreibtischschublade unten rechts kramte. Sie waren spiralgebunden, vergilbt und zerfleddert. Die Datumsangaben stammten aus der Zeit, bevor er sich einen PC zugelegt hatte. Er zog die dünnen Gummibänder ab, setzte sich auf die Schreibtischkante und blätterte sie mit dem Daumen durch.

Es war eine qualvolle Lektüre: seine Kommentare und Beobachtungen waren langweilig. Mit dem heutigen Verständnis im Rücken sah er seine Grenzen sehr deutlich. Hugh Carlisles primäres Talent schien darin zu bestehen, das Offensichtliche zu erkennen.

Danach blätterte er durch seine Tischkartei. Er hatte das Ding nie ausgemistet und fand die Namen von Leuten, die längst in Rente oder tot waren. Und Namen, an die er sich nicht erinnern konnte. Kurzerhand warf er die Kartei in einen der Kartons.

Während der ersten Jahre ihrer Ehe hatten sie viele Theatervorstellungen besucht. Schon bei ihrer zweiten Verabredung hatten sie sich *George Washington Slept Here* angesehen. Später sollte Judy darauf beharren, daß es seine Reaktion auf diese romantische Komödie gewesen war, die ihr Interesse an ihm geweckt hatte.

Aber ihre Dienststunden überschnitten sich nie. Nachdem er ein Vollzeit-Angestellter des Observatoriums geworden war, arbeitete er vor allem nachts. Er kam heim, wenn Judy sich für die Schule fertig machte. Dennoch versuchten sie, sich Zeit für ein gemeinsames Frühstück zu nehmen. »Was ist oben auf dem Berg los?« fragte sie immer.

»Wir zählen wieder einmal sphärische Sternhaufen, aber was wir wirklich wissen wollen ...«

»Ja?«

»... ist der Grund, warum das Universum so homogen ist.«

»Wie meinst du das?«

»Ich meine, warum es so im Gleichgewicht ist. Wie kommt es, daß wir aus entgegengesetzten Himmelsrichtungen Mikrowellenstrahlen empfangen, von Quellen, die in der ganzen Geschichte des Kosmos nie in Kontakt miteinander gewesen sein können, *und diese Mikrowellenstrahlen identisch sind?*«

Sie mochte seine leicht verrückten Anflüge. »Ich kann dir nicht folgen. Wie könnte das Universum sonst aussehen? Willst du damit andeuten, daß sich alle Sterne im südlichen Himmel befinden sollten? Und keine im Norden?«

Es war schwer zu erklären. Eine Menge davon war schwer zu erklären. Und es half ihm nicht gerade, daß ihn seine eigene Begrenztheit daran hinderte, die subtileren Zusammenhänge zu begreifen, auf die Zeldovich und Steinhardt hinwiesen.

Er war oft zu beschäftigt oder zu müde, um ihr die Sachverhalte zu erklären. Zuweilen fragte er sich, ob er nicht besser eine Fachkollegin geheiratet hätte. Harrigan zum Beispiel. Oder Cholka. Vor seinem inneren Auge erschien ein Bild der energischen Russin. Das war jemand, mit dem er sich *wirklich* hätte unterhalten können.

Judy genoß die Intimität der Abende, wenn sie ausgingen, gemeinsam unter Fremden, wie sie es ausdrückte.

Er versuchte sich zu fügen, obwohl die Last seiner Verantwortung zunahm, nachdem er Chef seiner Abteilung geworden war und dann stellvertretender Direktor des Kitchener. Dennoch beschwerte er sich nicht, verbarg seine Gefühle sogar soweit wie möglich.

Er wußte nicht recht, ab wann es zwischen ihnen nicht mehr richtig gelaufen war. Judy begriff, was ihn antrieb, und sie wußte, daß er eine Entdeckung machen wollte, die seinen Namen tragen würde, einen Carlisle-Effekt nachweisen oder ein Carlisle-Theorem formulieren. Sie begriff auch, daß er unter einem Zwang stand, der nicht bloßer Eitelkeit zu verdanken war, sondern der aufrichtigen Sehnsucht, einen *Beitrag* zu leisten, im Brennpunkt zu stehen, wenn die Fachwelt einem der Geheimnisse der Natur auf die Spur kam.

Aber sie begriff nicht, daß ihm die Zeit davonrannte. Es ging nicht darum, daß er chronologisch gesehen älter wurde, sondern er wußte, daß Talent, Genius, wenn überhaupt vorhanden, sich früh manifestierte. Allmählich befürchtete er, daß er nur ein mittelmäßiger Mensch war, jemand, der Achilles die Steigbügel hielt. Wenn er ihr das zu erklären versuchte, versicherte sie ihm, daß alles gut werden würde. *Du hast eine brillante Karriere vor dir*. Und: *Was immer geschieht, ich liebe dich*.

Mit der Zeit verlagerte sich die Betonung. *Du bist eine Persönlichkeit vom Typ A, Hugh. Leute vom Typ A kriegen Magengeschwüre und sterben jung. Du solltest dir eine Pause gönnen.*

Schließlich verbrachte sie mehr Zeit mit ihren Freunden, und gelegentlich zogen sie gemeinschaftlich für einen ganzen Abend in die Stadt. Sie lud ihn immer ein mitzukommen. »Wenn du Zeit hast«, sagte sie immer. Oder: »Wenn du meinst, daß es dir Spaß machen könnte ...«

Und dann war da Wade Popper, der Superstring-Theoretiker. Popper versuchte nicht einmal, sein Interesse an Judy zu verhehlen. Es fing damit an, daß sie sich beim Joggen trafen. Dann aßen sie gemeinsam zu Mittag. Wir sind nur *Freunde*, versicherte ihm ihr Verhalten. Aber Poppers Absichten lagen auf der Hand.

Sie bemerkte sein Unbehagen und machte dem Tête-à-tête ein Ende. Die Episode hinterließ einen blinden Fleck, eine neutrale Zone zwischen ihnen, einen Bereich, den er danach nie mehr berühren konnte.

»Was bedeutet Inflation?« Das Thema war ungefähr zu der Zeit aufgekommen, als Löwenthal in den Ruhestand trat. Das Kitchener-Team arbeitete mit Hochdruck an der Frage, wieviel dunkle Materie erforderlich wäre, damit die Inflationstheorie funktionierte. Die Antwort lautete: *eine Menge.* Möglicherweise mußten neunzig Prozent aller Materie im Universum dunkel sein. Und Judy hatte ihm die Frage während einer seiner seltenen Abende zu Hause gestellt.

»Es bedeutet, daß das Universum in seiner frühen Phase mit mehr als Lichtgeschwindigkeit expandiert ist ...«

»Aber ist das nicht unmöglich?«

»Nicht unbedingt.«

Ihre Augen funkelten. »Manchmal glaube ich, ihr Wissenschaftler rückt euch die Naturgesetze so zurecht, wie es euch gerade in den Kram paßt.«

»Manchmal tun wir das.« Solche Gespräche machten ihn immer ein wenig wütend, als müsse er jemandem zum tausendsten Mal die Kosmologie erklären. Sie wußte gerade genug, um alles durcheinanderzubringen. »Der Kniff besteht darin, eine Erklärung zu konstruieren, manchmal irgendeine Erklärung, die mit den Beobachtungen übereinstimmt.«

Er sah durch seine Fenster hinaus, auf die Baumwipfel, und versuchte seinen eigenen Worten zu lauschen. Wie hatten sie in ihren Ohren geklungen?

Er packte die letzten Bücher in einen der Kartons,

klebte ihn zu und schob ihn weg. Dann nahm er den CD-Spieler vom Regal. Die Aktenschränke standen voller Ordner mit Papieren, in die er seit Jahren keinen Blick geworfen hatte.

Mit der Zeit hatte sie ihn immer seltener etwas gefragt. Die Arbeitsbedingungen an der High School verschlechterten sich, und sie hatte mehr mit ihren eigenen Problemen zu tun. '86 aber wurde sie zur Lehrerin des Jahres gewählt, und sie feierten mit ein paar Leuten im *Radisson*.

Carlisle hatte Spaß an Parties. Die Leute am Kitchener und die Wissenschaftsabteilung veranstalteten regelmäßig welche. Und das mit solcher Energie, daß man sie in der lokalen Touristengaststätte schon nicht mehr sehen wollte.

Zu diesem Anlaß kamen eine Menge Leute zusammen. Die meisten Kollegen Carlisles und eine kleine Armee von Judys Freunden. Mehr, als er kannte. Es erschienen sogar einige Journalisten und eine Abordnung ihrer Studenten. Und obwohl Carlisle sich freute, daß seiner Frau soviel Aufmerksamkeit zuteil wurde, tat es ihm weh, daß die Presse noch nie seinetwegen aufgetaucht war.

Judy strahlte an diesem Abend geradezu. Sie hakte sich bei ihm unter und stellte ihn jedem vor, der in ihre Reichweite kam. Sie strahlte wie in alten Tagen. Mein Mann, der Kosmologe. Und an diesem Abend wurde ihm klar, daß seine Ehe eine grundlegende chemische Veränderung durchgemacht hatte.

Er hatte den Abend noch immer hell und klar im Gedächtnis. Sie war in der Feier aufgegangen, hatte mit jedem getanzt, gelacht, vielleicht ein wenig zuviel getrunken. Einige der Männer, einige *seiner* Freunde und manche von ihren, begafften sie derart schamlos, daß er schockiert war. Carlisle war normalerweise kein besitzergreifender Mann, und er hatte keinen Grund, ihr nicht zu vertrauen, aber sie im Mittelpunkt eines derartigen männlichen Interesses zu sehen, versetzte ihm selbst jetzt noch einen Stich.

Über die Jahre hinweg blinzelten ihn ihre Augen an wie ferne Sterne.

Sein alter Elektrorasierer (den er glaubte verloren zu haben) war im oberen Fach eines Schranks versteckt. Er hatte stets Wert darauf gelegt, am Morgen frisch und sauber nach Hause zu gehen. Das Ding funktionierte immer noch.

Löwenthal hatte sich geirrt. Carlisle war kein zweites Mal zur Stelle, schaffte keinen Durchbruch mehr. Er war ein methodischer Forscher, genau und beharrlich. Er machte keine Fehler, aber das ist eine Schreibtischtugend. Die harte Wahrheit war, daß ihm die Vision eines Zwicky oder eines Wheeler fehlte. Er war gut in der Nachbereitung, führte detaillierte Analysen aus, um festzustellen, ob die brillanten Einfälle von anderen wiedergaben, was in der Natur tatsächlich vor sich ging. Während die lange Jagd auf den Wert der Hubble-Konstante weiterging und sich Debatten über kosmische Blasen und Makrostrukturen entzündeten, lag Carlisle immer einen Schritt zurück.

Im Frühjahr 1987 verstarb Judys Vater und hinterließ ihr eine überraschend große Barschaft. Für einen Teil des Geldes beteiligten sie sich am Time-Sharing eines Wochenendhauses am Cape Hatteras. Das Haus war groß, hatte geräumige Geschosse und von beiden Seiten Ausblick aufs Meer. Es gab einen Kamin und einen Jacuzzi-Whirlpool im Badezimmer, und es war ein idealer Arbeitsplatz. Man braucht kein Teleskop, um Kosmologie zu betreiben, erzählte er den Post-Doktoranden gern. Kosmologie ist vor allem eine Frage der Vorstellungskraft. Und nirgendwo sonst fühlte er sich so frei, so *ungebunden* wie in dem großen, mit Teppichen ausgelegten Wohnzimmer, hinter sich das Feuer und vor sich die Sterne, die im Atlantik zu treiben schienen.

Judy zog es vor, die Geschäfte und den Strand unsicher zu machen. Eines Tages kam sie mit einer Überraschung zurück. »Ich möchte dir Griff vorstellen«, sagte sie. Er sah durchschnittlich aus, ergraute bereits, mußte ein paar Jahre älter sein als Carlisle. Etwas untersetzt. »Ihm gehört die Goldmünze.« Ein Antiquitätengeschäft, wie sich herausstellte.

Carlisle schüttelte dem Mann die Hand und absolvierte den obligatorischen Small Talk. Freut mich, Sie kennenzulernen. Muß ein einträgliches Geschäft sein, in dieser Gegend Antiquitäten zu verkaufen. (Judy hatte ein sorgfältig gearbeitetes Tablett gekauft, das nach ihren Worten aus den Zwanzigerjahren stammte.) Er war recht sympathisch, aber nicht der Hellste.

»Griff sagt, heute abend findet ein Konzert statt. Von *Prelude*.«

»Wer zum Teufel ist *Prelude?*« Er behielt seinen heiteren Ton bei. Er wußte, daß sie solche Kenntnisse bei ihm nicht voraussetzte. Es war ein Teil des Spiels, das sie miteinander spielten.

»Ein Streichquartett«, sagte sie. »Hugh, warum gehen wir nicht hin? Es würde uns bestimmt gefallen. Es findet im Freien statt.«

Normalerweise hatte er nichts gegen Streichquartette, aber der Gedanke mißfiel ihm, auf einen seiner wenigen Abende auf der Insel vor der Ostküste verzichten zu müssen. »Klar«, sagte er trübe. (Jetzt, da er seinen Briefbeschwerer und seine Schreibtischlampe in den Karton fallen ließ, kam ihm der Gedanke, daß er jenen Abend gern noch einmal durchlebt, sie noch einmal für sich gewonnen und alles noch einmal so gemacht hätte.)

Sie hatte wie erwartet reagiert, ihre Augen für einen Moment zufallen lassen, bevor sie sich Griff zuwandte. »Ich muß wohl absagen.«

»Unsinn.« Carlisle war auf eine aggressive Art großzügig. »Es gibt keinen Grund, warum du zu Hause bleiben solltest. Vielleicht würde Griff dich gern begleiten...«

Was bin ich für ein Idiot.

Nicht daß Judy versucht war, ihn zu betrügen. Aber er hatte ein falsches Signal ausgesendet.

Er klebte die Kartons zu und trug sie nacheinander die Treppe hinunter in sein Auto. Der Wind frischte auf, und trotz des klaren Himmels lag Regen in der Luft. Im Westen zuckten Blitze. Er zählte die Sekunden, bis er das Donnern hörte. Zehn Kilometer.

Etwas an Hatteras hatte immer wieder Carlisles Ehrgeiz angestachelt. Und seine Unzufriedenheit. »Ich muß weg von hier«, sagte er ihr, zwei Jahre nachdem Griff und sein Antiquitätenladen in der Versenkung verschwunden waren. Er hatte sich in einen ledernen Armstuhl zurücksinken lassen und beobachtete den von Regengüssen aufgewühlten Atlantik. »Nein, nicht von *hier*, sondern vom Kitchener. Von der Ausbildungsbehörde. Es wird Zeit, etwas Neues anzufangen.«

Sie stand beim Fenster und sah hinaus. Judy war vernarrt in schlechtes Wetter. Sie erwachte zu neuem Leben, wenn der Wind heulte und der Himmel grollte, so als ob etwas von der Elektrizität auf sie überging. Mit verschränkten Armen hatte sie zum Rhythmus des Sturms sanft geschaukelt. Aber Carlisle sah, wie sie die Schultern zusammenzog. »Warum?« fragte sie. »Löwenthal setzt sich bald zur Ruhe. Du bist der erste Mann für seinen Job.«

»Ich *will* seinen Job nicht. Judy, ich bin schon zu lange dabei. Ich verdiene mir die falsche Reputation. Wenn ich jemals von dort weg will, dann muß ich es jetzt tun.«

»Du hast eine *gute* Reputation.« Das meinte sie ernst. Und sie hatte recht damit. Er konnte damit rechnen, zum Direktor befördert zu werden, und vielleicht sogar auf den astronomischen Lehrstuhl der Universität.

»Das ist nicht, was ich will.«

»Was willst du denn?« Ihre Stimme klang sanft, aber er hörte den Unterton.

»Judy, ich bin nur zum Aufräumen da. Irgendwo hat irgend jemand eine gute Idee. Die Superhaufen sind in Wirklichkeit riesige Pfannkuchen und in Schichten angeordnet. Hugh, überprüfe das mal. Die Abgründe zwischen den Galaxien sind eigentlich gewaltige Blasen, und die Galaxien befinden sich an den Rändern. Wie sieht es damit aus, Hugh? In jedem größeren Observatorium der Welt gibt es Leute wie mich. Martin im Palomar. Babcock bei McDonald. Leronda am Mauna Kea. Dureyvich in Zelechukskaya. Handlanger. Leute, die den Kaffee holen, während etwas passiert.«

Sie sah ihn an, und die Luft wurde stickiger. »Tut mir leid, wenn du das so siehst.«

Wie oft hatte er schon versucht, ihr das zu erklären? »Judy, ich könnte mit Schramm am Fermi Kontakt aufnehmen. Sie suchen jemanden. Ich habe ihn letztes Jahr kennengelernt und, glaube ich, einen guten Eindruck hinterlassen.«

Ihre Augen umwölkten sich. »Wann willst du hin?«

»Die Stelle ist im Moment frei.«

»Hugh, ich kann nicht mitten im November alles stehen und liegen lassen. Ich könnte erst Ende des Jahres weg.«

Der Regen prasselte die Fenster herunter. Nach einer Weile kam sie herüber und setzte sich ihm gegenüber aufs Sofa. Es hatte eine Zeit gegeben, als sie mit Sex versucht hatte, die Spannung wegzunehmen und eine Entscheidung soweit aufzuschieben, daß sie beide Zeit zum Nachdenken hatten, zu verhindern, daß ihre Positionen sich verhärteten. Aber mittlerweile kannten sie sich beide gut genug.

Am Ende ermutigte sie ihn, es mit dem neuen Job zu versuchen. Das tat er auch, nur entwickelten sich die Dinge anders als erwartet.

Schließlich kam der Abend, als sie sich mit ihm zusammensetzte, den Blick sinken ließ und einen ganz sanften Ton anschlug.

Er nahm es gut auf. Mach keine Szene. Mach es dir selbst nicht so schwer. Plötzlich wurde ihm schmerzhaft bewußt, daß er sie nicht verlieren wollte, und daß eine falsche Reaktion ihm jede Chance nehmen könnte, die er vielleicht noch hatte. Natürlich irrte er sich. Aber der Moment ging ungenutzt vorbei, war längst vorüber, bevor er seinen Fehler erkannte.

Er verstaute den letzten Karton im Kofferraum, schlug die Klappe zu und ging wieder hinein, um das Licht auszuschalten.

Das Universum war voller Licht: ganze Schwadronen benachbarter Sonnen, cremefarbene galaktische Wirbel, die die lokale Gruppe durchstreiften, flackernde Nadelspitzen tief in den Abgründen. Seit Hubble 1923 entdeckt hatte, daß es andere Galaxien jenseits der Milchstraße gab, daß sie in unendlicher Anzahl zu existieren schienen, stritten sich Astronomen über Entfernungen und Maßstäbe.

Es wurde etwas mehr als Carlisles blaue Sterne gebraucht. Etwas von einem qualitativ anderen Maßstab.

Und während er und eine Unzahl anderer darüber nachdachten, kamen Sandage und Tammann mit den Supernovae vom Typ I daher. Sie waren über gewaltige Entfernungen hinweg sichtbar und verfügten über eine einigermaßen konsistente absolute Leuchtkraft. Der Nachteil war der, daß man erst mal eine solche Supernova finden mußte. Aber es war eine vielversprechende Methode.

Jetzt, da andere auf den Gedanken gekommen waren, schien die Idee auf der Hand zu liegen. Carlisle seufzte.

Er starrte in den Schacht, in dem der Cassegrain-Reflektor verankert gewesen war, und konnte fast spüren, wie sie neben ihm stand.

Ihrem Auszug folgten auf dem Fuß die Scheidungspapiere. Sie versicherte ihm, daß sie keine Bitterkeit hegte, und sie machte wirklich einen unglücklichen Eindruck. Aber sie wehrte seinen letzten Versuch ab, ihre Ehe zu retten. Er war verblüfft. Carlisle hatte geglaubt, daß sie einen Rückzieher machen würde, wenn es soweit war.

Er reagierte damit, daß er sich in ein neues Projekt stürzte. Arbeitsgruppen von verschiedenen Forschungszentren versuchten in einer gemeinsamen Anstrengung einen Sechzig-Grad-Sektor des Universums zu kartieren, einen Bereich von ungefähr dreihundert Millionen Lichtjahren. Dieses Zielgebiet wollte man später ausweiten, aber Carlisle stellte persönlich eine Kitchener-Arbeitsgruppe unter seiner Leitung zusammen.

In dieser Zeit, während er Galaxien kategorisierte und ihre Positionen verzeichnete, wartete er auf ihre Rückkehr. Die langen Tage gingen vorbei, und er gewöhnte sich nach und nach an sein neues Leben. Schließlich war sie nicht die einzige Frau auf der Welt.

In der Zwischenzeit zählten die verschiedenen mit dem Kartierungsprojekt beschäftigten Teams mehr Galaxien, als es die Theorie erlaubte. Um den Faktor zwei oder drei mehr. In einer kalten Februarnacht 1990 machte er sich eine heiße Schokolade und setzte sich mit seinen Kollegen zusammen. Sie gingen alle Modelle durch und konnten ihre Resultate nicht erklären.

Warum?

Konstruiere eine Erklärung, irgendeine Erklärung, die mit den Beobachtungen übereinstimmt.

Leicht gesagt.

Er legte die Schalter um, und das Gebäude wurde dunkel. Es mußte eine Zeit gegeben haben, als es ihm noch möglich gewesen war, das Geschehen zu durchschauen, als er noch hätte handeln können, bevor sie wie Körper mit entgegengesetzter Schwerkraft voneinander abgestoßen wurden. Er konnte sich nicht helfen, aber selbst jetzt, mit dem Vorteil all seiner verspäteten

46

Einsichten, wußte er beim besten Willen nicht, was er hätte anders machen können.

Er trat ins Mondlicht, warf hinter sich die Tür zu und schloß sie ab. Das Metall fühlte sich hart und kalt an.

Der Wind blies über die Bergkuppe. Carlisle stand auf der Treppe, als ihm auffiel, daß ein schwarzer Wagen hinter seinem auf den Parkplatz gefahren war. Er strengte die Augen an, um zu erkennen, wer hinter dem Steuer saß. Ein paar Jugendliche vielleicht?

Die Fahrertür stand offen. Die Innenbeleuchtung ging an, und plötzlich stand Judy vor ihm.

Sie strahlte geradezu. Hübsch. Aber sichtlich zurückhaltend.

»Hallo, Hugh.«

Sie trat vor seinen Wagen und blieb stehen. In Carlisle keimte Hoffnung auf. Und Widerwillen. Und ein Sturzbach anderer Gefühle. »Judy«, sagte er. »Was machst du hier? Woher wußtest du, daß ich hier bin?«

Sie lächelte. »Der letzte Tag vor der Schließung. Wo könnte Hugh Carlisle an diesem Tag sonst sein?«

Er starrte sie an. »Ich habe dich aufgegeben.«

»Das solltest du auch.« Sie warf einen Blick auf das Observatorium. »Es tut weh, es so zu sehen. Das überrascht dich, nicht wahr?«

»Ja«, sagte er. »Ich dachte, du magst es nicht.«

»Es war ein Teil von *dir*. Ein Teil von *uns*.« Sie zuckte mit den Schultern. »Es tut mir leid, daß es geschlossen wird.«

»Ich bin froh, daß du gekommen bist.«

»Danke. Ich auch. Aber ich hoffe, du verstehst das nicht falsch. Ich wollte einfach nur hier sein. Wenn es zu Ende geht.«

Seine Stimme hatte zu stocken angefangen. Er dachte an das Unendlichkeitssymbol auf seinem Ring. (Er hatte schon drei Jahre vor ihrer Trennung aufgehört, ihn zu tragen, denn aufgrund seiner Gewichtszunahme hatte ihm der Ring nicht mehr gepaßt.)

»Das *Spike* hat auch zugemacht. Aber ich würde dir gern einen ausgeben. Irgendwo.«

Sie schürzte die Lippen. Und lächelte wieder. »Nichts dagegen.«

Irgendwo wird jede Möglichkeit verwirklicht. Es war gut möglich, daß er nur einer von einer unendlichen Anzahl an Hugh Carlisles war. Und die meisten von ihnen standen allein auf diesem Parkplatz.

Aber Carlisle befand sich im richtigen Universum.

Die Sterne waren hell und warm und würden ewig scheinen.

Originaltitel: ›Standard Candles‹ • Copyright © 1994 by Mercury Press, Inc. • Aus: ›The Magazine of Fantasy & Science Fiction‹, Januar 1994 • Aus dem Amerikanischen übersetzt von Michael K. Iwoleit

---

Robert Vamosi

MIT DIR ODER
OHNE DICH

Kerry, meine Lebensgefährtin, ist unsicher, was unsere Zukunft angeht. Sie sagt mir das in der Abteilung Sucht/Rehabilitation von Staceys Buchladen in Cupertino, nur sind Ton und Bild nicht synchron. Ich sehe Kerrys Lippenbewegungen. Ich spüre den Klang ihrer Stimme als sanften Druck ihres Atems. Aber als dauerhafte Erinnerung an diesen Augenblick wird mir nicht das Bild ihrer weichen Haut oder ihrer wundervollen Augen, nicht einmal das ihres straffen Mundes bleiben, der mich die letzten Wochen in meiner ganzen Freizeit verbal malträtiert hat, sondern der Horror-Romane direkt hinter ihr, deren pechschwarze Buchumschläge Blut über Kerrys kastanienbraunes Haar vergießen, während die Mondschein-Sonate in Form leiser Muzak die vielen Gründe übertönt, warum wir nicht mehr zusammen leben können.

»Joe nimmt mich auf«, sagt sie und wendet sich zum Gehen.

»Joe?«

Heute früh ist die Schauspielerin Lauren Rogers gestorben und mit ihr meine erste und einzige Regiearbeit an einem abendfüllenden Spielfilm. Kerry findet, daß es Zeit wird, zu gehen. Ich schlendere wie benommen durch den Buchladen, kann meine Gedanken nicht von dem Film – und von Kerry – lösen.

Mein Piepser meldet sich.

Coolridge, die Regisseurin von *Coda*, erscheint auf meinem Fernempfänger, dem winzigen Chip-Bildschirm, den ich von meinem Armband hochklappe. Sie ist zu Hause in L.A. Sieht so aus, als brauchte sie etwas Schlaf oder eine gute Zigarette.

»Ron hat in seinem Haus zu einer Trauerfeier geladen«, sagt sie. »Er erwartet dich da unten gegen acht zum Essen. Howard, er ist fest entschlossen, den Film zu beenden.« Ihre Bildpost endet abrupt in einer Explosion von buntem Konfetti.

Ich sollte glücklich sein, daß ich noch einen Job habe, daß ich mir keinen der Karriereratgeber kaufen muß, die ich gerade durchgeblättert habe. Das bin ich aber nicht. Ich bin immer noch durcheinander. Deshalb kaufe ich mir für die Fahrt nach L.A. heute abend einen Horror-Roman, über dessen pechschwarzes Cover metallisch glänzendes Blut tropft. Ich kaufe ihn, weil die Frau, die auf dem Cover schreit, mich an Kerry erinnert.

Laurens Tod war keine Überraschung. Ich erinnere mich lebhaft, wie Coolridge sich während der ersten achtundvierzig Stunden aufgeführt hat, nachdem Lauren letzten Januar mitten in einer Szene zusammenbrach, viel deutlicher als an Ron, Laurens Ehemann und Produzent von *Coda*. Die wenigen Einstellungen, die wir noch brauchten, um die Dreharbeiten im wesentlichen abzuschließen, waren großteils Nahaufnahmen, und Ron meinte, daß wir die mit Lauren auslassen konnten, wenn es nicht anders ging. Coolridge war nicht seiner Meinung.

»Ich werde mich nicht an den Schnitt machen, wenn ich nur eine Fassung pro Szene zur Verfügung und fast keine Auswahlmöglichkeiten habe. Verdammt, Lauren war erst auf dem Weg, gut zu werden. Ich brauche Alternativen.«

Schließlich gab Ron nach.

Am folgenden Morgen traf ich mich in der Bay Area

zu einem Gespräch mit einigen Vertretern von Digitex. Vielleicht kennen Sie diese Firma. Vor zwei Jahren haben sie einigen Wirbel mit ihren Werbespots mit Marylin Monroe gemacht: unvergleichlich, wie die tote Schauspielerin vergleichbar jener Filmszene auf dem Belüftungsgitter in New York, die sie vor fast vierzig Jahren berühmt gemacht hatte –, sich den Zuschauerinnen am heimischen Fernseher zuwandte und ihnen ihre Lieblingsmarke für die Monatshygiene empfahl. Hätte Digitex in diesem Jahr nicht einen Cleo gewonnen, dann hätten die folgenden Gerichtsverfahren der Firma auf der Stelle den Garaus gemacht.

So kam es, daß ich einen Tag nach Laurens Einlieferung in die Klinik in einem winzigen Konferenzraum in Silicon Valley saß und mir auf einem 29-Zoll-Sony-Monitor die Animation anschaute, die Digitex von Lauren Rogers angefertigt hatte. Sie war gut. Weil ich Lauren inner- und außerhalb des Sets kennengelernt hatte, konnte ich mit Recht behaupten, daß sie in dem Vierzig-Sekunden-Clip einiges von ihrer Persönlichkeit eingefangen hatten.

Genau das wollte Ron hören. Nach einem ausgiebigen Ferngespräch brachten wir die Sache unter Dach und Fach.

Wieder in L.A., feierte ich an diesem Abend mit Ron und Coolridge beim Essen.

»Lauren spricht gut auf die Medikamente an«, sagte Ron. Er stach auf sein T-Bone-Steak ein, als versuche es vom Teller zu springen. »Ihre Aussichten sind sehr gut. Sie wird sich bald wieder soweit erholt haben, um die Dialoge zu sprechen, sagen die Ärzte.«

»So ein Blödsinn – sie stirbt«, entgegnete Coolridge. »Du Mistkerl hast vor allen geheimgehalten, daß sie HIV-positiv ist. Selbst vor mir.«

»Patricia, du darfst jemanden nicht diskriminieren, nur weil er positiv ist«, lächelte Ron. »In ein paar Wochen steht sie dir wieder zur Verfügung.«

»In ein paar Wochen, häh? Was hat Howard dann oben in Cupertino gemacht?«

Ron, der mit den Besten hätte Poker spielen und gewinnen können, sah mich bloß an, als sähe er mich zum ersten Mal, und lächelte. »Manchmal ist es sinnvoll, auf Nummer sicher zu gehen. Das ist alles.«

Fünf Stunden, nachdem Coolridge mich darüber unterrichtet hat, daß Ron *Coda* tatsächlich fertigstellen will, treffe ich in Rons Haus in L.A. ein. Der Horror-Roman, den ich im Schnellzug gelesen habe, steckt schräg in meiner Jackentasche; Lew Spencer, der Agent, der mich an der Tür empfängt, sieht ihn und lächelt. Er fragt mich, ob ich im geheimen ein Drehbuch von dem Roman schreibe, das ich ihm anbieten will. Als ich verneine, lacht er bloß.

»Schicken Sie's mir, wenn Sie mit *Coda* fertig sind. Ich könnte mir vorstellen, daß Sie's nach *Coda* dringend nötig haben werden.«

Ohne etwas zu erwidern nehme ich einen Drink, der mir angeboten wird, und schlendere an ihm vorbei ins Wohnzimmer.

Rons Haus geht auf die Bucht von Los Angeles hinaus. Die Sonne ist untergangen, es ist fast Nacht, als ich eintreffe, so daß die Stadt der Engel, die sich unter uns mit ihrem Lichterglanz ausbreitet, so real aussieht wie der Background der lokalen TV-Nachrichten. Dies hier ist das satellitenförmige Haus, in dem DePalma einen Teil von *Body Double* heruntergekurbelt hat, deshalb gehe ich im Wohnzimmer umher und rufe mir Szenen aus dem Film ins Gedächtnis, über den ich mal etwas geschrieben habe, als ich noch in den ersten Semestern meines Filmstudiums steckte. Im Andrang der Gäste entdecke ich viele alte Fakultäts- und Klassenkameraden. Es überrascht mich immer wieder, daß die alte Kumpanei in dieser Stadt egomanischer Halsabschneider noch intakt ist.

Jemand schlägt an ein Glas, und die Konversation verstummt augenblicklich.

Ron steht auf dem Küchentisch, eine Urne in den ausgestreckten Händen. Er bittet für einen Augenblick um Ruhe, während tibetanische Mönche psalmodierend aus dem Schlafzimmer marschieren, wobei sie Räucherwerk schwenken, das meine Nase reizt. Irgendwer niest. Danach erzählt Ron einige Anekdoten über Laurens verzweifeltes Bemühen, mit dem Tod ins reine zu kommen. Für einen Mann, der so nah daran ist, seiner Frau ins Grab zu folgen, wirkt er heute abend erstaunlich ruhig. Fast ausgelassen.

»Am Ende sagte sie: ›Liebling, nach den Filmen, die ich gemacht habe, bin ich mit dem Tod per du ...‹«

Die Musik spielt weiter, und Coolridge winkt mich hinüber. Zuerst will sie wissen, wie es mir so geht, und ich erzähle ihr von Kerry und Joe. Aber Coolridges Blick schweift ab, ihre Aufmerksamkeit ebenso. Ich frage sie, was aus dem Film wird; das ist das einzige, an dem wir beide Interesse haben.

»Nun ja«, meint sie und starrt mich an, daß mir die Knie weich werden. »Mir gefällt die Stümperei von Digitex nicht. Oh, nimm's nicht persönlich. Ich finde nur, daß dieser Techno-Kram *Coda* nicht retten kann.«

Ich nicke und sehe verwirrt zum Fenster hinaus. Im Canyon hat jemand ein Feuerwerk entzündet. Rote, blaue und gelbe Feuerblumen lugen vor Rons Haus über den Felsrand. Während ich sie beobachte, fühle ich mich mehr und mehr deplaziert an diesem Ort. Ich erinnere mich an die Nacht, als ein Freund und ich uns in Long Beach an Bord der Queen Mary schlichen, um uns das Feuerwerk anzusehen, das nur für zahlende Gäste bestimmt war. *Wie lang das her ist ...*

»Howard«, reißt mich Coolridge aus meiner Träumerei, »ich hab's nicht mehr in der Hand.« Anfangs überlege ich, ob sie den Drink in ihrer Hand, ihre nuschelige Stimme oder möglicherweise ihr Gleichgewichtsgefühl meint. Dann begreife ich, worauf sie hinauswill.

»Dann beschwere dich beim Filmverband.«

»Bis die eine Entscheidung getroffen haben, ist der Film im Kino.« Sie bemerkt meinen verdutzten Blick. »Ja, genau. Ron hat immer noch vor, die Premiere von *Coda* in der letzten Dezemberwoche in New York oder L.A. zu veranstalten. Ein Golden Globe, wenn nicht ein Oscar. Die Globes kann man schließlich kaufen.«

Ich schüttle den Kopf. »Davon können wir nicht einmal träumen. Wir reizen die technischen Möglichkeiten jetzt schon bis zum äußersten aus.«

»Das ist keine Frage der Technik. Für einen Mann, der gerade eine Frau verloren hat, mit der er zwanzig Jahre verheiratet gewesen ist, wirkt Ron verdammt gleichgültig. Erst recht, was die Technik angeht.«

In diesem Moment sehe ich unseren Gastgeber, den Filmproduzenten, den guten alten Ron, auf dem Klavier stehen und ein paar Tanzschritte versuchen. Er dreht sich um und scheint seine Regisseurin und ihren Assistenten zu bemerken. Sieht so aus, als lächle er; ich winke, als ich zurücklächle.

»Hier steht mehr auf dem Spiel«, fährt Coolridge hinter mir fort. »Etwas ...« Ich drehe mich um und muß feststellen, daß Coolridge auf den Balkon hinausgegangen ist, um sich zu übergeben.

Wieder in Cupertino, am Morgen nach der Trauerfeier für Lauren Rogers, sehe ich die tote Schauspielerin auf einem kleinen Sony-Monitor lächeln und verpasse ihr ein paar Lachfalten. Einfach makellos. Während ich ihr zusehe, gehen mir immer wieder Coolridges Zweifel durch den Kopf.

»Es ist zu glatt«, sage ich und lasse meine Kaffeetasse niederfahren. »Könnten Sie ...?«

Sie können nicht. Schon bevor ich frage, sehe ich ihre Antwort. Diese geduldigen Digitex-Techniker.

Susan mit dem punkroten Haar und den grünen Augen, die mich die letzten beiden Monate ohne Protest ertragen hat, äußert ein einziges Wort: »Kontext.«

J.D., der vermutlich die Anweisung erhalten hat, mich nicht zu erbosen, stimmt ihr zu. »Ja. Sie wissen schon, Howard, der Kuleschow-Effekt.«

Ich sacke verdutzt in meinen Stuhl zurück. In den letzten zwei Monaten habe ich in diesen Digitex-Angestellten wenig mehr als Digital-Hacker gesehen, Graphikkünstler, die nur in Bytes und hexadezimaler Schönheit träumen. Statt dessen haben beide ein abgeschlossenes Filmstudium hinter sich. Mehr noch, sie könnten sogar recht haben.

Der Kuleschow-Effekt, wenn ich das ausführen darf, tritt auf, wenn drei oder mehr Einstellungen – sagen wir ein Baby, ein Sarg und eine weinende Frau – zusammengeschnitten werden. Hat die Frau ihr Baby verloren? Hat der tote Ehemann eine trauernde Frau mit Kind hinterlassen? Hat die Frau ihrem traurigen Leben ein Ende gemacht? Mit den gegebenen Informationen ist jedes Szenario plausibel. Jedes paßt in den Kontext.

Morgen wird Ron mit der ersten geschnittenen Szene eintreffen. Es wird die erste Verbindung von Realaufnahmen mit unseren digitalen Nachbildungen sein. Am Morgen werden wir's wissen.

Am Abend ruft Coolridge an. Es ist ein für die Bay Area ungewöhnlich heißer Abend. Während mein kleines Apartment in Cupertino solche Annehmlichkeiten wie Air-Conditioning vorzuweisen hat, habe ich es vorgezogen, die antarktische Ozonschicht zu bewahren, und liege daher in buntkarierten Boxershorts auf der Bettdecke. Coolridge tut so, als bemerke sie es nicht. Sie ist für die Testvorführung morgen früh in der Stadt und im selben Howard-Johnsons-Hotel untergebracht wie ich neulich, und nach dem kleinen Ausschnitt zu urteilen, der hinter ihr zu erkennen ist, könnte es sogar dasselbe Zimmer sein.

»Die ganze Sache ist schon lustig«, sagt Coolridge, kein bißchen amüsiert. »Ich hätte von Anfang an merken müssen, daß *Coda* nicht mein Film ist. Erinnerst du dich an unseren Produktionszeitplan?«

Allerdings. In den ersten zwei Wochen haben wir von jeder Szene eine Hauptfassung gedreht und die restliche Zeit damit verbracht, Füllmaterial nachzudrehen. So was nennt man Zeitverschwendung. Und es ist ziemlich teuer.

»Also spielt Geld keine Rolle«, stelle ich fest.

»Nicht mit den neuen Spielzeugen, mit denen du dich beschäftigst.« Coolridge erspäht etwas auf meinem Bett und grinst. »Bordwell und Thomson. Die neueste Auflage. Ich habe gestern auch mal wieder mein Exemplar der *Filmkunst* zur Hand genommen. Meins ist allerdings eine Erstausgabe.«

Ich nicke. Ich war noch mal in Staceys Buchhandlung, und für einen ›Computer-Buchladen‹ ist ihr Angebot zum Thema Film und Filmemachen ganz ordentlich. Eigentlich bin ich dort gewesen, um mir Thalmanns Texte über Computergraphik zu besorgen, die sie natürlich auf Lager hatten. Daß diese jetzt neben der zehnten Auflage der *Filmkunst* auf meinem Bett verstreut liegen, interessiert Coolridge allerdings nicht sonderlich.

»Spline-Algorithmen. P-Kurven. Pixel-Ratio. Das sind keine filmischen Begriffe«, sagt sie. »Du arbeitest nicht mehr an einem ›Film‹, Howard. Du machst einen Zeichentrickfilm für den Sonntagmorgen.«

Ich sage nichts. Sie ist betrunken, vielleicht nervös wegen der Vorführung morgen früh.

»Als ich auf der Filmakademie war«, fährt sie fort, »haben wir mit Super-8-Kameras gedreht und kleine Bandspleiß-Schneidegeräte verwendet. Wir machten am späten Abend im Journalistengebäude spontane Testvorführungen in abgedunkelten Nachtwächterhäuschen. Ich habe mich nur aufs Fernsehen eingelassen, weil Leute, denen ich vertraute, mir versicherten, daß ich eines Tages Filme machen würde. Nun, schau mich an. Ich bin jetzt vierzig und kann immer noch nicht vom Filmemachen leben. *Du* hast allerdings Glück gehabt. Es gibt nur wenige Leute in dieser Stadt, die *ausschließlich* für Filmproduktionen arbeiten. Filmen ist eine Kunst, vergiß das nie. Video… ist unfruchtbares Land.«

Um acht Uhr am nächsten Morgen versammeln wir uns in Digitex' Vorführraum. Coolridge, die mit mir gefrühstückt hat, raucht wie unter Zwang, während Ron, der eben erst davongelaufen ist, hinter uns im Bildwerferraum steht. Er hat ein Auge darauf, daß der Vorführer die erste zusammengeschnittene Sequenz von *Coda* auch ordentlich einlegt.

Das Licht geht aus. Die Szene, ursprünglich vor einem New Yorker Wohnhaus auf dem Außengelände der New Paramount gedreht, dauert gerade einmal zwei Minuten. Danach gibt keiner einen Pieps von sich.

War es echt oder war es Digitex?

Vielleicht liegt's auch am Kuleschow-Effekt.

Alle Nahaufnahmen Laurens in dem Zusammenschnitt wurden digital erzeugt. Sie hat kein einziges Wort dieses Dialogs selbst gesprochen. Und doch hat der männliche Hauptdarsteller, der sich noch bester Gesundheit erfreut, hölzerner, fast tot gewirkt, verglichen mit Laurens Simulation. *Irgendwas stimmt hier nicht*, denke ich mir.

»Angenommen, wir korrigieren den Verlust an Bildauflösung«, sagt Ron mit einem Lächeln, »dann würde das Publikum nichts merken. Und wir hätten endlich einen Treffer gelandet.«

Coolridge schüttelt den Kopf. »Holly ist eine der besten, die wir für den Schnitt bekommen können, aber sie braucht mehr Freiheit. Ich kann sie nicht auf diese Weise einschränken.«

»Unsinn«, erwidert Ron und lächelt fast wie ein Fernsehprediger. »Es ist wie diese New Yorker Straße, die wir bei Paramount verwendet haben – alles sieht gut aus, bis man um die Ecke geht. Ein sorgfältiger Schnitt wird dafür sorgen, daß alle auf einer Linie bleiben.«

Ich sage nichts. Ich kann nicht behaupten, daß ich mich unmerklich auf Coolridges Seite geschlagen habe. Ich kann allerdings auch nicht zugeben, daß ich Ron ebenso zustimme. Mein Mitgefühl gilt aber der armen Schauspielerin, die von unserer schillernden Computergraphik in den Hintergrund gerückt wird.

Gegen Mittag sind Ron und Coolridge wieder nach L.A. unterwegs. Ich soll bleiben und mit Digitex weiterarbeiten, bis ich Bescheid erhalte. Wir sollen in einem Monat fertig sein.

Wieder daheim, muß ich feststellen, daß Kerry meinen Apparat angerufen hat. Mehrere Male sogar. Die ›Sache‹ mit Joe hat nicht funktioniert. Sie will zurückkommen, aber ich weiß nicht recht, was ich davon halten soll. Ich hole mein Fahrrad raus und verbringe den Rest des Tages damit, daß ich die Vorberge des Stevens Creek Parks umkurve und nachdenke. Später, erschöpft von der Fahrt, bin ich mir immer noch nicht sicher.

Als ich mir Kerrys Mitteilungen noch mal anhöre, fällt mir auf, daß sie nicht »Ich habe mich geirrt« oder »Ich habe es mir noch einmal überlegt« sagt. Sie sagt nur, daß ›die Sache mit Joe‹ nicht funktioniert, und ein auffälliges Zeichen dafür ist die Schramme unter ihrem Auge. Vielleicht ist es auch nur verschmiertes Mascara.

Joe hat ihr achtundvierzig Stunden gegeben, um auszuziehen.

An diesem Abend mische ich im Digitex-Studio ein neues Band mit Kerry.

Kerrys längste Mitteilung dauert weniger als eine Minute. Ich fange damit an, daß ich den Hintergrund ausblende. Sie sitzt in einer Küche, die sich in Joes Wohnung in Santa Clara befinden dürfte, denn zwei der vier Anrufe sind fast unhörbar wegen des Lärms der Maschinen, die auf den Internationalen Flughafen von San José einfliegen. Neutrales Licht, keine Schatten, die Fenster gehen also nach Norden hinaus, die Kamera ist gegen die Mittagssonne nach Süden gerichtet. Ich isoliere ihr Gesicht und lasse den Computer ihre Vokale abtasten, dann gewisse charakteristische Diphthonge. Auf der Grundlage dieser neuen Datenbank beginne ich mit dem Skript für einen neuen Monolog.

Während ich dabei bin, helle ich ihr linkes Auge auf und verleihe ihr einen insgesamt heitereren Ausdruck. Dieser neue sprechende Kopf von Kerry lächelt jetzt wie keine andere. Endlich versichert sie mir in entschlossenen Worten ihre unendliche Liebe.

»Wie konnte ich meine Liebe für dich bloß unterschätzen, Howard? Die letzten achtundvierzig Stunden waren die Hölle für mich. Bitte laß mich wieder zu dir. Ich habe mich geirrt.«

Mit Hilfe eines Quantel-Graphikcomputers plaziere ich sie neben den Pool des Fairmont Hotels im Geschäftsviertel von San José. Ich mische die Klänge und Bewegungen der Leute hinzu, die sich hinter ihr im Pool amüsieren. Sie spricht in ein Modular-Telefon, und ziemlich am Ende lasse ich einen Kellner sich mit einem Glas besten Napa Valley Cabernets zu ihr hinunterbeugen.

Zwei Stunden später bin ich zufrieden, obwohl der Rohschnitt noch ziemlich wacklig ist. Über die unteren Zeilen des Bildschirms rasen hexadezimale Zahlenreihen, die für noch nicht berechnete Farben, Klänge und Kamerapositionen stehen. Diese neue Nachricht von Kerry dauert nur eine Minute und zwanzig Sekunden. Die Länge ist mir recht, deshalb lasse ich von dem Gerät die fehlenden Zwischenbilder berechnen, Verwackelungen ausgleichen und Farben korrigieren.

Soll ich die Sonne vor oder hinter ihr plazieren? *Ver-*

dammt. Ich gehe mir einen Kaffee holen, während das Gerät lautlos darüber nachdenkt.

An der Rezeption, derselben Rezeption, wo Kerry früher gearbeitet und ein junger Mann ihren Posten übernommen hat, erhalte ich einen Anruf. Es ist Coolridge. Sie klingt zufrieden. Sie ist aus dem Projekt ausgestiegen. Sie hat *Coda* aufgegeben.

»Ich gebe dir den guten Rat, Junge, dasselbe zu tun«, sagt sie. »Was du da machst, ist krank. Das hat nichts mit Kunst oder Wirklichkeit zu tun. Er hat unseren kreativen Einfluß untergraben und will jetzt einen kommerziellen Blockbuster raushauen, mit dem ich nichts zu tun haben will. Und das solltest du auch nicht. *Es ist manipulativ.*«

Ich denke darüber nach, während ich in den Schneideraum zurückkehre, wo eine wunderschöne, wenn auch künstlich rausgeputzte Kerry mir ihre unsterbliche Liebe schwört. Erst bei diesem Anblick wird mir klar, was Coolridge eigentlich gemeint hat. *Es ist manipulativ.*

Manchmal behält sich ein Produzent das Recht vor, den endgültigen Schnitt zu überwachen, wenn er dafür dem Regisseur völlige Freiheit am Set zusichert. Das Ende eines Films zu ändern kann teuer werden – oft müssen die Schauspieler und die Crew neu verpflichtet und es muß neu vor Ort gedreht werden –, aber manchmal ist die Änderung notwendig und auch erfolgreich, wie im Fall von Adrian Lynes *Eine verhängnisvolle Affäre.* In dieser Hinsicht hat Digitex den Produzenten das ultimative Werkzeug zur Verfügung gestellt: eine relativ kostengünstige Methode, um die Interpretation eines Schauspielers oder eines Regisseurs lang nach den eigentlichen Dreharbeiten manipulieren zu können.

Auf diese Weise hat der Produzent immer das letzte Wort.

Ohne zu zögern lasse ich Kerrys ursprüngliche Nachricht noch mal laufen und erfahre ein zweites Mal, daß die ›Sache‹ mit Joe nicht funktioniert. Dieser Animationskram, stelle ich dabei fest, funktioniert genausowenig. Die Wirklichkeit ist vielleicht nicht perfekt, aber irgendwie gefällt sie mir so, und als ich heimkomme, stelle ich fest, daß Ron angerufen hat. Er will morgen in L.A. mit mir zu Mittag essen. Fabelhaft. Ich beschließe hinzugehen, wenn auch nur, um zu hören, was er zu sagen hat.

»»Jeglicher Fortschritt‹«, zitiert Ron mir gegenüber, »»verdankt sich der Entschlossenheit von Menschen, die unpopuläre Positionen eingenommen haben.‹ Adlai Stevenson hat das einmal gesagt, und ich glaube, daß er recht hatte.«

Wir stehen vor dem *Pink's* an der Ecke La Brea Avenue und Melrose, kauen Hot Dogs und saufen israelischen Kräuterschnaps. Wenn das seine Vorstellung von einer Zusammmenarbeit mit meiner Generation ist, weiß er nicht, was er tut. Hinter uns fährt eine kirschrote Cabriolimousine voller cooler Typen und heißer Bräute vorbei, und der Rhythmus aus ihrer Endstufengepowerten Stereoanlage klingt wie ein Trommelfeuer zum Jüngsten Gericht.

Ron, der ein verschrumpeltes Frankfurter Würstchen in der Hand hält, von dem Würze und Senf gefährlich nah an seinen Pierre-Cardin-Schlips tropft, sieht in seinem Gucci-Anzug ziemlich lächerlich aus, ein konservativer Fleck in der bunten Lässigkeit eines Nachmittags in Hollywood. »Wir können den Wandel nicht aufhalten, habe ich recht, Howard?« Er zeigt mit dem Hot Dog auf mich.

»Was hat Lauren denn dazu gesagt?« frage ich.

»Ihr letzter Film war ein Reinfall. Meinst du, es wäre ihr recht gewesen, wenn *Fool's Night Out* ihr letzter Film geblieben wäre? Oder was?«

Ich formuliere meine Frage anders. »Was hätte Lauren denn dazu gesagt, wenn sie Spline-Algorithmen ihre beste und letzte Rolle verdankt?«

Er sieht weg. »Sie wollte bis zum Ende arbeiten. Sie wollte bis zum letzten Moment nicht, daß jemand etwas von ihrer Krankheit merkt.«

»Also hast du ihr nichts von deinen Anteilen an Digitex verraten.«

Seine Augen funkeln. »Wie kommst du auf die Idee, daß ich auch nur das geringste Interesse an dieser Firma habe?«

»Weil du laut dem aktuellen Digitex-Prospekt ungefähr zu der Zeit, als sie mit ihrem Monroe-Werbespot solchen Erfolg hatten, den Löwenanteil ihrer Aktien gekauft hast. Es war ein Wagnis – das muß ich dir zugestehen –, aber deine Frau damit auszuschlachten ...«

Er stützt sich auf einen Plastikstuhl. Er kann nichts mehr sagen, ist nicht imstande, den Blick von mir abzuwenden. Ich spüre seinen Blick, die Intensität, mit der er mich ansieht.

Es kümmert mich nicht mehr, was er von mir denkt, denn inzwischen bin ich mir in meinem Urteil über ihn sicher.

»Ich wollte dich im Vorspann von *Coda* als Regisseur angeben«, sagt er leise.

Ich sollte mich geschmeichelt fühlen. Die Namen, die im Vorspann genannt werden, sind nicht immer die der Leute, die den Film gedreht haben. Es sind die Namen, die sich die Erwähnung nach Meinung der Verbände und Vereinigungen am ehesten verdient haben. Mit einem Wimpernschlag verschwindet Coolridges ganze Arbeit in der Versenkung. Statt dessen strahlt die ganzen fünf Sekunden lang *mein* Name als Regisseur auf der silbrigen Leinwand, bevor Ton und Bild in eine getürkte New Yorker Straßenszene überblenden ...

»Nein.« Meine Entscheidung steht fest, meine Stimme klingt aber nicht so. Ich wende mich von ihm ab, und meine vorgebliche Entschlossenheit beginnt zu wanken. »Auf keinen Fall.«

»Dann wirst du in dieser Stadt nie wieder Arbeit finden.«

»Ich habe sogar schon wieder Arbeit in dieser Stadt«, rufe ich. »Und ich weiß, was du im Sinn hast.«

Meine Wirtin in Cupertino beharrt darauf, daß ich in der Bay Area größere Aussichten habe, Arbeit zu finden. Eigentlich will sie sich bloß nicht nach neuen Mietern umsehen. Aber richtig rund geht's halt nur in L.A., deshalb muß ich sie damit enttäuschen, daß ich zurückziehe. Widerwillig hängt sie das Schild mit der Aufschrift ZIMMER FREI im Hof auf.

Ich kehre mit leeren Umzugskartons in mein Apartment zurück und finde eine Nachricht von Coolridge in meinem Apparat. Seit ihr Absprung bekannt geworden ist, sagt sie, sei bei ihr die Hölle los. Sie sagt, sie habe mindestens drei Projekte auf dem Schreibtisch liegen, und eines davon soll in der Bay Area realisiert werden. Wofür sie sich auch entscheidet, sie will mich auf jeden Fall als ihre rechte Hand. Nach ihr hat Lew Spencer angerufen, der ihre Angaben bestätigt. Ich speichere beide Nachrichten, um später darauf zurückzukommen, dann mache ich mich ans Packen.

Ich brauche bis zum Nachmittag, als mich ein Anruf von Kerry erreicht. Sie ist völlig durcheinander, regelrecht hysterisch, und sie will unbedingt wissen, wie ich mich entschieden habe: ob sie zurückkommen darf oder ob sie anderweitig etwas arrangieren muß. Hey, sage ich, kein Problem, ich bin dir nicht böse. Ich laß den Schlüssel unter der Fußmatte liegen. Hör mal, füge ich hinzu, gib mir nur noch eine halbe Stunde, dann treffen wir uns unten vor Staceys Buchladen und setzen uns im Einkaufszentrum nebenan eine Weile an die Videospiele. Daraufhin lächelt sie glücklich, ohne zu ahnen, daß ich in einer halben Stunde schon auf der I-5 nach L.A. unterwegs sein werde. Ich habe nicht vor, länger als nötig in Cupertino zu bleiben. Ich habe auch nicht vor, Kerry jemals wiederzusehen. *Sie* bildet sich etwas ein, nicht ich.

Die Wirklichkeit ist vielleicht nicht immer perfekt, aber irgendwie gefällt sie mir so.

Originaltitel: ›With or Without you‹ • Copyright © 1994 by Mercury Press, Inc. • Aus: ›The Magazine of Fantasy & Science Fiction‹, Juli 1994 • Aus dem Amerikanischen übersetzt von Michael K. Iwoleit

DIE UNTIEFEN
DER SIRENEN

AUS DEM ABGRUND

Erik hatte gelernt, das Schlimmste vom Universum zu erwarten, doch so weit zu kommen und dann dieses System besetzt vorzufinden, war entmutigend.

(»Enkel, die Sensoren zeigen, daß du tief in der Scheiße steckst.«)

»Gib mir nur einen Bericht, Großmutter Omphale. Laß mich analysieren.« Er brauchte keine tote alte Dame, um darauf aufmerksam zu werden, daß er in Schwierigkeiten steckte.

(»Zwei Raumschiffe im System, und ein halbes Dutzend kleinerer Gefährte.«)

Erik verschaffte sich einen Eindruck von der Ansammlung, dann löschte er den Stereotank. Bei vollständiger Polarisation reflektierte der Bildschirm jedes einzelne Photon und wurde zu einem perfekten Spiegel. Indem er sein Halstuch zurechtrückte, betrachtete Erik mißmutig sein Spiegelbild. Er trug eine 3V-Jacke, die im Moment ein verkleinertes Bild des lokalen Raumsektors zeigte. Kopf, Hände und untere Extremitäten sahen normal aus, doch vom Halstuch abwärts war sein Torso ein unregelmäßiges Loch, das von den seltsamen Konstellationen des Sculptoris-Sektors ausgefüllt wurde – als könne er durch seinen Körper und das Schott hinter ihm in die von Sternen erfüllte Leere hinaussehen. Ein hohler Mann. Hatte er irgendwie das falsche System erwischt? Das hätte von einer wirklich unheimlich schlampigen Navigation gezeugt. »Großmutter Omphale, überprüfe bitte, ob der Stern und die planetaren Körper im *Systemführer* verzeichnet sind.«

(»Entschuldigung, Enkel – G1-Stern; zweiter Planet mit vier Monden, Stickstoff-Sauerstoff-Atmosphäre, blaue Meere; weiter draußen ein Trio von Gasriesen. Mit der Navigation ist alles in Ordnung. Jemand ist eingedrungen.«)

Aber wer? So weit draußen in der Randzone konnte er kaum damit rechnen, einen Bekannten, geschweige denn einen Freund zu treffen. Nach der Flucht von Fomalhaut B hatte Erik auf den Galaktischen Südpol zugehalten, sich nahezu dreißig Parsek im rechten Winkel zur Milchstraße bewegt und gehofft, sich so zu verirren, daß nicht einmal die Imperiumsflotte ihn finden würde. Jetzt konnte er weder flüchten, kämpfen, noch plausible Entschuldigungen vorweisen – sein Schiff war eine Fornax-Raumschwalbe, eine langsame, zahnlose, gravitationsbetriebene Jacht, die Erik bei seiner Flucht von Fomalhaut B gestohlen hatte. Es war das einzige interstellare Schiff mit einem vollen Weinschrank und einer Fünf-Sterne-Kombüse, das ihm in die Hände gefallen war.

(Großmutter Omphale ratterte die Daten herunter – sie war jetzt seit fünf Jahrhunderten tot, und die externen Sensoren waren ihre einzige Freude, ihre Verbindung mit der Welt jenseits von Eriks erweitertem Gedächtnis – »Triebwerksemissionen deuten darauf hin, daß das große Schiff aus dem Imperium stammt und zur Kolonieklasse gehört.«) Erik sah das Raumschiff vor sich, groß und rund wie ein kleiner Mond, vollgestopft mit Unterkünften, Montagerobotern, rückgezüchteten Reptilien, all den Menschen, Tieren und Fahrzeugen für eine provisorische Kolonie. (Großmutter Philonoe, die Familienhistorikerin, brachte den Namen *Kap Kolonie* ins Spiel. »... tartet im vorigen Jahrhundert von Tau Ceti aus, mit dem Ziel, eine Siedlung auf Deneb Kaistos zu errichten. Der Kontakt brach ab, sie erreichte nie ihr Ziel, und ihr Verbleib ist unbekannt – *bis jetzt*.«) Erik nickte. Die kleineren Schiffe innerhalb des Systems mußten die Beiboote und Frachtfähren der *Kap Kolonie* sein. Im Orbit konstruiert, konnten Kolonieschiffe die Belastungen einer atmosphärischen Landung niemals überstehen – sie zerschellten und verbrannten wie Aluminium in einem Triebwerkstrahl.

(»Das zweite Raumschiff ist die *Sirene*.«)

Großmutter Philonoe brauchte nicht mehr zu sagen. Erik kannte die *Sirene* – ein einzigartiges, schnelles und schlankes Langstreckenschiff mit einer weit wechselvolleren Geschichte als die *Kap Kolonie*. Sie war in Eriks Heimatsystem Fomalhaut B – damals in Großmutter Adas Zeiten – für einen ungenannten Kunden aus der Randzone wieder instand gesetzt worden. Großmutter Ada hatte nicht mit Namen, sondern nur mit harter Währung und verkäuflicher Fracht gehandelt – solange die Güter nicht offenkundig gestohlen oder die Gelder nachlässig gewaschen waren. Sie glaubte fest an den freien Handel.

(»Immer noch, Enkel«, gemahnte ihn Ada. »Stell keine Fragen und du wirst keine Lügen hören.«) Erik hatte, untergebracht auf einem 64K-MegaRAM-Implantat, neun Großmütter in seinem Kopf. Jede der alten Frauen hatte einmal ein Sonnensystem beherrscht. Jetzt halfen die meisten von ihnen dabei, Teile von Eriks erweiterter Anatomie zu steuern – externe und interne Sensoren, erweitertes Gedächtnis, organische Software... Alle außer Großmutter Ada. Stolz wie Luzifers Tante weigerte sich Ada, an die Hardware gebunden zu werden. Sie schwebte einfach in seinem Kopf herum und erteilte mit ihrer starken, aber dennoch weichen Stimme kostenlose Ratschläge. (»Der Eigentümer der *Sirene* behauptete, er besäße ›Güter‹ auf dem Fernen Eridani, aber er bezahlte für die Instandsetzung mit einer Ladung erstklassiger Roboter – KI-Hardware, Microwaldos, halbintelligente Chassis. Sachen, die die Familie gebrauchen, aber nicht produzieren konnte. Mein Gott, der Ferne Eridani war noch rückständiger als Fomalhaut – *das ist er immer noch.* Weiß der Teufel, woher die Roboter wirklich stammten.«)

»Du hast also diesen erstklassigen Frachter in die gute Kopie eines bewaffneten Handelskreuzers der Imperiumsflotte verwandelt – bis auf die Geschosse und die Geschützstände.« Der Anblick der *Sirene* nach so vielen Jahrhunderten war wie eine Konfrontation mit den Sünden seiner Familie. »Gute Arbeit, Großmutter Ada.«

(»Enkel, wenn ein Bursche seine Schotten gepanzert und seinen Frachtraum in Schubkapazität umgewandelt haben will, wie sollten wir darüber richten? Vielleicht lebte er in ungemütlicher Nachbarschaft. Die Flotte glaubt, die Menschheit könnte die Polizei der Galaxis spielen. Großmutter Ada wußte es besser.«)

»Schon gut, aber was machen wir jetzt?«

(Ada lachte. »Nun, wir zeigen ihnen, was für harte Burschen wir sind.«) Sie hatte gut reden. Das alte Mädchen war nur ein elektronischer Geist, behütet in seinem RAM, ohne einen Körper, auf den sie achtgeben mußte, ohne Schmerzsensoren, die sie quälten.

Während der Abbremsung aus relativistischer Beschleunigung hatte Erik Stunden vor sich, bevor er von Bord gehen konnte. Indem er sich in die bordeigenen Systeme einklinkte, schickte er Großmutter Xantha (eine Zauberin, was Software anging) auf eine wüste Tour durch die Computer der Raumschwalbe, ließ sie die vitalen Speicher löschen, Programme in seinen Kopf übertragen, die Hardware mit einem letztlich bösartigen Virus infizieren. Signale von der *Sirene* wiesen ihn an, in einen vorgeschriebenen Orbit einzuschwenken, und drohten mit empfindlichen Sanktionen, wenn er nicht antwortete und Folge leistete. Erik gehorchte, antwortete aber nicht. Sollten die Dreckskerle ruhig schwitzen. Sie würden nicht feuern – nicht, solange er ihnen ein luxuriöses Beiboot zu liefern versprach. Eine Fornax-Raumschwalbe war zu wertvoll, um sie in einem Wutanfall zu vernichten.

Erik füllte seine Gifte auf, ließ jene ab, die ihre Wirksamkeit verloren hatten, und erneuerte seine eigenen Immunkräfte. Seine besten Gifte waren verdorben und hatten nichts als langsam wirkende Toxine und ein untaugliches Desinfektionsmittel zurückgelassen – so weit entfernt von einer richtigen Apotheke hatte er nichts besseres zu bieten. Indem er seinen Stachel umschnallte, schob er ein paar Messer in seine Stiefelschäfte und versteckte eine Mikrogranate hinter seiner Gürtelschnalle. Er konstruierte eine winzige binäre Materie/Antimaterie-Bombe, die er hinter dem Massekonverter der Raumschwalbe unterbrachte. Die Bombe hatte einen passiven Auslöser, der an den Sender/Empfänger in seinem Schädel angekoppelt war. Zehn Stunden nachdem sein Hirn zu senden aufgehört hätte, würde die Bombe das Schiff zu Photonen zerfetzen; wer immer ihn umgebracht hätte, wäre dann hoffentlich an Bord.

Nachdem er sich bestmöglich auf seine Gäste vorbereitet hatte, bestellte Erik kalte Bouillabaisse mit Blaufisch von Lyran und ein Gläschen gekühlten Amontillado. Er würde die Whirlpoolsauna und die Kombüsenbar der Raumschwalbe vermissen. (Das Schiff bot Menüs fünf unterschiedlicher Küchen an: Fomalhaut Lokal, Imperium Standard, Sirian, Alte Erde und Gutbürgerliche.) Er würde nie Zeit finden, den Weinschrank völlig auszuplündern. Erik war als Prinz eines Planeten zur Welt gekommen, erstklassigen Komfort, bestes Essen, das Gefühl von Seide und die wildesten Orgien gewöhnt, ausgesuchte Vergnügungen, die ihm von Menschen bereitet wurden, welche danach gierten, seine Wünsche vorauszuahnen, seine Bedürfnisse zu erfüllen, *bevor er überhaupt wahrnahm, daß er sie hatte.* Erik wußte nicht, wie es war, auf Bedienung zu warten, eine Liquiditätsprobe über sich ergehen zu lassen, oder von einer Frau zu hören, daß sie nicht in Stimmung war – er hatte ein so erhabenes und verschwenderisches Leben geführt, daß das Vakuum außerhalb grobschlächtig erschien. Doch hatte er trotzdem auch das schlichte Dasein an Bord eines Schiffes zu schätzen gelernt. Jetzt würde er darauf ebenfalls verzichten müssen.

Er betrachtete den blauen Planeten unter ihm. Weiße Wolkenwirbel verdeckten zur Hälfte einen gewaltigen, mit den Spitzen nach Norden zeigenden halbmondförmigen Kontinent, der von blaugrünen, derart klaren und seichten Meeren umspült wurde, daß Erik sich einbildete, er könne auf ihren Grund sehen. Er hätte dort in einsamer Behaglichkeit wieder als Prinz eines Planeten leben können. Alles, was dieser Welt fehlte, waren ein paar Frauen – der noch frische Reiz der Ehelosigkeit war recht oberflächlich.

Ein Alarmsignal ertönte. Seine Luftschleuse wurde geflutet. Eriks Bauchmuskeln spannten sich an. Er kippte den Inhalt seines Sherryglases hinunter; er brauchte einen gesunden Schuß Säuferglück, um zu überleben, was ihm bevorstand. Großmutter Arrhippe verhalf seinem Körper zur Entspannung. Er stellte seine 3V-Jacke auf neutrales, reflektionsloses Mattgrau.

Durch die Schleuse kam der häßlichste achtbeinige Alien, den Erik je gesehen hatte. Unterleib und Brust waren mit einem Panzer bewehrt; ein glänzender helmartiger Kopf wölbte sich über perlartigen Augen und säbelförmigen Unterkiefern. Klauenartige Vordergliedmaßen umklammerten eine schwere Sturmwaffe, ein Abfanggeschoß, das die äußeren Schotten durchschlagen konnte, wenn der Käfer dumm genug wäre, den Abzug zu betätigen. Drei ähnliche Monstren watschelten hinter dem ersten her, drangen ein und schwärmten aus, mit den Waffen im Anschlag und mißtrauischen

Blicken, als warteten sie darauf, daß Erik sie angriff. Dieser alptraumhaften Käfertruppe folgte ein menschliches Wesen, ein wilder junger Sklavenhändler von Eridani, nackt bis zur Hüfte, mit einer Haut wie Teakholz. Seine nackte Brust war mit schauerlichen Tätowierungen übersät. Eriks Implantate beinhalteten Zoomsensoren, die ihn warnten, wenn jemand bewaffnet war – völlig überflüssig in diesem Fall. Gekreuzte Patronengurte hielten Gas- und Splittergranaten und ein Paar Sturmpistolen, die Salven selbstlenkender Pfeile verschossen. Einen Kris mit gewellter Klinge trug der Pirat wohl nur als Glücksbringer.

Erik sah mürrisch zu, wie die Aliens widerliche Köpfe in die Lounge und die Sauna steckten und nach dem lyranischen Blaufisch schnüffelten. Er war ein wenig besorgt gewesen, daß ein heller Kopf seine Antimateriebombe finden würde, aber wie diese Jungs vorgingen, konnten sie wohl keine Bombe von einer Bouillabaisse unterscheiden – nicht alle Fremdwesen waren dumm, aber acht Beine und minderwertige Anlagen machten einen auch nicht gerade zu einem Albert Einstein.

»Wer, zum Teufel, sein?!« Der Slavenhändler sprach eine grobschlächtige, ungeschliffene Version der Universalsprache, wie sie von den Außenweltlern des Eridani bevorzugt wurde.

»Namen sind unwichtig«, erwiderte Erik und hielt ihm erst einmal seinen Stachelstummel hin. Er hatte beschlossen, sich zu schützen, indem er ihnen anbot, was sie wollten.

Der Pirat begutachtete den Stachel unschlüssig, als könne er nicht glauben, daß so etwas Zerbrechliches eine Waffe sein konnte, dann steckte er ihn neben den Kris in seinen Gürtel. »Du sein gefangen, Unwicht.« Sie machten wirklich rasende Fortschritte. Kaum eine Minute her, und schon waren sie per du.

Der Sklavenhändler stieß Erik an Bord eines Beiboots und schob ihn zwischen einem weiteren Paar waffenstarrender Aliens, deren groteske spinnenartige Körper in deutlichem Kontrast zur werkneuen Innenausstattung des Beiboots standen. Die Räuber hatten sich nicht die Mühe gemacht, die blauen und weißen EAI-Aufkleber abzureißen – die Entwicklungsagentur des Imperiums subventionierte die Besiedlung des Heimatsystems. Der Pilot war halbmenschlich – ein verschlagener Söldner, der sich eine schwere Sturmpistole an die Hüfte geschnallt hatte und eine enge graue Uniform mit aschweißen und kohlschwarzen Tigerstreifen trug. Der Graue Tiger warf Erik einen einzigen Blick zu – seine Pupillen waren schwarze Quantenlöcher und strahlten jene Gefühlskälte aus, die den wahrhaft mordlüsternen Söldnern ihren schlechten Ruf verschafft hatte.

Erik rechnete damit, in der Enge der *Sirene*, umgeben von Großmutter Adas Handarbeit, verhört zu werden. Statt dessen schob man ihn auf ein breites Hangardeck, wo er einer Horde von Sklavenhändlern und Söldnern gegenüberstand, die auf ein teuflisches Vergnügen vorbereitet zu sein schienen. (»Dieses Deck habe ich noch nie gesehen, Enkel – du bist wohl auf der *Kap Kolonie*.« Großmutter Ada hatte einen Deckplan der *Sirene* in ihren Daten.)

Er wurde unverzüglich einer unnötig gründlichen Leibesvisitation unterzogen. Der Sklavenhändler und der Graue Tiger hatten ihre helle Freude an seinen Messern und Mikrogranaten, die auf sie wie Kinderspielzeug wirken mußten. Tatsächlich waren es Köder. Seine wirklichen Waffen waren seine Implantate und die in subkutanen Säcken verborgenen Gifte. Die Messer und Granaten waren nur dazu da, damit sie bei einer Durchsuchung etwas fanden und nicht so frustriert wurden, daß sie anfingen, ihn auseinanderzunehmen.

Während sie knufften und kratzten, überschaute Erik das makellose Hangardeck. Eine große Frachtfähre war für Reparaturarbeiten geöffnet; kleinere Fahrzeuge näherten und entfernten sich durch eine gähnende

Schleuse. Eine scheinbar unermüdliche Schar von Aliens wartete diese Fahrzeuge – dünne vierarmige Zentauroide stellten die Vorarbeiter mächtiger doppelendiger, sechzehnbeiniger Hundertfüßler. Insektenkrieger halfen bei der schweren Arbeit. Die Kaufleute, Sklavenhändler und ihr grotesker Zoo ließen das weiße, kugelförmige Kolonialschiff wie einen riesigen Schädel erscheinen, der emsig abgenagt wurde. Erik sah keine Spur von den Siedlern, für deren Transport das Schiff vorgesehen war; er hegte wenig Sympathien für die Siedler des Imperiums – seine Familie hatte sich stets geweigert, sie aufzunehmen. (Er konnte sich vorstellen, daß Fomalhaut B inzwischen für die Besiedlung weit offen stand.) Dennoch war ihre Abwesenheit deprimierend – »Du sein gefangen« hörte sich an wie eine Zwischenstation auf dem Weg in die Organbänke. Sie beendeten die Prozedur, indem sie seine Hände mit dünnen Plastikfäden hinter dem Rücken zusammenbanden, unterbrachen so seinen Blutkreislauf und stellten ihn splitternackt vor einen großen Sklavenhändler mit dem Gesicht eines Totengräbers. Die Gesichtszüge des Mannes waren dekorativ boshaft – eine lebhaft weiße Narbe verlief von der Stirn bis zum Kinn durch ein Auge, das durch ein funktionstüchtiges, aber scheußliches mechanisches Implantat ersetzt worden war. »Großmutter Ada«, flüsterte Erik, »ist das der Kerl, für den du die *Sirene* wieder instand gesetzt hast?«

(»Ich habe ihn noch nie gesehen. Ein solches Gesicht würde deine Großmutter nicht vergessen.«)

Von der Narbe abgesehen, war der Sklavenhalter ein gesundes Exemplar, fit und geschmeidig, angetan mit Geländestiefeln und Schiffshosen. Eine Schärpe um seine Hüfte hielt eine rückstoßlose Pistole. Je zwei tätowierte Drachen wanden sich um jede Brustwarze. (Philonoe wies Erik darauf hin, daß Drachen auf Autorität unter den Sklavenhändlern vom Eridani hindeuteten. »Dieser Skaramuz ist der Kapitän.«)

»Also gut, Kapitän Unwicht, sagen Sie uns Ihren richtigen Namen.« Skaramuz hatte nicht den Randzonenakzent der Eridaner.

»Ich bin Erik, Prinz von Aquarius, Erbe des Hauses von Fomalhaut.« Dies von jemandem zu hören, der nackt und zusammengeschnürt wie ein gerupfter Truthahn vor einem stand, provozierte ringsum Gelächter. »Wir haben die *Sirene* für Sie instand gesetzt. Sie sollten dankbar sein.«

»Das frühere Haus von Fomalhaut. Was die Instandsetzung angeht, ist Ihre Familie bezahlt worden, und zwar mit...« Skaramuz neigte den Kopf, um einem Empfängermodul in seinem Ohr zu lauschen. (Omphale verfolgte das Signal zur *Sirene* zurück.) »...mit Präzisionsrobotern. Wenn Sie ewige Dankbarkeit erwarten, das stand nicht in unserem Vertrag. Prinzen von Aquarius gehören der Geschichte der Antike an – Tau Ceti hat Fomalhaut über ein Jahrhundert lang beherrscht.«

»Wenn die Herrschaft des Imperiums so sicher ist, warum ist immer noch eine Belohnung von einem Megacredit auf meinen Kopf ausgesetzt? Mein Volk will das Haus von Fomalhaut wiedereinsetzen.« In Wirklichkeit hatte Erik keinen Schimmer, wie die Imperianer auf Fomalhaut zurechtkamen, er wollte nur die Belohnung erwähnen.

»Was tun Sie sie so weit weg vom Kampfgeschehen?«

»Ich habe eine Pause gebraucht.«

Die grinsenden Affen hatten noch einen Lacher, amüsierten sich wirklich köstlich. Erik fühlte sich, als führe er einen Sketch in einem sadomasochistischen Nudistenlager auf. Kapitän Skaramuz lächelte – ein wahrhaft übler Anblick. »Wir können Ihnen eine längere Pause verschaffen.« Von der *Sirene* kam ein weiteres Signal. (Omphale schaltete es gleich zu Erik durch. »*Mit kontrolliertem Verhör fortfahren.*«)

Sklavenhändler packten Erik und schleppten ihn mit dem Kopf nach unten zu einer Luke, die sich in eine so grubenschwarze Dunkelheit öffnete, daß sie wie ein Loch in der Bordwand wirkte. Nur Eriks Implantate verrieten ihm, daß die Kammer dahinter Decks und Schotten aufwies. Sie stießen ihn hinein. Als die Luke zuknallte, hörte er einen Räuber sagen: »Nackt bist du gekommen, und nackt gehst du. Mag der Herr der Heerscharen deiner gnädig sein.« Es war schon sonderbar, einen eridanischen Sklavenhändler derlei sagen zu hören – äußerst bedrohlich.

Und Moses sprach zu ihnen: Tötet jeden Mann unter den Midianitern, und jeden Jungen unter ihren Kindern, und jede Frau, die einem Mann gehört hat – doch jedes junge Mädchen, das noch keinem Mann gehört hat, behaltet für euch ...

– Gottes Plan für die Midianiter, Nummer 31:15–18

HERR DER HEERSCHAREN

Pechschwarze Dunkelheit. Die Kammer war offensichtlich einmal ein gekühlter Lagerraum gewesen – Wände und Boden fühlten sich eiskalt an. Weil sie ihn in die Mitte der Kammer stießen, hielt Erik die Temperatur in seinem Körperinnern durch Gefäßverengung konstant. Implantate schalteten den Schmerz ab und dämpften die Furcht, doch nichts konnte verbergen, welch schrecklichen Fehlgriff er sich geleistet hatte. Wenn er ein anderes unbewohntes System als Zufluchtsort gewählt hätte – und davon gab es im Skulptoris-Sektor Hunderte –, wären seine größte Sorge Gräten in seinem Blaufisch gewesen.

(»Natürlich hast du dir das beste Sonnensystem ausgesucht.« Ada schlug ihren Ich-hab's-dir-doch-gesagt-Ton an. »Und eine erdähnliche Perle von einem Planeten – ohne daran zu denken, daß er auch jemand anderen interessieren könnte. Jetzt bist du kaltes Fleisch in den Händen halbmenschlicher Ghule. Laß dir das eine Lehre sein, Enkel.«)

(Ein Chor von Stimmen pflichtete bei. »Wir haben dich gewarnt... Erwartet immer das Beste... Geht immer mitten rein und nimmt sich, was er will.«)

Erik mußte zugeben, daß er ein verzogener Trottel war, dem der Preis für einen Erfolg oder die Chance des Scheiterns nie schmeckte. »Die Selbstgefälligkeit hat mich eingeholt. Ihr könnt euch glücklich schätzen.«

(»Aber wir wünschen uns nur das Beste für dich. Wirklich... Auch Ada... Besonders Ada...«)

Die Dunkelheit verpuffte. Er stand mit befreiten Händen unter einer heißen Sonne auf einem terrassenförmigen Hügelhang. Bienen summten umher. Die staubige Luft roch nach Fenchel, Zichorie, Honig und einem Desinfektionsbad für Schafe. Auf den umliegenden Hängen wuchsen Weinstöcke, Oliven- und Obstbäume. Ein geschwungener Sandstreifen säumte eine große blaue Bucht. Über dem Strand stand ein ummauerter Palast mit roten Marmorsäulen, Bronzetoren und Ziegeldächern. Kleine halbwilde Antilopen fielen über ein Melonenfeld her.

Er war zu Hause. Dünne heiße Luft, eine gelbe staubige Landschaft, ein blaues seichtes Meer – es war sein Zuhause, seine Heimat Karka, der Planet, den seine Familie terraformisiert hatte. Der Palast gehörte seiner Mutter – so hatte er ausgesehen, ehe die Flotte des Imperiums ihn in einer planmäßigen Demonstration von Feuerkraft dem Erdboden gleichgemacht hatte. Er war nah dem östlichen Hof, dem Frühling und der Grotte, die der Göttin geweiht war.

(»Enkel, das ist nicht deine Heimat«, unterbrach Omphale die Simulation. »Wie die Sensoren anzeigen, kommen die Daten von der *Sirene.*«)

»Scheiß auf deine Sensoren, Großmutter Omphale. Mir gefällt es.«

(»Deine Hände sind immer noch gefesselt und taub«,

fügte Arrhippe hinzu.) Erik betrachtete seine Hände –
ungefesselt und vor seinem Körper, braungebrannt und
kräftig in der Sonne.

(»Wir können das leicht überspielen.«)

»Verdammt noch mal, nein. Mir gefällt es.«

»ERIK VON FOMALHAUT.« Die Stimme war hinter ihm,
sprach akzentlose Universalsprache, kalt, unversöhn-
lich und makellos frei von Fehlern. Erik fuhr herum.
Hinter ihm stand ein alter Schäfer, ein hochgeschosse-
ner, großväterlicher Berg von einem Mann in einem
weißen Gewand, mit einem rechteckig gestutzten weißen Bart und knorrigem Gesicht; seine Augen waren
von einem fesselnden Winterblau. Ihm zu Füßen gra-
sten Schafe.

(»Das ist er«, bemerkte Ada, »für den ich die *Sirene*
überholt habe. Das Alter steht ihm. Er ist viel, viel ein-
drucksvoller geworden.«)

»DU STEHST AM RANDE DER VERNICHTUNG.« Jede an-
dere hätte lächerlich gewirkt, so zu reden, während ihm
Schafe zwischen den Beinen umherliefen, doch *diese*
Stimme konnte niemand mißachten.

Ein heißer Schirokko wirbelte den gelben Staub auf,
trocknete Weinstöcke aus, riß Blätter von den Obstbäu-
men. Der Boden vibrierte in der sengenden Hitze. Erik
sah den Palast seiner Mutter beben. Steine fielen von
den Mauern, Säulen knickten, Säulengänge brachen ein.
Nacheinander stürzten die Ziegeldächer in sich zusammen. Es war wie eine zu schnell abgespulte Aufzeichnung des Bombardements aus dem Orbit.

»SPÜRE MEINEN ZORN.« Der weißhaarige Schäfer
winkte mit seinem Hirtenstab, und der ganze gewaltige
Palast rutschte in einer Staub- und Schuttlawine den
Hang ins Meer hinunter. Gold und Bronze strömten wie
Wasser. Das Meer selbst kochte mit unvorstellbarer Gewalt – binnen Sekunden war das Wasser verschwunden, verkocht und ließ ein zersprungenes und damp-
fendes Bett zurück. Lava quoll aus den Ritzen. Nicht

einmal das Orbitbombardement war so fürchterlich gewesen. Zu Eriks Füßen rauchten Steine. Nur der alte Schäfer und seine Tiere blieben auf dem üppig grünen Boden – indem er seinen Hirtenstab senkte, streckte er die Hände aus. »ERIK VON FOMALHAUT. DU STEHST AM RANDE EINER FEUERGRUBE, ABER DER HERR DER HEERSCHAREN HAT VERWENDUNG FÜR DICH.«

Sind doch gute Neuigkeiten, dachte Erik, während er auf einem dünnen Grat von heißem Sand balancierte.

»DIE SPERREN IN DEINEM SCHIFFSCOMPUTER MÜSSEN ENTFERNT WERDEN.«

»Die Sperren? Wohl kaum.« Erik zwang sich ein Lächeln ab. »Ich habe das Schiff ausgeweidet. Es bewegt sich keinen Millimeter ohne mich.« Das stimmte zwar nicht ganz, aber es wurde Zeit, großspurige Behauptungen aufzustellen.

»DU WIRST DIE SPERREN ENTFERNEN.«

»Das geht nicht«, erwiderte Erik fröhlich. »Der Speicher ist zerstört. Ein für allemal.«

»DANN SOLL DAS FEUER DICH VERZEHREN.« Der alte Knabe stand kalt wie Eis auf seinem Grasfetzen. Erik verlor auf dem glühenden Hang den Halt, fiel auf alle viere und verbrannte sich die Hände. Er stellte fest, daß sich der Mann vor ihm an Bord der *Sirene* befand – er bemerkte die leichte Zeitverzögerung durch die lichtschnelle Übertragung –, dennoch war es scheußlich real. Hände und Füße wurden zu versengten Stümpfen. Arrhippe blockierte den Schmerz, aber nicht den Schrecken, den er vor Augen hatte. »Ich werde nicht allein verbrennen«, versprach er. »Die Raumschwalbe ist auf einer abnehmenden Umlaufbahn. Sie wird verschmoren, wenn sie in die Atmosphäre eintritt.« Gespenstische Illusionen konnten die Gesetze der Orbitalmechanik nicht aufheben.

»SICH MIR ZU VERWEIGERN, BEDEUTET DEN TOD. SPÜRE DAS GEWICHT DEINES FLEISCHES.«

Eriks Körper vertrocknete, seine Haut verschrumpelte, sein Haar fiel in Büscheln aus; seine Zähne fingen an zu wackeln und fielen ihm aus dem Mund.

»TRETE MEINEM BUND BEI, UND DEIN WIRD DAS EWIGE LEBEN SEIN.«

»Ich trete bei, ich trete bei«, krächzte Erik und spuckte Zähne.

(»Gefällt dir das immer noch?« Ada hatte Gelegenheit, sich zu rächen.) Erik knirschte mit den Kiefern, war zu sehr mit dem Herumkriechen beschäftigt, um zu antworten.

»ICH HABE DEN BLOSSEN SCHMUTZ GESAMMELT. DEN AB-SCHAUM DER SCHÖPFUNG.« Wenn Skaramuz und seine fröhlichen Sklavenhändler als brauchbare Beispiele durchgehen konnten, war Schmutz und Abschaum unerhört geschmeichelt.

»BEREUE, ERIK VON FOMALHAUT, UND AUCH DU KANNST ERLÖST SEIN.«

Erik bereute mit aller Hingabe, sagte sich von allen Sünden los, die er begangen oder zu begehen gehofft hatte.

Ein sengender Blitz, ein Donnergrollen, und Karka war wiedererschaffen. Erik stand wiederum auf dem sonnigen Hang unter der Zitadelle seiner Mutter. Vom Meer her wehte eine Brise. Nah der Grotte sprudelte eine Quelle. Hände und Füße waren heil, kein Knochen verkohlt, keine Verbrennungen dritten Grades. Die Stimme seines neuen Meisters umdröhnte ihn mit der Warnung, daß eidbrüchige Bundesgenossen in schwarze Gruben geworfen, bis zum Tode angekettet oder mit siedendem Öl übergossen wurden, und ähnliche Nettigkeiten. Der Mann hatte völlig den Verstand verloren, ein Größenwahnsinniger von maßlosen Proportionen. Erik war selbst als Halbgott aufgewachsen und kannte die Symptome.

Der Donner und das übrige Theater hörten auf. Erik war wieder in dem dunklen Frachtraum. Mit gefesselten Händen. Nackt war er eingetreten, und nackt war er zurückgekehrt. Grinsende Sklavenhändler öffneten die Luke. Einer von ihnen trat mit einer gewellten Klinge vor – ein unheilvoller Gruß für einen Bundesgenossen. Der Bösewicht drehte Erik nur um die eigene Achse und durchschnitt mit dem Kris die Plastikfesseln. Es war derselbe braunhäutige Sklavenhändler, der an Bord der Raumschwalbe gekommen war.

Eriks befreite Hände waren taub wie Eis – diesmal war das keine Illusion. Sklavenhändler mußten ihn anziehen und arbeiteten unter dem finsteren Blick von Kapitän Skaramuz mechanischem Auge. Es gab keine Hosiannas und Hallelujas für den neuen Bundesgenossen – keine tränenreichen ›Der Herr ist uns erschienen‹-Chöre. Erik bezweifelte, ob dieses Mordgesindel Religion überhaupt ernst nahm. Sicher mißtrauten sie ihm so sehr wie er ihnen.

Das Gefühl kehrte in seine Hände zurück. Er wärmte sie in den Taschen seines 3V-Mantels und war erstaunt, daß man ihm nichts gestohlen hatte. Alles war an seinem Platz: sein Rekorder/Abspielgerät, ein 48K-Megabyte-Taschencomputer, kompatibel mit seinem internen RAM, außerdem sein Mediset, seidene Taschentücher, einige offenkundig gefälschte ID-Karten und ein fast wertloser schwarzer und jadefarbener Schmetterling. Seltsam, daß eine Bande von Mördern gegenüber einer solchen Kleinigkeit Skrupel zeigte. Ihr Verlust – es würde alles gegen sie verwendet werden.

Skaramuz hieß ihn schroff willkommen. »Betrachte dich als Mitglied der Mannschaft. Arbeite hart, sammle deine Tätowierungen, und in ein paar Jahren hast du vielleicht einen Drachen auf der linken Titte. Tanzt du aus der Reihe, ziehe ich dir mit einem stumpfen Messer die Haut ab.« Diese inspirierende Rede entlockte den Grauen Tigern ein Grinsen. »Mikilu.« Skaramuz nickte dem Sklavenhalter mit dem Kris zu. »Besorge ihm eine Koje. Mit der Morgenwache bringst du ihn auf die Raumschwalbe zurück. Er soll dort arbeiten.«

Mikilu berührte den Kris mit den Lippen und salutierte mit übertrieben gekonntem Schwung – der einzelne Drachen auf seiner Brust bedeutete, daß er ein Halunke auf dem Weg nach oben war. Er führte Erik durch die Korridore des Schiffs und sagte dabei: »Sklavenhandel sein das Größte. Wirst schon sehen – besser statt heiße Ladungen, Piraterie oder Mordaufträge.« Die schlechte Grammatik konnte eine amüsierte Großmütigkeit nicht verbergen. Mikilu war der erhabene Eingeweihte und hatte eine leichte Hand mit den Säbelkiefer-Aliens, schweren Waffen und Verhören unter Folter. Prinz Erik war der kleine Novize. »Imperianer haben ruiniert den Eridani, Sklavenmärkte geschlossen, Schmuggel Leben ausgesaugt – alle Frachten jetzt sein legal, oder zu einfach zurückzuverfolgen.« Erik stimmte höflich zu. Die Imperianer hatten ihn auch ruiniert. Es zahlte sich kaum mehr aus, Prinz eines Planeten zu sein – ginge es nicht um den Stolz und diverse Nebeneinkünfte, hätte seine Familie sich nie auf einen Kampf eingelassen.

Insektenkrieger standen in einer Reihe an den Schotten und wurden von den großen doppelendigen Sechzehnbeinern gefüttert. Außerdem hielten sich einige vierarmige Zentauroide in dem Korridor auf, die schnell und gewandt zur Sache gingen. Erik fragte Großmutter Philonoe, wo all diese seltsamen Aliens herkamen. (»Keine Ahnung, Enkel.« Ihre Stimme klang ungewöhnlich amüsiert. »Zentauroide? Zweiköpfige Hundertfüßler? Ein Dutzend verschiedener Insektenkrieger? Eine solche Vielzahl von sauerstoffatmenden Alienrassen, über die keine Dokumente vorliegen, ist wirklich erstaunlich, selbst so weit draußen in der Randzone.«) Unbesiedelt bedeutete nicht unerforscht. Erkundungsschiffe hatten alle Sonnensysteme im Umkreis von hunderten Parseks besucht. Waren einige sauerstoffreiche besiedelte Welten irgendwie übersehen worden? Unmöglich. Erik überlegte, den redseligen Mikilu zu fragen, wollte aber nicht allzu neugierig erscheinen – es gab bessere, sicherere Möglichkeiten als zu fragen.

Sie verließen den zentralen Lift auf einem offenen Schlafdeck, das mit Reihen von Kojen und unzähligen Sklavenhändlern ausgefüllt war. Die Grauen Tiger hatten wohl ihr eigenes Deck. Mikilu deutete auf eine Nische mit einer Doppelkoje, Spinden, Recyclern und einem Paar Schiffstischen.

»Welches Bett?« Erik bemerkte das Fehlen einer Sauna und einer Automatenbar und bezweifelte, ob die Mahlzeiten wenigstens Vier-Sterne-Qualität erreichen würden.

»Nimm beide, haben Platz genug.«

Seine neuen Spinde waren mit nützlichem Krimskrams vollgestopft: 3V-Spulen, sauber zusammengefaltete Overalls, eine Holokamera und Rekorder – billige und glänzende Exporte des Home-System-Konzerns. Außerdem eine auf Tau Ceti abgefüllte Flasche Cognac, ein originaler Brandy, Hausmarke des Imperiums – weniger als zweihundert Jahre alt. Als ihm auffiel, daß das Siegel gebrochen war, wog Erik das Fläschchen in der Hand. Fast voll. Er erstarrte, blickte auf die Kabinenreihe und hörte Mikilu über ein paar andere schwere Fälle lästern.

»Weicheier. Soll ihm Deck R zeigen?«

»Als nächstes.«

Erik dachte an den Burschen, der seinen unbenutzten Overall so sorgfältig zusammengefaltet hatte, und nahm einen letzten Schluck Brandy ... bevor es wohin ging? Er legte die Flasche hin, als sei ihr Inhalt vergiftet. Die Kabinen waren mit persönlichen Habseligkeiten vollgestopft. Allein dieses Deck hatte über tausend Kolonisten beherbergt – nun bot es Platz für ein paar Dutzend Sklavenhändler, Ghule, die frei und bequem in einer leeren Gruft lebten.

»Komm.« Mikilu stand auf. »Beste kommt noch.«

»Beste ist hier«, blinzelte ein geschmeidiger junger Sklavenhändler.

»Scheißweiber«, fluchte ein dritter.

Verblüfft ließ Erik sich von Mikilu in den Lift zurückschieben. Zentauroide eilten zwischen den Decks hin und her. Graue Tiger stiegen auf ihrem Stockwerk aus. Aber Erik ließ Deck um Deck hinter sich, eins so offen, unbewacht und unbenutzt wie das andere. Nur Deck R wurde bewacht, von einem Grauen Tiger, der an der Luke herumlungerte – ein blonder, gutaussehender Barbar mit glatten Gesichtszügen und pomadigen Locken. Erik fiel auf, daß er Mikilu ebenso angrinste wie alle anderen bei der Erwähnung von Deck R. »Willkommen im Paradies.« Er zog am Hebel der Luke und winkte sie in eine leergeräumte Schleuse, die nach schaler Luft und Lösungsmitteln roch.

Vor der inneren Drucktür schwebten die Hologlyphen eines in Universaldialekt übersetzten Bibelzitats:

Wenn der Herr den Feind deinen Händen ausliefert und eine anmutige Jungfrau unter den Gefangenen ist, darfst du sie heiraten. Bring sie in dein Haus, schere ihren Kopf, schneide ihre Nägel und werfe die Kleider weg, die sie trug. Sie soll einen ganzen Monat in deinem Haus bleiben und ihren Vater und ihre Mutter betrauern. Dann darfst du mit ihr verkehren.

– Deuteronomie 21:10–14

Mikilu trat durch die Buchstaben und öffnete die innere Luke. Dahinter befand sich ein Schlafdeck voller Kojen – und Frauen. Frauen und Mädchen, wohin man sah, zu dritt oder zu viert in eine Kabine gezwängt, allein oder in Gruppen auf dem Boden der Korridore. Junge Mütter säugten Babies. Kleine Kinder spielten. Teenager streunten herum. Sie alle trugen weiße Unterhemden, ihre Köpfe waren geschoren. Das nachwachsende Haar war so kurz und gleichmäßig, daß Erik zu dem Schluß kam, sie seien noch vor Wochen völlig kahl gewesen.

Die beiden Männer wurden von Schweigen begrüßt, das nur das Geschrei der Säuglinge störte. Erik sah eine schmerzhafte Welle von Gesicht zu Gesicht gehen. Kleine Mädchen lächelten ihn an. Ältere Schwestern warfen ihm scheue Blicke zu. Teenager bissen sich auf die Nägel. Junge Frauen sahen ihn finster an oder starrten ausdruckslos ins Leere. Und damit hörte es auf. Es gab keine älteren Frauen. Bioskulpt konnte einen, was das Alter einer Frau anging, leicht täuschen, besonders in einer formlosen Menge von fast Kahlköpfigen – aber keine der Frauen, die Erik sah, waren übers gebärfähige Alter hinaus. Hier waren also die Kolonisten. Aber er bekam nur einen arg zusammengestutzten Teil zu Gesicht; ein einziges Geschlecht – noch dazu beschränkt auf jene, die ihre Lebensmitte noch nicht erreicht hatten.

Mikilu holte ein paar Zuckerkristalle aus einer Hosentasche und verteilte sie unter den kleinen Mädchen, die sich um die Schleusenluke versammelt hatten. Er lächelte Erik an. »Süßigkeiten für kleine Mädchen sein Investition für die Zukunft.«

Ein Teenager mit einem hellen Halstuch nahm ein paar Zuckerstücke, sagte aber, sie brauche eigentlich eine Holokamera. Sie wollte unbedingt eine. Mikilu lachte. »Heute nicht, Süße.« Er gab ihr einige 3V-Spulen. Sie bedankte sich mit einem breiten Lächeln. Erik fühlte sich schuldig, die Taschen voll zu haben, während diese Frauen nichts, nicht einmal Taschen hatten. Seine Koje, die Habseligkeiten in seinem Spind, die Drei-Sterne-Mahlzeiten, die auf ihn warteten, waren eigentlich für diese Frauen und ihre Familien vorgesehen. Kurzentschlossen verschenkte er seine Seidentaschentücher und seinen Rekorder, so daß er nur noch seinen Taschencomputer, das Medikit, falsche ID-Karten und den schwarzen Jade-Schmetterling übrig hatte. Als Gegenleistung erhielt er Dankesworte, Lächeln und ein Gefühl der Erleichterung.

Einige waren nicht so schnell zufrieden. Eine Frau mit finsterem Gesicht stellte sich Erik entgegen. »Viel dringender brauchen wir Decken.«

»Und etwas anderes zum Anziehen«, fügte ihre Gefährtin hinzu.

»Wir müssen irgendwie unser Essen zubereiten.«

»Wir können nicht einmal Wasser kochen.«

»Oder unsere Hemden flicken.«

Erik bemerkte, daß Mikilus entspanntes Lächeln verblaßte. Er hatte eine Art, durch eine Frau hindurchzusehen, seinen Blick auf ihre Brüste oder ihren Schritt zu konzentrieren und seinen Spaß zu haben, bis sie aufgab. Eine junge Frau schob sich nach vorn. Sie trug kein Halstuch, nur das Hemd, doch ihre Ausstrahlung war erstaunlich – starke schöne Wangenknochen standen unter einem kurzen blonden Pelz hervor. Glühende blaugraue Augen starrten Mikilu furchtlos an. »Was ist mit den anderen passiert? Das ist das einzige, was wir wirklich brauchen – wir wollen wissen, wo die anderen sind.«

Ihr Auftreten ermutigte die anderen. »Sagt uns, was mit den Männern passiert ist.«

»Wo ist mein Mann?«

»Mein kleiner Junge?«

Mikilu betrachtete sie von Kopf bis Fuß, musterte ihre Kurven unter dem Hemd, sah ihr aber nicht in die Augen. Sie schnaubte und richtete ihren frechen, unerschrockenen Blick auf Erik. »Was ist mit dir? Mein Name ist Lilith Glausschreiber. Meine Eltern sind Jacob Schreiber und Sarah Glaus. Sie ist eine Augenchirurgin, mein Vater Vorsitzender des Ministeriums für Urbane Angelegenheiten auf Tau Ceti IV. Was ist mit ihnen passiert?«

Erik verbarg seine Verlegenheit hinter müder Förmlichkeit. »Ich bin Erik, Prinz von Fomalhaut.« Offenbar sagten sein Name und Titel ihr nichts – Siedler des Imperiums waren notorisch ignorant, und es gab keinen

Grund, warum eine junge Frau, die neues Leben im Kaitos-System vor sich hatte, mit Fomalhaut vertraut sein sollte. Er beeilte sich, eine Entschuldigung zu stammeln. »Ich bin eben erst an Bord dieses Schiffs gekommen. Ich weiß nur, daß dies die *Kap Kolonie* ist, und daß Sie nach Deneb Kaitos unterwegs waren. Sie wurden seit einiger Zeit vermißt.« Mehr als ein Jahrhundert, aber das erwähnte er nicht. Relativistische Reise machten die Datumsangaben des Heimatsystems in der Randzone bedeutungslos.

»Das ist nicht Deneb Kaitos.« Sie riß die Augen auf.

Sie wußten also nicht einmal das – jedes weitere Wort wäre ein Schlag für sie gewesen. »Wir sind tief im Skluptoris-Sektor. Sie sind um fünfundvierzig Grad von ihrem ursprünglichen Kurs abgewichen und um mehr als fünfzig Lichtjahre über das Kaitos-System hinausgeschossen.« (Philonoe bot genaue Zahlen an, aber er ignorierte sie.) Die Frauen reagierten mit Keuchen und Klagen auf diese Nachricht. Sie waren weit von jeder denkbaren Rettung entfernt.

Lilith runzelte die Stirn. »Sie müssen andere Teile des Schiffs gesehen haben. Wir haben seit Wochen nichts als dieses Deck zu Gesicht bekommen.«

Erik gab zu, daß er etwas von dem Schiff gesehen hatte – ein Hangardeck, ein Schlafdeck, den zentralen Lift und einen dunklen Lagerraum.

»Sind die Männer oder älteren Frauen auf anderen Decks?«

»Ich habe keine anderen Kolonisten gesehen.«

Sie schüttelte ungeduldig den Kopf. Sie wußten beide, daß er sich wand. Das Schlimme war, was er nicht erwähnte. Völlige Abwesenheit kam völliger Vernichtung gleich. Aber was sollte er auch sagen – daß ihre Väter und Mütter, Ehemänner, Brüder und Söhne höchstwahrscheinlich umgebracht worden waren? Erik bezweifelte, ob er dazu die Nerven hätte, selbst wenn er wußte, daß es die Wahrheit war.

Mikilu führte ihn zurück durch die Schleuse. »Du lernen«, sagte er. »Fragen antworten sein Fehler. Hören auf zu fragen, dann nettes Blabla. Aber nur Blabla. Chef sein sehr religiös.« Erik war das Phänomen vertraut – ein Massenmörder, der freien Sex verurteilte. Erik hatte festgestellt, daß er hemmungslosen Sex gewöhnlich tolerieren konnte; Massenmorde bereiteten ihm allerdings Unbehagen.

»Bald wir sie bringen in den Staub«, fügte Mikilu hinzu. »Dort wir näherkommen. Ein, zwei, vielleicht drei wir heiraten. Massig Frauen. Viel Fickfick.«

»Was ist mit den anderen passiert?« Erik hielt es nicht aus, nichts zu sagen. Außerdem war es mindestens ebenso verdächtig, keine Fragen wie zu viele Fragen zu stellen.

Mikilu nickte dem wachhabenden Grauen Tiger zu. »Zeig Mann deine Arme.« Der Händler nahm seine Pflicht nicht allzu ernst, so tief in den Eingeweiden eines schwerbewaffneten Schiffs. Er rollte die tigerartig gestreiften Ärmel hoch.

»Als wir Schiff kaperten, Imperianer viel Ärger gemacht«, erklärte Mikilu müßig. »Käfer waren die Stoßtrupps, haben gekämpft und gekillt. Aber Tiger hier, er sein Held. Echter Teufelskerl. Lasersalve mit bloßer Hand aufgehalten.«

Erik konnte sehen, daß die Arme des Burschen nicht zusammenpaßten. Es sprang nicht gleich ins Auge, aber ein Arm war größer und dunkler.

»Sein Arm bis zum Ellbogen verbrannt. Aber jetzt sein brandneu.«

»Für mich jedenfalls.« Der Wachmann rollte die Ärmel herunter.

»Viel Frauen. Menge Kram übrig. Das wird ein Leben.«

Wir gingen in das Land, in das du uns geschickt hast.
Das Land, in dem wirklich Milch und Honig fließen ...

– Zahlen 13:28

Morgenwache. Wieder an Bord der Raumschwalbe, gab Erik vor, Computer zu reparieren. Skaramuz stampfte herum und triezte Mikilu mit sarkastischen Bemerkungen, der wußte, daß die Elektronik des Schiffs weitgehend in Ordnung war – auf einen Befehl von Erik würden die Geräte wieder ›sauber laufen‹. Die ganze Zeit über tobte in Eriks Kopf eine aufgeregte Debatte:

(»Was wissen wir?« hakte Xantha nach. Als eingefleischte Programmiererin brauchte Xantha sorgfältig sortierte Daten.)

(Philonoe referierte für sie die Fakten. »Adas alter Kunde hält sich für einen Gott. Er hat einige Graue Tiger um sich versammelt, Sklavenhändler vom Eridani, und eine Horde unbekannter Aliens. Sie haben ein Kolonistenschiff gekapert, die Mannschaft und alle männlichen Siedler ausgerottet ...«)

Sind sie wirklich alle tot? fragte sich Erik.

(»Reiß dich zusammen, Enkel. Sie sind so tot wie wir. Vielleicht noch mehr.«)

Aber warum? Erik fühlte immer noch wie ein Kind, fragte sie nach dem Warum. Warum haben sie die *Kap Kolonie* gekapert? Warum sind sie hierher gekommen?

(»Um eine Siedlung zu gründen.« Xantha versuchte alle roten Fäden zu einem logischen Knoten zu verknüpfen.)

(»Warum wendet sich ein Sklavenhändler der Religion zu und wird ein Siedler?« Ada nahm die losen Enden auf. »Und wo kommen all die Aliens her?«)

(»Aus dem Außenbereich«, schlug Semiramis vor, die Dichterin der Familie, die immer schon von der großen Galaxis jenseits der Menschlichen Sphäre fasziniert gewesen war – dort, wo alles möglich war.)

(»Unmöglich«, beharrten Philonoe und Xantha. »Die *Sirene* hat Fomalhaut ohne Insekten an Bord verlassen. Sie hatte nicht genug Zeit, die Randzone zu erreichen und zurückzukehren. Diese Aliens stammen aus der Menschlichen Sphäre.«)

(»Das ist gleichermaßen unmöglich«, schnaubte Semiramis. »Planeten mit sauerstoffatmenden Aliens strahlen wie nackte Hintern.«) Der Großteil der menschlichen Sphäre war eine trostlose Einöde. Wirklich bewohnbare Welten kamen so selten vor, daß die Imperianer einen Krieg führten, nur um Fomalhaut besiedeln zu können.

(»Zwei Geheimnisse kommen einer Lösung gleich.« Ein alter Aphorismus von Ada. »Findet heraus, woher die Aliens stammen – oder warum er hier siedeln will –, dann wird alles aufgehen.«)

»Ich glaube, du machst da überhaupt nichts.« Skaramuz rief Erik die Worte ins Ohr, stützte sich schwer auf seine Schulter. »Das ist doch alles nur Show.«

Erik seufzte und legte die supraleitende Sonde hin, die er angeblich repariert hatte. »Sie haben recht. Ich brauche nur mit dem Finger zu schnippen, und schon führen die Geräte ein Tänzchen für mich auf.«

Skaramuz schnellte hoch und hatte einen Ausdruck verblüfften Triumphes auf dem Gesicht. »Ich werde dir die Haut abziehen lassen, Stück für Stück.«

Erik schüttelte den Kopf. »Töten Sie mich, und Sie verlieren das Schiff.« Er mußte die Raumschwalbe opfern, doch wenn er sie zu leichtfertig hergab, würden sie wissen, daß er die Kontrolle nicht wirklich aufgab. (»Das ist genau richtig, Enkel – fordere etwas. Bring sie zum Nachgeben, sonst tut sich nichts.«) Erik wußte, was er für die Raumschwalbe haben wollte, etwas beinahe Harmloses, doch entscheidend Wichtiges.

»Wer hat etwas von Töten gesagt?« Skaramuz gewann sein bösartiges Lächeln zurück.

»Foltern nützen nichts. Drogen auch nicht. Ich will

eine Frau – und eine Reise in den Staub.« Erik stach mit einem Finger in Richtung Mikilu. »Er sagte, wir könnten Frauen mit in den Staub nehmen, um uns näherzukommen. Das klang gut.« Genaugenommen war es das beste, was er seit seinem Eintritt ins System gehört hatte.

Skaramuz starrte erst Mikilu, dann Erik mit offenem Mund an. Bevor Skaramuz noch etwas sagen konnte, hob Erik die dünne glitzernde Sonde auf, an der er vorgeblich herumgewerkelt hatte. Indem er eine Hand öffnete, stach er das nadelspitze Instrument mitten durch die Handfläche. (»Arrhippe, laß den Schmerz verschwinden.«) Mit einem stolzen Lächeln hielt er die Hand hoch und zeigte sie den Sklavenhändlern. »Kein Blut. Kein Schmerz. Foltern machen mir nichts aus.«

Mikilu schüttelte den Kopf. »Mann, du verrückt.«

Skaramuz spuckte aus und fluchte hingebungsvoll. »Wir werden dich Stück für Stück auseinandernehmen, die Augen zuletzt, damit du dabei *zusehen* kannst.«

»So bekommt ihr die Raumschwalbe auch nicht. Fragt den alten Burschen auf der *Sirene*. Eine Frau – ein Abstieg in den Staub.« Erik drehte die Hand und staunte, wie das Metall hindurchgedrungen war. Sie brauchten die Raumschwalbe; ansonsten wäre er längst unterm Skalpell gelandet – dann wäre er jetzt Teil eines Sklavenhändlers mit schwachen Nieren oder einer lahmen Leber.

Skaramuz hörte auf zu quasseln. Er lauschte seinem Ohrempfänger. (Omphale verfolgte die Funkverbindung zur *Sirene* zurück. »Du hast sie in Zugzwang gebracht, Enkel.«)

»Ihr Name ist Lilith.« Erik zog den Stahlsplitter heraus. Arrhippe schloß die Wunde. »Die Tochter von Jacob Schreiber und Sarah Glaus von Tau Ceti IV.« Philonoe sorgte dafür, daß er nie etwas vergaß.

Skaramuz grunzte. »Hoffentlich läuft das verdammte Schiff bald wieder.« Er stakste davon.

Mikilu zog eine Grimasse. »Mann, du verrückt.«

Erik zuckte mit den Achseln. »Ich wollte die Frau und eine Reise in den Staub. Ich wollte mir keine Feinde machen.«

Mikilu lachte. »Du dir keine Feinde machen. Kapitän will sowieso dir an Kragen. Aber du wirklich verrückt, dir wegen einer schrägen Blonden an die Eier gehen lassen. Sein doch Nervensäge, hat großes Maul. Wirst noch mal lieber Kapitän in Arsch ficken.«

Erik hielt das nicht für ausgeschlossen. »Warum will er mir an den Kragen?«

»Er meint, du uns ausspionieren.« Mikilu bohrte seinen Blick in Erik, wie er es immer bei den Frauen tat. »Er meint, du mieser Kerl. Er meint, du haben Pläne.«

Wenn er weniger vom Dienst beansprucht wurde und Lilith an Bord hatte, würde die Raumschwalbe gut laufen. (»Du bist eben nur knapp davongekommen«, informierte ihn Philonoe. »Ein Schritt weiter, und sie bringen dich um.«)

(»Zu viele unbesetzte Variablen«, erklärte Xantha.)

(»Mir hat's gefallen«, kicherte Ada.)

Erik zuckte mit den Achseln. Er mußte den Planeten sehen. Und Lilith. Er hatte für diese Möglichkeit riskant gespielt, eine augenblickliche Exekution in Kauf genommen und seinen größten Trumpf ausgespielt – die vorübergehende Kontrolle über die Raumschwalbe. Er hatte nicht vor, auf den Abstieg zu verzichten, oder auf die Zeit mit Lilith. Er mußte Informationen und Gelegenheiten aus jeder Nanosekunde herauspressen. Skaramuz machte es ihm nicht leicht. Vier große Käfer begleiteten Erik nach unten – sie hatten gekämmte Schädel, waren leicht gebaut und trugen glänzende Panzer und schmale Arm- und Beinschienen für Tunnelarbeiten oder Scharmützel an Bord eines Schiffs. Ansonsten ähnelten sie den schwereren Typen, hatten acht Beine, winzige Augen und Fühler. Auch sie gaben keinen Ton von sich. Vermutlich verständigten sie sich mit Hilfe ihrer Fühler.

(»Schwache elektromagnetische Signale«, korrigierte ihn Omphale. »Erkennungscodes. Befehlsphrasen. Nichts Phantasievolles oder Philosophisches.«) Er bat sie, den Code von Xantha und Philonoe entschlüsseln zu lassen. Er wollte wissen, was die Käfer von sich gaben, und vielleicht sogar mit ihnen reden.

Den Planeten bekam er zu sehen, während sie sich ihm auf einem spiralförmigen Kurs näherten. Als sie über die Nachtseite auf den Terminator zuflogen, sah er den Ozean, von einem Trio von Monden schwach beleuchtet. Der Tag brach an, ein strahlendes blaues Band, das immer heller und satter wurde. Dann erschien die Sonne selbst über dem dunklen Saum des Planeten, nicht wie Sol, doch fast wie ihre Schwester, rot am Horizont, ein gelbweißer Ball, als sie höhergestiegen war. Schließlich setzte das dumpfe Dröhnen des Gegenschubs ein. Schwerkraftfelder bauten sich auf. Der Leichter war ein schlichter Landejet mit Wasserstoff/Sauerstoff-Triebwerken und ohne Beschleunigungsfelder – primitive Technik. Die Sterne verblaßten, der Himmel wurde blau. Von den Flügeln schlängelten sich Kondensstreifen. Der Pilot war einer der vierarmigen, vierbeinigen Zentauroiden; er hockte auf dem Hinterteil. Mit vier Armen konnte er gleichzeitig die Aufgaben des Piloten und des Copiloten übernehmen. Ein intelligenter Alien, aber schweigsam wie die Insektenkrieger.

Lilith saß neben ihm; sie trug einen Overall aus dunklem Stoff, der besser saß als der Kittel – er ließ ihre Anmut, Festigkeit und Kraft erkennen. Auch sie war schweigsam wie ein Insektenkrieger. Lebhafte blaugraue Augen musterten ihn, die bewaffneten Aliens und den Zentauroiden an der Steuerung – sie alle trafen dieselben mutigen, intelligenten Blicke.

Erik stellte fest, daß er sich gern von ihr ansehen ließ. »Wir fliegen den Kontinent an.« Er nickte in Richtung eines Ausgucks. Die halbmondförmige Landmasse sah wie eine grünbraune Sichel aus, die sich zwischen Meer und Himmel schob.

Lilith drehte sich zur Seite, den Kopf von der Beschleunigung in den Sitz gedrückt, schaute zum Ausguck hinaus und blickte Erik wieder an. »Was weißt du über diesen Planeten?« Sie versuchten etwas aus ihm herauszubekommen. (»Immer überlegen«, lobte Ada.) Hatte sie auch Pläne?

»Ein Prachtstück«, keuchte Erik und überließ sich entspannt der Schwerkraft. »Sauerstoffatmosphäre. Hoher CO_2-Anteil. Starker Treibhauseffekt. Flora und Fauna. Sogar Megafauna.« Wahrscheinlich besser als der Planet im Kaitos-System, zu dem sie unterwegs gewesen war – ein schwacher Trost, wenn man bedachte, unter welchen Umständen Lilith hier war. Mikilu saß hinter ihnen und sorgte dafür, daß Quatschquatsch nicht zu Fickfick führte. Als reichten vier Insektenkrieger als Anstandsdamen nicht aus.

Der Landejet setzte auf einer Lichtung auf, die noch aus dem Hochlandwald gehackt worden war. In alle Richtungen erstreckte sich eine endlose grüne Urlandschaft, schuppige röhrenförmige Bäume mit wedelartigen Kronen, die voller Kriech- und Kletterpflanzen hingen. Zentauroiden waren eifrig damit beschäftigt, die freie Fläche mit Kettensägen und Tornisterakkus zu erweitern. Monokloni, rhinozerosgroße Ceratopside, beseitigten Stümpfe und schleppten Holz. Solche einhörnigen rückgezüchteten Reptilien waren die meistbenutzten Lastenträger in neuen Siedlungen – warmblütige Eierleger, die bequemer und leichter zu züchten waren als Elefanten. Erik nahm Lilith mit auf einen Spaziergang zum Rande der Lichtung, wo Abfall kompostiert wurde. Mikilu folgte ihnen und sorgte dafür, daß die Reißverschlüsse ihrer Overalls zugezogen blieben. Vier Insektenkrieger umrundeten die Gruppe.

»Hat keinen Zweck, sich zu unterhalten«, erklärte Lilith.

Erik mußte zugeben, daß die Bedingungen nicht ideal waren. »Aber leider ist das nur eine Reise, um miteinander bekannt zu werden.«

»Stimmt.« Sie umarmte sich selbst und erschauerte trotz der Hitze. »Sie haben uns die ganze eklige Scharade erklärt. Wir werden wie weiße Mäuse in einer Kiste gehalten und sollen als Preise an Männer verteilt werden, die sich gut benommen haben. Die Vorstellung, einen von euch zu heiraten, ist widerlich.«

Als Prinz von Aquarius war Erik daran gewöhnt, daß Frauen ihn auf Galaempfängen und Parties nachstellten und nur darauf aus waren, das königliche Bett mit ihm zu teilen. Trotz seiner geringen Erfahrung, was Annäherungsversuche anging, hatte er keinen Zweifel, daß dies kein besonders guter Anfang war. »Aber ich würde dich gerne näher kennenlernen.« Er deutete auf die Lichtung, die seltsamen Geschöpfe und den Hochlandwald. »Bist du dafür ausgewandert? Eine neue Welt. Ein jungfräulicher Planet.«

Blaugraue Augen glühten. »Ich bin mitgekommen, um bei meinen Eltern sein zu können.«

»Dann erzähl mir von ihnen«, sagte er leise.

Tränen standen ihr in den Augen. »Sie sind wundervoll. Freundlich, nachdenklich, schrecklich verliebt, immer sprühend vor Leben. Sie haben beide ihre Karrieren hinter sich und nur Zeit für ein Kind gehabt. Als ich achtzehn wurde, beschlossen sie, sich zur Ruhe zu setzen und auszuwandern. Ich wußte, daß ihnen der Gedanke zuwider war, mich zu verlieren. In einer kleinen Siedlung konnten wir immer beisammen sein. Es war ein neuer Anfang, eine Art zweite Kindheit. Und jetzt das ...« Ihre Stimme verebbte.

»Was genau ist passiert?« Erik brauchte Details, und außerdem wollte er ihr klarmachen, daß er mit dem Überfall nichts zu tun hatte.

Sie starrte die aus der Vegetation gehackten Holzstapel an, die in der Hitze verrotteten und von denen sich kleine schuppige, segmentierte Tiere ernährten. »Wir waren über den Wendepunkt hinaus und bremsten in Richtung Deneb Kaitos ab.« Die *Kap Kolonie* war kein langsamer Pendler – Gravitationsantrieb und Beschleunigungsfelder verkürzten Reisen über viele Parsek auf wenige Wochen Schiffszeit. »Dann kam eine Durchsage, daß wir in unseren Kabinen bleiben sollten. Ich wußte nicht, daß wir gekapert worden waren, bis Männer in Tigeranzügen die Tür aufbrachen, uns mit vorgehaltener Waffe aufstellten und die Suite durchsuchten. Als sie wieder gingen, nahmen sie mich mit.« Sie wandte sich ihm zu. »Meine Eltern hatten schreckliche Angst – *um mich*. Meine letzte Erinnerung ist, wie meine Mutter die Männer in den Tigeranzügen anbettelte, Mitleid zu haben und mir nicht weh zu tun.« Sie erschauerte wieder. »Aber sie taten nichts anderes, als mich in ein Schlafdeck zu bringen, das voller junger Frauen war. Großteils zweit- und drittklassige Kolonisten. Sie haben mich ausgezogen. Und den Kopf geschoren. Sogar meine gottverdammten Nägel geschnitten. Und uns religiöse Vorträge gehalten. Das war zwar unheimlich, aber noch zu ertragen, vor allem wenn man damit rechnet, vergewaltigt und ermordet zu werden. Darauf kann ich mich natürlich immer noch freuen«, fügte sie gleichmütig hinzu.

Lilith betrachtete ihn von Kopf bis Fuß, setzte ihren freimütigen, offenen Blick wie einen Lügendetektor ein. »Hattest du nichts damit zu tun? Weißt du nichts über meine Eltern?«

»Nein, nichts.« Er brachte es nicht über sich, ihr zu sagen, daß dieses liebende Paar verstümmelt worden war. »Aber ich kann deine Traurigkeit ganz gut verstehen. Meine eigenen Eltern sind auch ermordet worden. Ich vermute nur, daß deine Eltern tot sind, aber ich weiß mit Sicherheit, daß meine es sind.« Lilith starrte ihn an und sagte nichts. Sie gingen zurück. Zwischen Schritten konnte Erik das ferne Donnern von Stromschnellen und das Rauschen eines Dschungelflusses hören.

(»Xantha meint, daß deine Chancen bei dieser Frau, statistisch gesehen, astronomisch gering sind«, bemerkte Ada.) Er erinnerte Ada daran, daß Xantha seit Jahrhunderten nicht mehr im Verkehr war.

(Ada lachte. »Xantha war nie im Verkehr.«) Xantha war Adas Tochter, so zurückhaltend und logisch wie Ada wild und schrill war. Solche Charaktergegensätze waren leicht vorhersehbar – da war eine Mutter, gegen die man sich auflehnen mußte, sonst lebte man immer in ihrem Schatten. Lilith war anders als sie beide. Eine ganz eigene Frau, und auf ihre Art ausdrucksstark und unbestreitbar attraktiv – selbst in einem Overall und mit geschorenem Haar. Mikilu hatte recht; sie nervte und hatte ein großes Maul. Aber Erik brauchte das. Eine Frau, die sich bereitwillig hingab, wäre in einer Auseinandersetzung mit den Grauen Tigern und den Sklavenhändlern vom Eridani wertlos gewesen. Und es war eine gänzlich neue Erfahrung, eine hübsche Frau kennenzulernen, die sich einen Dreck darum scherte, daß er Prinz von Aquarius war.

Der Planet hatte lange Fünfzig-Stunden-Tage. Erik sagte Mikilu, das Pionierlager sei langweilig – er habe nicht vor, seinen Landurlaub damit zu verbringen, daß er auf der Landelichtung herumspazierte. Mikilu arrangierte eine Fahrt auf einem der Holzboote zur Präriestation hinunter und hatte ein boshaftes Vergnügen daran, daß Erik mit Lilith nirgendwohin verschwinden konnte. Das Boot war eine flache Aneinanderreihung von Flößen, eine riesige segmentierte Schlange, die von einem kleinen Amphibienfahrzeug gezogen wurde. Als sie losfuhren, berichtete Xantha, daß sie rasche Fortschritte bei dem Versuch machten, die codierten Signale der Insektenkrieger zu entschlüsseln. (»Einfache binäre Kommunikation, die nicht zur Geheimhaltung gedacht ist – ich werde dafür sorgen, daß du es sprichst wie eine

Spinne. Wir könnten uns ihre Fühler näher ansehen und herausfinden, welche Rezeptoren unter diesen Dingern am Kopf verborgen sind.«) Klar, Großmutter.

Grüne gewundene Flüßchen flossen aus dem wolkenverhangenen Hochland ab. Von drei Vegetationsstufen des Waldes überwölbte Uferbänke glitten vorbei. Erik saß auf dem Holzboot und fragte sich, wie er einen der Insektenkrieger von den anderen absondern könnte, als Lilith zu ihm kam und sagte: »Du hast meine Geschichte gehört. Jetzt könnte ich mir deine anhören.« Zum ersten Mal, seit er sie auf dem Schlafdeck kennengelernt hatte, fing sie ein Gespräch an und schien wirklich etwas über ihn wissen zu wollen.

Er erzählte ihr nicht alles, nur die Höhepunkte – Weltklasse-Küchenchefs, die ihm einen Imbiß zubereiteten, Champions, die ihm beim Training halfen, eine ganze Universität, die seiner Ausbildung gewidmet war. Sie wirkte ebenso fasziniert wie angewidert. Ein Oberklassemädchen von Tau Ceti IV konnte nicht anders, als Reichtum und Privilegien zu respektieren, ganz gleich, wie demokratisch das Heimatsystem zu sein vorgab. »Diese angenehme Monotonie brach in sich zusammen, als unsere eigene Flotte den Palast meiner Mutter zusammenschoß und in den vornehmen Gärten Leichen verteilte. Die Marines folgten und schossen alles zusammen, was nach Widerstand roch. Die Leibwächter wurden fahnenflüchtig. Mutter und Vater starben im Kampf. Ich konnte in einem gestohlenen Schiff fliehen.«

»Aber warum?« Sie war halb geschockt, halb ungläubig.

»Jemand mußte fort; warum nicht ich? Ich habe die Familienarchive gerettet.« Neun streitsüchtige Großmütter, aber das sagte er ihr nicht. Noch nicht.

»Ich meine, warum hat die Flotte angegriffen?« Lilith wirkte aufrichtig verwirrt.

»Meine Familie weigerte sich, Fomalhaut für die Besiedlung freizugeben.«

»Freier Handel und freies Reisen sind natürliche Rechte.« Die auswendig gelernte Antwort.

»Unsinn. Freier Handel und freies Reisen sind etwas für Leute, die Raumschiffe besitzen. Alle anderen bezahlen.« Auf diese oder jene Weise.

Lilith dachte darüber nach. Erik sah zu, wie die Ufer breiter und flacher wurden. Der Wald dünnte aus und zeigte Flecken stachliger Wüstenpflanzen. »Ich habe die Randsysteme besucht«, erzählte er ihr, »und religiöse Tyrannei, drückende Armut und sexuelle Unterdrückung erlebt, die alle von der Flotte aufrechterhalten wurden, die sich angeblich nirgendwo einmischt.«

»Nicht jeder ist bereit für die Demokratie des Imperiums.«

»Nicht jeder will sie.« Er versuchte ihrer Freimütigkeit etwas entgegenzusetzen. »Fomalhaut hat Tau Ceti nie angegriffen. Welche Sünden meine Familie auch begangen hat, unser eigentliches Verbrechen bestand daran, eure billigen Güter und überschüssigen Menschen abzulehnen.«

»Es tut mir leid.« Es war eine reflexartige Entschuldigung für einen Krieg, von dem sie bisher nichts gehört hatte.

»Es ist nicht deine Schuld. Aber du solltest wissen, daß du nicht das einzige Opfer bist.« Er merkte, daß Lilith ihre Galaxis gern schwarzweiß malte.

(»Gut gemacht, Enkel. Sie wird ihrem Senator Zuhause eine Protestnote schicken.«) Er bat Ada, sich da rauszuhalten.

Lilith nahm seine Hand und war plötzlich ganz sanft. »Es tut mir leid. Für dich.« Mikilu stolzierte herbei und gab mit einem Kopfschütteln zu verstehen, daß er physischen Kontakt nicht duldete. Lilith sah den Sklavenhändler nur finster an und drückte seine Hand noch fester.

Danke, Mikilu, dachte Erik, erwiderte den Druck und ließ seine Hand sinken. »Versuche nur nicht, eine unbeteilige Zuschauerin zu sein. So etwas gibt es nicht.« Er deutete mit einem Nicken auf Mikilu.

»Nicht in diesem Universum«, stimmte der Sklavenhändler zu. »Und wenn, dann bleiben sie's nicht lang.«

Bei der Präriestation schleiften weitere Monokloni die Stämme an Land. Eine Palisade nahm Gestalt an, daneben ein Sägewerk und Pferche. Superchimps schwitzten in der Sonne und erweiterten Abwässerkanäle, durch die eine ölig-braune Brühe abfloß. Die Besiedlung war voll im Gange und machte ganz den Eindruck, als sollte sie dauerhaft sein – Erik wußte immer noch nicht, warum. Ada beharrte weiterhin darauf, daß es einen Grund geben mußte, warum die Sklavenhändler ausgerechnet hier siedelten – etwas, das die lange Reise wert war. Bisher war der einzige Schatz, den Erik zu Gesicht bekommen hatte, der Planet selbst, warm und grün, eine neue Erde – aber nichts so Ungewöhnliches, daß sie die Grauen Tiger in Bauern verwandelte.

Schmutzig-weiße Kamele warteten darauf, sie zu einer kleinen Besichtigung der Hütten herumzutragen. Bei den Kamelen handelte es sich um *Camelops hesternus*, eine vordem ausgestorbene Spezies, die von lebenden Verwandten rückgezüchtet worden war – kräftig wie Trampeltiere, aber nur mit einem Höcker und längeren Beinen, zudem stärker und schneller. Alles war schonungslos organisch und wenig technisiert. Je mehr eine Kolonie selbständig produzieren konnte, um so besser waren ihre Chancen.

Lilith wußte alles über Kamele, weil sie mit ihnen trainiert und sie für Kaitos vorbereitet hatte. Eine Zuneigung für Tiere und die Bereitschaft zu arbeiten waren Seiten, die Erik an ihr nicht erwartet hatte. Ihr Eifer zu schwitzen war reizvoll, für einen Prinzen etwas Bewundernswertes, auch wenn er es nicht teilen konnte. Sie tätschelte Kniepolster, überprüfte Lastensättel und Nasenringe. »Schönes Tier«, erklärte sie, »aufmerksam, macht einen zuverlässigen Eindruck. Nicht zu frech.

Aber laß dich davon nicht täuschen.« Sie grinste Erik an. »Kamele sind intelligente, empfindsame Geschöpfe und haben gute Gründe dafür, daß sie sich nicht gern anbinden und reiten lassen. Denk immer daran. Diese hier sind chemisch ruhig gestellt, damit sie dir nicht gleich den Kopf abbeißen. Aber wenn du sie wie haarige Amphibienfahrzeuge behandelst, werden sie eine Möglichkeit finden, dich zu töten.« Für Erik sahen sie bloß aus wie Kamele, scheu und zurückhaltend vielleicht, aber ansonsten teilnahmslos.

Lilith half Erik beim Aufsteigen. Mikilus Tier spielte die Störrische, und für einen Moment waren sie ganz allein. Ihre Stimme fiel um eine Oktave und klang ruhig und besorgt. »Ich habe schon gesehen, daß man dich verletzt hat, aber das ist kein Grund, sich ihnen anzuschließen.« Sie nickte in Richtung Mikilu und den Insektenkriegern.

Erik verzweifelte fast. Warum war sie so begriffsstutzig? Es mußte an dem oberflächlichen Schliff liegen, den ein Heranwachsender im Heimatsystem genoß – die besten Schulen, die besten Clubs, der beste Scheißdreck. Skaramuz hatte seine Fassade durchschaut, aber sie konnte es nicht. »Ich bin aus dem selben Grund hier wie du«, flüsterte er. »Sie haben mir Feuer unterm Hintern gemacht, und ich wollte nicht sterben, nur um das letzte Wort zu haben.«

Lilith warf ihm einen verwirrten, reumütigen Blick zu, dann bestieg sie ihr eigenes Kamel.

(»Ich mag sie«, befand Ada.) Du würdest sie mögen, dachte Erik.

Beladen mit Wasser, Eßrationen, Makroskopen, Karten, Trägheitskompassen, Polarisatoren, Buschmessern und Turbanen brachen sie auf und waren gespannt, die hiesige Megafauna zu sehen, die vage den frühen triassischen Thecadonten ähnelte, Reptilien mit hochentwickeltem Stoffwechsel – nur waren sie viel größer, Beuteltiere, Pflanzenfresser mit zahlreichen Augen und zwölf Beinen. Die Landschaft bestand vollständig aus roten Felsen und Dünen, unterbrochen von Vorsprüngen und flachen Felsabstürzen. Alkalischer Staub schwebte in der Luft, den saurer Regen und Treibhausgase aus dem Boden laugten. Die zähe, stachlige Vegetation ähnelte ein wenig häutigen Kakteen – doch offensichtlich waren es keine Blütenpflanzen. Aus der Nähe betrachtet unterschieden sie sich von allen Pflanzen, die Erik je gesehen hatte. Aber man reiste keine hundert Lichtjahre, um Gardenien zu entdecken.

Eine Stunde später sah Erik die ersten Vertreter der Großfauna, eine Herde zweibeiniger Raubtiere, größer als Kamele, mit kammgekrönten Köpfen, armlosen Rümpfen und schweren Hakenschnäbeln. Sie hatten acht Augen, zwei große über dem Schnabel für beidäugiges Sehen und ein halbes Dutzend rings um den Hals. Offensichtlich Jäger, doch ohne Grund, Menschen zu fürchten oder anzugreifen.

Mikilu erlaubte ihnen, den Zweibeinern zu folgen, in der Hoffnung, daß sie noch größeren Pflanzenfressern nachstellten. Ohne Glück.

Auf dem Rückweg zur Präriestation bemerkte Erik eine große rote Staubwolke, die hinter einem Felsgrat aufquoll und wie ein Sandsturm aussah. Mikilu zog das Tempo an. Die Station lag entgegen der Windrichtung, so daß Erik keine Gefahr sah, daß der Sturm sie wirklich einholte. Aber die Wolke kam näher, bewegte sich quer zur Windrichtung. Unmöglich zwar, aber es geschah tatsächlich. Der Wolke lief ein tiefes rumpelndes Echo voran, das immer lauter wurde, eine anhaltende Erschütterung, die das gedämpfte Getrampel der Kamele erstickte. Die Aliens gingen zu Fuß, und sie hatten die Erschütterung mit ihren Fühlern wahrgenommen. Er beobachtete, wie sie zum Felsgrat hin in einer Gefechtsstellung ausschwärmten.

Das Rumpeln wurde zum Dröhnen. Ein gewaltiger Körper schnellte über den Rand des Felsgrates. Bei dreißig Metern Länge kam der Landwal auf ein Gewicht von gut hundert Tonnen. Er hatte große bewegliche Kiefer und erhob sich weit über den Boden, flog halb und rannte halb auf zwölf pumpenden Beinen. Ihm folgte ein weiterer. Dann eine ganze Herde.

Erik erstarrte. Sein Kamel brüllte entsetzt.

Die Insektenkrieger hielten ihre Stellung und feuerten auf die herannahenden Behemoths – tapfer zwar, aber idiotisch. Die Geschosse knickten Beine und zerschmetterten Kiefer, konnten aber die panischen Monstren nicht aufhalten. Sie durchbrachen die Gefechtslinie und wirbelten die Aliens in alle Richtungen.

Mikilu schrie etwas in sein Comlink – ein hysterischer Schwall von Befehlen und Verwünschungen. Erik beachtete ihn nicht. Er erinnerte sich an Liliths Rat und ließ seinem Kamel die Zügel schießen. Das Vieh brüllte, schiß zweimal und galoppierte los.

Auf dem Rücken eines wildgewordenen Kamels jagte Erik zwischen zwei rasenden Bergen dahin. Er sah mächtige Rücken, blitzende Gliedmaßen und kolossale Köpfe, eine Fleischlawine mit Trauben winziger Augen. Sie verschwanden in Rekordtempo und hinterließen eine Wolke von Staub und Dreck. Aber sein Kamel ließ sich nicht davon aufhalten. Aus seiner Betäubung aufgeschreckt, rannte es brüllend im Kreis, wollte ihn abwerfen, zertrampelte stachlige Pflanzen und versuchte wie wild, den Lastensattel abzustreifen und noch schneller zu fliehen.

Lilith rettete ihn. Sie stürmte von der Seite heran und konnte, weil sie ihr Kamel völlig unter Kontrolle hatte, den Nasenring seines Reittiers packen und das verblüffte Tier zum Stehen bringen. Sie half ihm abzusteigen und war plötzlich überall, fragte ihn, wie es ihm ging, weil sie sah, daß er verletzt war.

Mit wirrem Kopf, bebender Brust und abgewickeltem Turban sah er umher. Sie waren allein. Völlig allein, abgesehen von zwei durch und durch zitternden Kamelen. »Hältst du zu mir?« wollte er wissen. »Wirst du mir helfen, zu fliehen?«

»Zu fliehen? Du?« Lilith starrte ihn an und vergewisserte sich, ob das verrückte Kamel ihn nicht am Kopf erwischt hatte.

»Ja. Ich will von diesen Sklavenhändlern und Grauen Tigern fliehen.«

»Du hast dich ihnen also nicht angeschlossen?«

»Nicht eine Nanosekunde.« Er drang endlich zu ihr durch, sah Zweifel, Unglauben und eine Spur von Hoffnung in ihren Augen. »Ich will sie beseitigen. Hilfst du mir dabei?«

»Natürlich. Aber wie? Sie haben Schiffe, ein Waffenlager, eine Armee von Aliens ...«

»Fangen wir einfach damit an, einen dieser zermanschten Käfer zu finden.«

Lilith nickte und war plötzlich ganz bei der Sache. Sie half ihm, mit ihr auf ihr Kamel zu steigen und sein eigenes verwirrtes Tier am Nasenring nachzuziehen. Sie wußte, wie weit sie geritten waren und in welche Richtung. Eine bemerkenswerte Frau, mußte Erik zugeben. (Ada pflichtete selbstgefällig bei.)

Rötlicher alkalischer Staub bedeckte den Felsgrat. Erik stieg ab, zog sich die Mütze seiner 3V-Jacke über den Kopf und tönte sie rot, damit sie sich nicht von dem Staub und Fels abhob. Lilith blinzelte, als seine obere Hälfte verschwand. Keine Zeit für Erklärungen. Er hastete zu dem toten Alien, der am nächsten lag. Keine Spur von Mikilu oder den Lastkamelen. Aber einige Insektenkrieger waren noch am Leben und auf dem Posten und machten gerade einen mächtigen Fleischfresser fertig, der am Fuß des Felsgrates um sich schlug.

Erik beeilte sich, dem toten Alien mit seinem Buschmesser die Fühler abzuhacken, die er unter seine Jacke stopfte, um sie später unterzusuchen zu können. Er mußte unter dem Knochenhelm nach Rezeptoren suchen. Der Staub setzte sich. Die Bedingungen waren nicht ideal für eine Sektion, aber er mußte aus der Gelegenheit das Beste machen. Glücklicherweise stank der zerquetschte Käfer nicht. Er zuckte nicht einmal. Er untersuchte die Kopfplatte und erweiterte den Riß, den ein klauenbewehrter Fuß hinterlassen hatte, indem er Bindegewebe durchtrennte. Dann setzte er einen Fuß auf den Hals des Aliens und riß die Platte mit einem kräftigen Ruck los.

Der Helm fiel halb in seine Hände. Erik stand einen Moment bis ins Innerste geschockt da, dann setzte er den Helm wieder auf und lief zu Lilith und den Kamelen zurück. Er hatte genug gesehen. Das Gesicht unter dem Helm erlaubte keinen Zweifel – in der mächtigen Panzerung eines Insektenkriegers steckte der Körper eines schlanken, drahtigen Zentauroiden.

Sie brachten die Bundeslade an Seinen Platz, das Orakel Seines Hauses, das Allerheiligste ...

– Könige I 8:6

DAS ALLERHEILIGSTE

(»Alle von derselben Art.« Ada klang triumphierend.)

(»Selbst die doppelendigen Sechzehnbeiner?«)

(»Klar.« Semiramis kicherte. »Stecke einfach zwei Achtbeiner zusammen. Sehr geschickt ... aber was soll das?«)

(»Wenn ich endlich die Sprache entschlüsselt habe, werde ich's dir sagen.« Ada hatte die Dekodierung übernommen. Xantha mußte wichtigere Dinge erledigen.)

Erik sah wieder wie das Muster eines Gefangenenrekruten aus. Er war während der Panik nicht geflohen, sondern pflichtbewußt zurückgekehrt und hatte Lilith mitgebracht – ohne daß sie zum Fickfick gekommen wären. Die Raumschwalbe hing weiterhin an ihm. Er war Sachwalter, und jemand an Bord der *Sirene* mochte ihn. Zu seiner Belohnung gehörte ein Besuch auf dem R-Deck. Mikilu kam nicht mit – sein Ausflug war von zerquetschten Käfern und ausgeklinkten Kamelen gekrönt worden. Erik wurde von einem schweigsamen Grauen Tiger begleitet, einem Kriegsveteranen, der kaum zwei Worte sprach.

Um die innere Luke versammelte sich dieselbe neugierige Meute – die Langeweile auf dem R-Deck mußte kolossal sein. Frauen standen herum, nur um ihre Kerkermeister zu sehen und mit ihnen zu reden. Lilith erschien in Begleitung zweier aufgetakelter Teenager, die farbenfrohe Halstücher und aus elektronischen Bauteilen gebastelte Ohrringe trugen. Sie schritten herbei und taten so, als fänden sie den schweigsamen Grauen Tiger unwiderstehlich. Im Laufe eines lebhaften Duetts ließ das Paar durchblicken, daß sie eine Koje teilten. Ob ihr neuer Bekannter sie vielleicht besuchen wolle? Der Graue Tiger warf Erik einen Blick zu, der zu sagen schien: »Wenn du nichts sagst, sage ich auch nichts«, und verschwand.

»Komm.« Lilith legte den Kopf schräg. »Ich zeige dir einen Ort, wo wir allein sein können.« Er folgte ihr in zwei Schritten Abstand. Ihre schwingenden Hüften hatten eine provokative Sicherheit, die Erik verführerisch fand, obwohl er an mehr Hochachtung gewöhnt war. Er fragte sich müßig, ob alle Frauen aus dem Heimatsystem so schwierig waren.

Sie zeigte ihm eine leere Kabine mit einem einzelnen Feldbett. Weil sonst keine Möbel vorhanden waren, setzte er sich auf den Kopf der Liege. »Ist das deine Kabine?«

»O nein.« Lilith lachte und setzte sich neben ihn. »Sie bleibt immer leer. Wir benutzen sie abwechselnd, um ein wenig Privatsphäre zu haben. Man nennt sie die Bumskabine.« Sie mischte Scheu mit Trotz, als hoffte sie zu schockieren.

»Wirklich?« Erik gab sich überrascht, daß die Frauen so bereitwillig mit den Kaufleuten und Sklavenhändlern ins Bett gingen.

Sie sah ihn von der Seite an. »Du wärst überrascht, wenn du sehen könntest, was hier los ist. Was ich gesehen habe.«

»Wie deine beiden Freundinnen?«

»Oh, das sind nur private Vergnügungen. Der Tiger wird bezahlen müssen, wenn er was erleben will. Diese beiden betreiben in ihrer Kabine ein lukratives Geschäft. Bargeld oder Tauschhandel. Sie machen's nicht für weniger als eine Holokamera – mehr, wenn man sie beide will.« Sie klopfte auf die Liege. »Hier wird nicht nur rumgehurt. Und nicht immer mit Männern. Wer etwas Privatsphäre braucht, trägt sich ein. Wir haben gelernt, nicht kleinlich zu sein.«

(»Wie privat bleibt man hier?« fragte er Omphale.)

(»Die üblichen Sensoren, die von ziemlich primitiver Software gesteuert werden. Nichts, was wir nicht von euch isolieren können.«)

(»Ihr braucht nicht vor einem Publikum aufzutreten«, fügte Ada hinzu.) Zuerst das Geschäft. Er leerte seine Taschen, fand den Taschencomputer und hielt ihn Lilith hin. »Weißt du, was das ist?«

»Ein Taschencomputer. Wahrscheinlich ein 48K-Megabyte.«

»Richtig.« Sie hatte Köpfchen. »Er enthält etwas ähnliches wie einen Computervirus – einen ungemein wirksamen.« Es war schwierig, Großmutter Xantha jemanden außerhalb der Familie zu erklären.

Sie wirkte skeptisch.

»Du mußt ihn nur an eine Terminalbuchse anschließen.« Das Schlafdeck verfügte über die üblichen Anschlüsse ans Computernetz der *Kap Kolonie*.

»Warum ich? Das könntest du genauso einfach.«

»Ich werde beobachtet. Und wenn wir angefangen haben, wird das Schiff wie ein Vulkan hochgehen. Ich kann mich nicht an einer Terminalbuchse erwischen lassen.« Sie nickte und nahm den Taschencomputer, schloß ihre Finger um Xantha.

»Im richtigen Moment wird der Virus die Kontrolle über die automatischen Systeme des Schiffs übernehmen. Die Frauen sollten alle Kaufleute und Sklavenhändler überwältigen, die sich auf dem Schlafdeck aufhalten. Der Virus wird euch helfen, die Schleusen zu sichern und das Schiff zu übernehmen.«

»Ist das möglich?«

»Durchaus. Aber das ist nicht mal das Schwierigste. Außerdem müssen wir uns noch um die Raumschwalbe und die *Sirene* kümmern.«

»Das kommt mir hoffnungslos vor.«

»Keinesfalls. Aber du mußt bereit sein. Über den Taschencomputer kannst du mit mir in Verbindung bleiben.« Tatsächlich würde Xantha die Befehle erteilen – Erik wollte Lilith nicht mit Erklärungen verwirren, warum sie von einer längst verstorben Planetendiktatorin Befehle entgegennehmen mußte.

Sie schob den Taschencomputer unters Feldbett; ihre Hand rutschte wieder hervor, um leicht auf Eriks Hüfte liegenzubleiben. Er machte sich daran, die Sachen wieder in seine Taschen zu stopfen. Lilith lehnte sich an ihn und nahm den schwarzen Jadeschmetterling in die Hand. Erik roch Seife auf ihrer kühlen, sauberen Haut.

»Ein schönes Stück. Wo hast du den her?«

»Er war ein Geschenk.«

»Von wem?« Sie zog die Hand von seiner Hüfte weg und bedeckte den Schmetterling, als wollte sie ihn am Wegfliegen hindern.

»Ich habe ihn einer Frau geschenkt, weil sie mit mir geschlafen hat. Sie war keine Hure«, beeilte er sich hinzuzufügen. »Sie war eine Studentin, die Massage als Hauptfach belegte, und stammte aus einer guten Familie.« Alle Frauen, die Erik über den Weg gelaufen waren, stammten aus guten Familien. »Es ist eine Tradition, daß der Prinz ein Geschenk überreicht. Eigentlich mehr eine Erinnerung.«

»Für eine Holokamera würden sie hier alles tun.« Ihr Ton wurde kühler. »Wie hast du ihn zurückbekommen?«

Er sah ihr ins Gesicht. »Sie verließ meine Suite bei Tagesanbruch – vermutlich um ihrer Mutter die angenehmen Neuigkeiten mitzuteilen. Mein Schlafzimmer war einschlagsicher, aber sie wurde angegriffen, als sie durch die Palastgärten ging. Ich fand ihre Überreste unter einem Onyxbecken. Sie hatte wohl dahinter Schutz gesucht, war aber trotzdem erwischt worden. Der Schmetterling lag noch immer in ihrer Hand.«

Lilith erstarrte. Sie sah an dem Schmetterling vorbei, und Tränen sammelten sich in ihren Augen. »Das tut mir sehr leid.«

»Das ist nicht deine Schuld.« Die Sache mit dem Schmetterling war hart – aber nicht gelogen. Sie sollte wissen, wie eng die Grenzen gesteckt waren. Die Bewohner des Heimatsystems hingen immer dem Glauben an, sie seien Auserwählte des Herrn und hätten kaum zu befürchten, daß der Himmel sich von ihnen abwandte. Sie sollte wissen, daß sie tatsächlich weder schuldlos noch vom Schicksal begünstigt waren. Wenn sie befreit wurden, dann von eigener Hand oder überhaupt nicht.

Sie versuchte ihm den Schmetterling zurückzugeben. »Nein, behalte ihn.« Er zuckte mit den Achseln. »Er ist mir nicht so wichtig. Ich kannte sie kaum. Aber ich konnte den Gedanken nicht ertragen, daß ein paar Imperiale Marines ihn ihr aus den Fingern stehlen und als Souvenir mit nach Fomalhaut nehmen.«

Lilith beruhigte sich wieder und hielt den Schmetterling noch immer in den Händen im Schoß. Erik merkte, daß sie stolz wie Ada und nicht daran gewöhnt war, zu fragen oder etwas erlaubt zu bekommen – aber er beschloß, die Gelegenheit beim Schopfe zu fassen. Sie hatte ihn in die Bumskabine gebracht. Er küßte sie. Sie schloß die Augen und küßte ihn. Sie spürte, wie ihr Saum hochrutschte, und schob seine Hände unter ihr Hemd. (»Omphale, Arrhippe, schaltet eure Sensoren ab.«) Er hatte keinen Bedarf, vor Publikum zu agieren.

(»Spielverderber.«)

Lilith hielt ihn auf – doch nur für einen Moment, um den Schmetterling an einen sicheren Platz zu legen –, dann zog sie ihr Nachthemd über den Kopf. Sie trug nichts darunter.

Sie führten die Bumskabine ihrer Bestimmung zu. Für Erik war dieser Liebesakt eine neue Erfahrung. Keine Duftöle. Kein Nachttisch für seine liebsten Sexspielzeuge. Die Liege war hart und schmal. Liliths ganzer Körper war geschoren worden, und das nachwachsende Haar war kurz und borstig. Sie hatte eine wenig ausgefeilte Technik – war erstaunlich schüchtern. Hinterher kuschelte sie sich an seine Brust und schloß die Augen, schlief aber nicht. Als er in ihr ruhiges Gesicht blickte, fragte er sich, warum sie es getan hatte. War sie einsam? Verängstigt? Sie war sicher nicht verliebt – sie kannten sich kaum, hatten nichts gemeinsam als diese Tragödie. Sein Leben war ihm buchstäblich unter dem Hintern weggeschossen worden, ihres drohte in einer sternenbeschienenen Untiefe ein trauriges Ende zu nehmen. Später, als er in seine eigene Doppelkabine zurückgekehrt war, kam er zu dem Schluß, daß Lilith sicher ihre Gründe gehabt hatte. Das hatten sie immer. Erik hatte noch keine Frau kennengelernt, die ihm abgeneigt gewesen war. Es gehörte einfach zum Prinzsein – und er hatte es ohne ungebührliche Fragen zu akzeptieren gelernt.

Es war nicht Xanthas Art, auch nur eine Nanosekunde zu verschwenden. Wenige Minuten nach dem Einstecken war sie bereit. Erik beriet sich mit Ada über die Insektensprache. (»Ich habe fünfundzwanzigtausend verschiedene Signale identifiziert. Dann los, Enkel.«)

»Wird das reichen?« Ada war immer so übertrieben selbstsicher. Dabei mußte unbedingt alles glatt wie ein Supraleiter laufen. (»Zum Teufel, Enkel. Bill Shakespeare ist mit vierundzwanzigtausend Worten ausgekommen. Für die King-James-Bibel haben siebentausend gereicht. Machst du dir in die Hose?«)

»Worauf du einen lassen kannst, Großmutter.« Erik wünschte, er hätte Zeit, noch einmal die Bumskabine zu besuchen – Lilith war wirklich gut für seine Moral. (Ada lachte. »Freu dich einfach auf das nächste Mal. Das wird dich bei Laune halten.«) Deshalb schickte er Lilith über Xantha eine Warnung – dann ließ er die Raumschwalbe krank werden.

Skaramuz war leichenblaß. Weil er selbst keine Skrupel hatte, witterte er augenblicklich Verrat. Mit Mikilus Hilfe schaffte er Erik mit gebundenen Händen und in Begleitung von vier Insektenkriegern an Bord des Beiboots und erklärte ihm, wenn er die Raumschwalbe nicht wieder in Ordnung brachte, würde er sterben. Erik beteuerte höflich seine Unschuld, doch als die Sklavenhändler ihn in der Luftschleuse der Raumschwalbe hatten, versprühte er ein harmloses Desinfektionsmittel. Arrhippe schaltete seine Lungenfilter ein. Mikrosporen erfüllten die winzige Schleuse. Skaramuz und Mikilu schrumpelten zusammen. Von den Comlinks der beiden Sklavenhändler wurden Schmerzsignale ausgesendet, aber Xantha erstickte sie. Indem er sich hinunterbeugte, pflückte er ihnen die Comlinks mit seinen gefesselten Händen aus den Ohren und zermalmte die Metall/Plastik-Teile unter den Stiefelfersen. Er benutzte Mikilus Kris, um seine Fesseln durchzuschneiden.

Im Innern der Raumschwalbe setzte Erik die beiden Sklavenhändler aufrecht in zwei Salonstühle und fesselte sie mit supraleitendem Draht. Indem er eine Mikroklinge unter seinem rechten Zeigefinger ausfahren ließ, hieb er Skaramuz einen Kratzer in die Wange und bat Arrhippe, ein Antidot gegen das Desinfektionsmittel zu versprühen. Dann nahm er mit einer Sturmpistole in jeder Hand Platz und wartete darauf, daß sie aufwachten.

Mikilu schlug zuerst die Augen auf, sah sich um und stöhnte. »Du vollkommen verrückt, völlig irre.«

Erik hob höflich die Schultern. »Alles ist möglich.«

»Wir werden dich im eigenen Saft schmoren«, fügte Skaramuz hinzu, als er fast verrückt vor Wut erwachte. »Du bist ein wandelnder Toter.«

»Sind wir das nicht alle?« stimmte er fröhlich zu. »Humor ist meine letzte Zuflucht.« Er beugte sich Skaramuz entgegen. »Woher sind die Aliens gekommen?«

Der Kapitän der Sklavenhändler spuckte ihn an.

»Ich hatte gehofft, Sie würden diesen Ton nicht anschlagen.« Erik zeigte mit der Sturmpistole auf Skaramuz' Handgelenk. »Sehen Sie diesen Schnitt? Ein langsam wirkendes und sehr schmerzhaftes Gift ist in Ihrem Blutkreislauf. Sagen Sie mir, was ich wissen will, sonst bekommen Sie nie eine Gelegenheit, mich im eigenen Saft zu schmoren.«

»Warum sollte ich dir glauben?«

»Das brauchen Sie nicht.« Er winkte mit der anderen Pistole in Richtung Mikilu. »Wenn Sie erst blau anlaufen und Ihre Speiseröhre auskotzen, wird mein lieber Mikilu es gar nicht mehr abwarten können, mir etwas zu erzählen.«

Erik lehnte sich zurück und lauschte einem Bericht von Xantha. Alarmsirenen und widersprüchliche Befehle dröhnten durchs Comnet der *Kap Kolonie*. (»Alle Systeme sind infiziert. Ich habe die Sensoren gekappt und den Sauerstoff aus den Kommandostationen abgesaugt. Die Leute sind an Sauerstoffmangel gestorben. Schnell und gemein. Die Wachmannschaft ist erledigt.«) Erik zuckte zusammen. Wenn nötig, konnte Xantha so kaltblütig sein wie Ada – wie die Mutter, so die Tochter. Weil sie selbst schon lange tot waren, kümmerte seine

Großmutter die Sterblichkeit anderer nur wenig. Er erkundigte sich nach den Frauen.

(»Sie sind auf Deck R gut aufgehoben. Die inneren Schleusen sind dicht versiegelt.«)

Er warf Skaramuz einen Blick zu, dann grinste er Mikilu an. »Der Schnitt, den ich dem Kapitän zugefügt habe, schwärt schon.« Skaramuz' gefesselte Hand zuckte zurück. Er schwitzte, und die spöttischen Bemerkungen über Folter und Zerstückelung waren ihm vergangen. »Wenn du diese Sturmpistolen abgibst, können wir *vielleicht* etwas arrangieren.«

Erik betrachtete die Waffen in seinen Händen. »Zwei Pistolen für einen flotten Trip in die Organbänke – das ist kaum verlockend. Sagen Sie mir, woher die Aliens stammten, bevor Ihr Kehlkopf einfriert.«

Skaramuz leckte sich die Lippen und dachte nach. »Also gut, der große Boss hat sie gefunden, der Alte an Bord der *Sirene*.«

»Wo hat er sie gefunden?«

»Das ist das Komische. Er hat sie im freien Raum gefunden, auf einer Art Schiff. Hinter dem Kaitos-System.«

»Was für ein Schiff?« Erik fand das gar nicht so komisch. Er hatte dergleichen vermutet, seit er herausgefunden hatte, daß die Aliens alle einen gemeinsamen Ursprung hatten.

»Ein äußerst leichtes Schiff. Eine Art große Schmetterlingspuppe oder Eierbecher.« Skaramuz spuckte die Einzelheiten nur so aus – wenn er einmal loslegte, war er schwerer aufzuhalten als ein 3V-Nachrichtensprecher. »Eine Art Kokon mit thermonuklearem Hilfsantrieb und Sonnensegeln. Ganz primitiv.«

Eben ein richtiges Alienschiff. Semiramis hatte halb recht gehabt – die Aliens stammten aus der Menschlichen Sphäre, aber von keinem Planeten. »Wann und wo haben Sie dieses Schiff gefunden?«

Skaramuz rasselte ein Datum und Koordinaten herunter. (Philonoe prüfte die Raum/Zeit-Geometrie. »Das ist möglich, Enkel. Er hätte es schaffen können, nachdem die *Sirene* Fomalhaut verlassen hat und bevor die *Kap Kolonie* verschwunden ist.«) Einigermaßen zufrieden wandte Erik sich Mikilu zu. »Hast du etwas hinzuzufügen?«

»Kapitän haben recht.«

»Das will ich hoffen.« Er stand auf und stach Mikilu mit seinem Zeigefinger. Der Sklavenhändler verfluchte ihn. Erik richtete sich auf. »Wenn die Geschichte stimmt, erhaltet ihr beide das Gegengift.«

»Natürlich stimmt das.« Skaramuz starrte entsetzt auf die Bläschen an seinem Handgelenk. »Und was ist, wenn du nicht zurückkommst?«

»Dann habe ich bestimmt so große Probleme wie ihr.«

Skaramuz gab ein haßerfülltes Gurgeln von sich. Arrhippe setzte noch etwas von dem Desinfektionsmittel frei, und Eriks Gefangene fielen in Koma. Er hatte sein möglichstes getan, um finster wie ein Schurke zu klingen, den beiden allerdings gerade soviel Gift eingeritzt, daß die Haut Bläschen warf – er hatte sie nur genug erschrecken wollen, damit sie die Wahrheit sagten. Und ein klein wenig Rücksicht auf die menschliche Sterblichkeit würden Mikilu und seinem Kapitän riesig guttun. Erik suchte unter dem Massekonverter der Raumschwalbe, fand die binäre Antimateriebombe und steckte sie ein. Dann ließ er Ada den Aliens befehlen, ihn auf die *Kap Kolonie* zurückzubringen – sie gehorchten ohne Widerrede. (»Enkel, nenne mich hier einfach die Königin.«)

Xantha riet ihm, ein Atemgerät zu tragen, wenn er das Kolonistenschiff betrat. Das Hangardeck war verwaist. Vom Dopplereffekt verzerrte Sirenen heulten. Leichtschiffe und Beiboote waren verankert. Die Gravitation war auf Null abgesunken, und hemdsärmelige Leichen schwebten herum. Graue Tiger und Sklavenhändler waren gleichermaßen darüber unterrichtet worden, daß die andere Gruppe das Schiff in die Hände zu bekommen versuchte. Xantha hatte den Kampf auf beiden Seiten dirigiert, was die Verwirrung komplett machte, die Zahl der Opfer auf ein Maximum steigerte. Die *Kap Kolonie* hatte sich auf diese Weise fröhlich in ein Leichenhaus verwandelt. Die Luft im Liftschacht war atembar, und Xantha stellte die Gravitationsfelder wieder her – sie hatte die Mannschaftsquartiere ausgelotet und dann das Schwerefeld auf zehn *g* hochgezogen. Zu beiden Enden des Schachts lagen zerdrückte Insektenkrieger. Kaufleute und Sklavenhändler waren gleichermaßen zermalmt worden.

Das Schlafdeck wurde nicht mehr bewacht. Lilith wartete unmittelbar hinter der Schleuse. Verängstigt und erregt fiel sie ihm in die Arme und ignorierte die Frauen, die sich hinter ihr versammelten. »Ich hatte schon Angst, du bist fort. Es ist ein unbeschreibliches Gefühl, daß du am Leben und unverletzt bist.«

Erik war selbst ziemlich erleichtert. Als Lilith sich an ihn drückte, rechnete er kurz nach und überlegte, ob noch Zeit für einen kurzen Besuch in der Bumskabine blieb. Daß er arbeiten mußte, um eine Frau zu haben, stellte sich allmählich als ziemlich anstrengend heraus. (»Halt dich zurück, Enkel, die Arbeit fängt gerade erst an.«) Er nahm sich Zeit für einen langen, leidenschaftlichen Kuß, dann sagte er. »Wir müssen uns noch um die *Sirene* kümmern.« Er drückte ihr eine der beiden Sturmpistolen in die Hand.

Sie nahm die Waffe, ohne sie anzusehen. »In der Krankenstation hängen hunderte Personen an den Lebenserhaltungsanlagen.«

»Was?« Erik hatte keine Ahnung, was sie damit meinte.

»Deine Großmutter hat es uns gesagt.«

»Xantha?«

»Genau. Die alte Dame in dem Taschencomputer.«

Wenn man ihr die Zügel schießen ließ, konnte Xantha

kaum ein Familiengeheimnis für sich behalten. »Tatsächlich?«

»Es sind höchstwahrscheinlich Kolonisten. Bewußtlos, aber am Leben.«

Erik nickte. Er hatte vorgehabt, ihr die Sturmpistole zu geben, bevor er die *Sirene* in Angriff nahm, aber Lilith konnte es nicht abwarten, die Krankenstation zu überprüfen – es war der erste Hinweis darauf, daß die anderen Siedler noch am Leben sein könnten. Statt sich mit ihr zu streiten, stieg er allein mit ihr in den Liftschacht und fuhr zum I-Deck hinauf. Den Leichen, die den Liftschacht schmückten, widmeten sie keinen zweiten Blick – Lilith hatte noch weniger Mitgefühl für ihre Kaperer als er. Die Krankenstation war versiegelt. Xantha öffnete die Schleusen und schaltete das Licht ein. Erik sah Reihen kleiner nackter Körper, die an die Monitore der Lebenserhaltungsanlagen angeschlossen waren, in Bottichen mit Nährflüssigkeit schweben.

»Die kleinen Jungen.« Eine Faust an die Lippen gepreßt, starrte Lilith die Bottiche an. Erik legte die Arme um sie. Es ergab einen Sinn. Ihre Wächter hatten keine Verwendung für die Körperteile von Kindern – die Jungen sollten in den Nährbottichen auswachsen, bis ihre Knochen, Glieder und Organe groß genug zum Ausschlachten waren. »Xantha sagt, sie lassen sich wiederbeleben«, flüsterte er. »Es gibt keine Anzeichen für Gehirntod.«

Sie nickte. »Ihre Mütter werden sehr glücklich sein.« Er merkte, daß sie insgeheim gehofft hatte, ihre Eltern könnten irgendwie in die Krankenstation geraten sein. Jetzt wußte sie mit Gewißheit, daß sie tot waren – aber sie sagte nichts, weil sie die Freude darüber, die Jungen lebendig wiedergefunden zu haben, nicht trüben wollte. Erik hatte noch nie jemanden kennengelernt, der gleichzeitig so fürsorglich und so hart mit sich selbst war. An der Schleuse des R-Decks küßte er sie zum Abschied. Sie lehnte ihren Kopf an seine Schulter und verschränkte ihre Finger mit seinen. »Paß gut auf. Und komm wieder.«

»Ganz bestimmt.« Was würde geschehen, wenn er seine soziale Mission auf der *Sirene* überlebte? Erik hatte sich nie um jemanden außerhalb der Familie gekümmert. Konnte er sich verlieben? Was für eine bizarre Vorstellung.

(»Enkel, hör auf zu träumen und mach dich ans Werk.«) Ada, stets eine Realistin, hatte dafür gesorgt, daß der Zentauroidenpilot und der Insektenkrieger an Bord des Beiboots geduldig warteten. Die Verwüstungen auf der *Kap Kolonie* interessierten sie nicht sonderlich. Das fiel nicht in ihre Zuständigkeit. Xantha stellte sicher, daß das Siedlerschiff nur Routinesignale aussendete. Ada wies den Piloten an, sie auf die *Sirene* zu bringen. (»Ich sende einen allgemeinen Manövriercode und ein entsprechendes Suffix, um an die *Sirene* anzudocken.«)

Er mußte sich auf Ada verlassen. Ohne sie hatte er nichts als die beiden Pistolen, die Granaten und die Binärbombe in seiner Tasche – nicht viel im Verhältnis zu einem bewaffneten Handelskreuzer voller waffenstarrender Spinnen. Ein leichtes Rucken, und sie waren an die *Sirene* angedockt. Die Schleuse wurde geflutet. Er setzte seine Haube auf und tönte die 3V-Jacke mit einer annehmbaren Imitation von Kopf und Brust eines Insektenkriegers, verlieh sich einen mächtigen Kragen und eine schwere Panzerung – eine Art Kreuzung zwischen Mensch und Insekt. Von vier Insektenkriegern flankiert, betrat er die *Sirene*. Die teilweise Verkleidung war vielleicht unnötig gewesen. Schwer zu sagen, was einen Alien beeindruckte. Außerdem war es an Bord der *Sirene* fast stockdunkel – hier und dort brannten vereinzelt rote Lampen.

Ada leitete seine Schritte, denn die *Sirene* hatte sich in ein dunkles, mit allem möglichen Trödel verdrecktes Labyrinth verwandelt – vor Schotten und Türen aufgehäufte Metallstücke, Ersatzteile, Schaumstofffliegen, Proviantkisten und Computerkonsolen. Ohne Rücksicht auf den Druckerhalt waren wahllos neue Durchgänge in die Wände geschnitten worden. Eine einzige Verletzung der Außenhülle hätte zu einem vollständigen Druckabfall im halben Schiff geführt.

(»Gib mir nicht die Schuld, Enkel. Ich habe das Schiff in einem schrecklichen Zustand übernommen.«)

»Jemand muß es umfunktioniert haben.« Erik sah nirgendwo ein menschliches Wesen, hatte aber einige neue Typen von Aliens erblickt – einschließlich kleiner Mini-Käfer, bei denen es sich wohl um Junge handelte. Niemand widmete ihnen auch nur die geringste Aufmerksamkeit, bis sie eine gepanzerte Drucktür erreichten, die noch luftdicht zu sein schien. Zwei ausgewachsene Insektenkrieger verstellten ihm den Weg – große, magere Exemplare.

(»Bleib ruhig, Enkel – ich glaube, das sind die Palastwachen. Laß mich einige Paßwörter durchprobieren.«)

Erik blieb stehen und wartete. Wenig später traten die beiden Krieger beiseite und ließen ihn durch die Schleuse. (»War ganz einfach«, kicherte Ada. »Nur eine Variation der höflichen Bitte. Es ist eine Sprache – kein Code.«)

Als er die Schleuse hinter sich hatte, sah Erik, warum sie die *Sirene* so drastisch umgebaut hatten. Das gesamte Zentrum des Schiffs war zu einem tiefen Amphitheater von übermenschlichen Proportionen ausgehöhlt worden. Sie hatten die Decks in konzentrischen Kreisen von abnehmender Größe herausgeschnitten und etwas geschaffen, das ähnlich wie eine Tagebaugrube aussah – oder wie die Kreise von Dantes Inferno. Jede Ebene wimmelte von Aliens in verschiedenen Entwicklungsstadien. Auf dem untersten Geschoß, wo Satan hätte residieren sollen, stand ein großes Objekt, bei dem es sich um das Raumschiff der Aliens handeln mußte. Es sah nicht wie ein Raumschiff aus – es ähnelte mehr dem größten, seit präatomaren Zeiten leidlich konservierten Pumpernickellaib der Galaxis. Die geschwärzte Oberfläche war kobaltblau und grün bewachsen und unregelmäßig bunt gemustert – Sprenkel von Orange, Altgold und verbranntem Kastanienbraun. Trupps von Zentauroiden-Arbeitern marschierten durch ein Loch an einem Ende des Laibs hinein und heraus. Steuerleitungen schlängelten sich durch die Öffnung und führten zu mannsgroßen Gegenständen ringsum.

Beim Abstieg in die düstere Grube sah Erik, daß die vertäuten Objekte tatsächlich halb menschlich waren, ähnlich wie die Ziersphinxen, die zu Hause auf Fomalhaut B modische Hauseingänge schmückten – nur zehnmal abstoßender. Es waren kniende, mit einer Art durchsichtigem Gummi bedeckte Männer. Die Konservierung war nicht perfekt – die Kleidung an den ausgemergelten Gestalten verrottete und riß manchmal Hautfetzen mit. Knochen brachen durch. Haarbüschel klebten an verfärbter Haut. Die Leitungen drangen durch die Schädelbasis ins Stammhirn – jedes Gesicht zeigte ein schreckliches, skelettartiges Grinsen.

(»Du kannst jetzt die Offiziere der *Sirene* kennenlernen«, erklärte Ada – das zähe alte Mädchen klang nicht im geringsten beunruhigt. »Für den Knaben da in der Mitte habe ich damals das Schiff instand gesetzt.«) Erik warf einen kurzen Blick auf den grinsenden, hautbezogenen Schädel. Es hätte der Herr der Heerscharen sein können. Aber er sah nicht lange genug hin, um sicher zu sein.

(»Enkel, halte mir diese Zombies bei Laune – ich werde versuchen, die Leute im Innern auf mich aufmerksam zu machen.«) Von seiner Insektenkriegereskorte umringt, stand Erik eine schrecklich lange Zeit da und beobachtete Zentauroiden, die in das Raumschiff hinein- und wieder hinaushasteten. Diejenigen, die es verließen, trugen durchscheinende Päckchen. Nach einer Ewigkeit platzte Ada in seine Gedanken.

(»Greife in deine Tasche und mach diese Binärbombe scharf – aber halte um Himmels willen deinen Finger auf dem Zünder, laß ihn bloß nicht los.«)

»Genau, Großmutter Ada.« Er schob eine Hand in die Jackentasche. Jetzt hatte er etwas Wichtiges zu tun. Wenn er die Bombe losließ, würden Materie und Antimaterie sich vermischen. $E = mc^2$. Außer einem großen Loch im Vakuum würde von der *Sirene* dann nichts mehr übrigbleiben.

Nach einiger Zeit war Ada wieder da. (»Es war die reinste Knochenarbeit, ihre Aufmerksamkeit zu erwekken, aber diese Binärbombe hat geholfen.«)

»Wessen Aufmerksamkeit, Großmutter Ada?«

(»Die Königinnen. Die Schöpferinnen des Universums. Die Allmächtigen Matriarchinnen. Wie immer du sie auch nennen willst. Es sind diejenigen, die in diesem Spiel die Fäden ziehen – seit sie die Offiziere der *Sirene* in den Zustand eines unaufhörlichen Orgasmus versetzt haben.«)

Erik betrachtete sorgsam die nächste kniende Gestalt. Die Genitalien des Mannes waren stark verschrumpelt, aber durch die verrottete Hose konnte Erik eine Erektion erkennen. Er schauderte. (»Ewige Wonnen, Junge – kein Wunder, daß sie grinsen. Willst du's auch mal versuchen? Die Königinnen haben angeboten, dich einzuklinken.«)

»Verzichte, Ada.«

(»Dachte ich mir. Ich habe höflich abgelehnt und eine andere Abmachung getroffen.«)

»Was für eine Abmachung?«

(»Sie überlassen uns die Raumschwalbe und die *Kap Kolonie*, und sie entwaffnen die *Sirene* – wenn du dich zurückziehst und die Bombe mitnimmst. Sie macht sie nervös.«)

»Damit sitze ich am längeren Hebel. Aber was ist mit dem Planeten?«

(»Sie haben ihn eigens ausgesucht, um ihn mit uns zu

teilen. So vermehren sie sich. Sie schießen Schiffsladungen von Eikapseln, diese durchscheinenden Päckchen eben, in Sektoren, die elektromagnetische Signale aussenden – in der Hoffnung, von Sauerstoffatmern entdeckt zu werden. Es erfordert Millionen Jahre und Tausende von Versuchen, aber viele Schwarmorganismen bevorzugen eine breitgestreute Reproduktion von geringer Wahrscheinlichkeit – das verringert den Wettbewerb zwischen den Kolonien. Irgendwann stößt jemand auf ihr Schiff. Anfangs sind sie ungeheuer nützlich – am Ende haben sie alles in der Hand.«)

»Eine Art galaktische Parasiten?«

(»Mehr wie Breitspektrumsymbionten. Sie nehmen an, sie tun uns einen Gefallen.«)

»Indem sie die Männer und die Mannschaft der *Kap Kolonie* massakrieren? Indem sie die Offiziere der *Sirene* in orgiastisches Gemüse verwandeln?«

(»Sie wurden Zeugen unseres üblichen beängstigenden Durcheinanders. Sie waren schockiert festzustellen, daß die *Sirene* ein Schiff voller Männchen war – so kann man keine Kolonie gründen. Deshalb machten sie sich auf die Suche nach Weibchen und kaperten die *Kap Kolonie*. Aber es waren immer noch zu viele Männchen...«)

»Deshalb haben sie die Männer der *Kap Kolonie* umgebracht und die Frauen, die nicht mehr im gebärfähigen Alter waren.«

(»Das ist zwar bedenklich, aber ich verstehe, was sie gegen die Männer hatten.«)

»Du bestimmt, Großmutter Ada.«

(»Richte nicht, auf daß du nicht gerichtet wirst, Enkel.«)

»Und was sollte dieses ›Herr der Heerscharen‹-Getue?«

(»Sie haben das Gedächtnis dieser Offiziere durchstöbert – um eine Möglichkeit zu finden, wie sie unsere verkommene eigensüchtige Psyche ansprechen könnten. Den Königinnen gefiel diese antike Religion, nachdem sie ihre groben Seiten geglättet hatten. Sie hatten das Gefühl, sie erhebe uns über unsere ignorante Habsüchtigkeit, verleihe uns eine höhere Berufung. Das Gute für die Rasse, nicht die Rasse für das Gute.«)

Wieder an Bord der Raumschwalbe und mit einer Fünf-Sterne-Mahlzeit unterm Hosenbund, schwenkte Erik den letzten Amontillado in seinem Glas. Irgendein Dreckschwein hatte den Weinschrank geplündert. Skaramuz war sein Hauptverdächtiger – aber der gute Kapitän konnte nicht mehr bestraft werden, er war zusammen mit Mikilu und den Überlebenden der Schlacht um die *Kap Kolonie* auf dem Planeten ausgesetzt worden. Nicht gerade eine passende Strafe für Piraterie, Diebstahl, Massenmord, Freiheitsberaubung und das Wegsaufen des Prinzenweins – aber Erik hatte gelernt, von einem unvollkommenen Universum wie diesem keine Gerechtigkeit zu erwarten. Gut zu leben war die *einzige* Rache.

Seine Schleuse wurde geflutet. Er sah Lilith eintreten. Sie war in einem Beiboot von der *Kap Kolonie* übergesetzt. Aber inzwischen wußte er, daß er verliebt war, hoffnungslos verliebt sogar. Was hatte ihn soweit gebracht? Das Entsetzliche, das sie gemeinsam durchgestanden hatten? War sie einfach nur die erste Frau, für die er hatte arbeiten müssen? (»Enkel, weil ich unmittelbar neben dem Sitz deiner Libido lebe, würde ich sagen...«)

»Laß meine Libido in Ruhe, Ada.«

Lilith lächelte. Inzwischen hatte sie sich daran gewöhnt, daß Erik mit seinen Großmüttern redete. Eilig wechselte er das Thema. »Wie ist die Abstimmung ausgegangen?«

»Wir haben fast einstimmig beschlossen, nach Hause zurückzukehren.«

»Ich bin schockiert, daß ihr euch nicht völlig einig gewesen seid.«

»Du kennst Frauen nicht so gut, wie du glaubst. Wir haben unsere Fesseln gesprengt. Das ist kaum die Kolonie, die wir erwartet haben – aber einige finden, wo wir nun schon einmal hier sind ...«

»Es ist ein schöner Planet. Was denkst du?«

»Ist nichts für mich.« Sie schüttelte entschieden den Kopf. »Ich könnte nicht mit den Männern siedeln, die meine Eltern umgebracht haben.«

»Könntest du's mit mir?«

Sie schlenderte zu ihm hinüber, nahm ihm das Weinglas aus der Hand und rutschte auf seinen Schoß, indem sie mit den Fingern durch seine Locken fuhr. »Ich habe gehofft, du würdest mit mir zurückkommen.«

»Unmöglich. Auf meinen Kopf ist eine Prämie ausgesetzt.«

»Was für ein schöner Kopf«, gurrte sie.

»Das ist Bioskulpt. Die Jungen in unserer Familie sehen von Geburt ziemlich gewöhnlich aus.«

»Dann werden wir Mädchen haben. Hör mal, es sind zweihundert Jahre vergangen – du wirst als Held heimkehren.«

»Es könnten zweitausend Jahre sein. Die Imperianer werden es nicht wagen, mich auf Fomalhaut B frei herumlaufen zu lassen, *vor allem* als Held – ich könnte zu leicht zur Schlüsselfigur des heimischen Widerstands werden.«

»Wer sagt, daß du nach Fomalhaut sollst?«

»Häh?«

»Ich möchte dich nach Tau Ceti IV mitnehmen.«

»Ins Heimatsystem?« Erik stellte sich Planeten voller 3V-Süchtiger mit glücklichen Augen, einfältigen Konsumenten und rausgeputzten Kindern in ihren Schuluniformen vor.

»Natürlich. Dort wärst du ein Held. Ein rebellischer Prinz, der seine Freiheit riskiert hat, um unsere verlorene Kolonie heimzuführen. Ein Stück Geschichte, die wahr geworden ist. Sehr romantisch. Du wärst für niemanden ein Risiko – außer für verliebte Frauen.«

»Aus deinem Munde hört sich das ganz vernünftig an.«

»Unsere planetare Regierung würde für deine Immunität stimmen – meine Familie ist sehr alt und sehr einflußreich. Eine Ehrenbürgerschaft, Auszeichnungen, Planetentouren und 3V-Verträge.« Sie rückte hin und her, bis sie rücklings auf seinem Schoß saß. »Du bist clever genug, um dich selbst zu spielen.«

Er drückte sie an sich. »Ich schätze, daran könnte ich mich gewöhnen.«

Sie nahm sich Zeit, ihn ausgiebig zu küssen.

(»Enkel, ich habe dir doch gesagt ...«)

»Genau, also halt dich raus, Ada.«

Walter Jon Williams

WALL, STONE, CRAFT

EINS

Sie erwachte in dem Gemeinschaftsraum des Gasthauses aus einem kurzen Traum von Tod und Rosen. Erst als sie ganz wach war, fiel Mary ein, daß auf dem Grab ihrer Mutter wilde Rosen wuchsen, und sie fragte sich, ob der Geist ihrer Mutter sie besucht habe.

Auf dem Grab ihrer Mutter hatte Marys Geliebter zum ersten Mal den Vorschlag gemacht, mit ihr durchzubrennen. Und dort hatten die beiden sich auch das erste Mal geliebt.

Jetzt glaubte sie, schwanger zu sein. Ihr Liebhaber war der Meinung, daß sie sich irrte. Das war der Stand der Dinge.

Mary hielt es für das Beste, nicht darüber nachzudenken. Und so saß sie, indem sie sich den Schlaf aus den Augen blinzelte, im Gemeinschaftsraum des Gasthauses in Le Caillou und machte sich daran, im Kerzenlicht ihre italienische Grammatik zu pauken.

Plurale. *La nascita, le nascite. La madre, le madri. Un bambino, i bambini...*

Eine Störung: Gestampfe, Schnauben, das Klirren von Pferdegeschirr, das Bellen von Hunden. Vier junge Engländer betraten den Gasthof, einer in einem scharlachroten Uniformmantel, die anderen in feiner Reisekleidung. Auf ihren Schultern glänzten Regentropfen. Der Gastwirt platzte aus der Küche, lächelte und schob ihnen das Gästebuch hin.

Mary, die nichts Englisches beeindrucken konnte, konzentrierte sich auf ihre Grammatik.

»Laß mich unterzeichnen, George«, sagte der Rotgewandete. »Meine Hände brauchen die Übung.«

Mary blickte bei dieser Bemerkung auf.

»Schau mal, George, hier hat ein Bursche in Griechisch unterzeichnet.« Der Engländer beäugte die vergilbten Seiten des Gästebuches und versuchte im schwachen Lampenlicht die Worte zu entziffern. Mary lächelte über die Anstrengungen des englischen Offiziers.

»Perseus heißt er, glaube ich. Perseus Busseus – denkst du, er meint Bishop? – Kselleius. Und als Beruf gibt er ›te anthropou philou‹ an – na, das scheint doch wirklich ein netter Kerl zu sein, was?« Der Offizier warf einen Blick über die Schulter und grinste, dann widmete er sich wieder dem Gästebuch. »›Kai atheos.‹« Der Offizier blickte plötzlich finster drein. »Heißt es das, was ich glaube, George?«

George – der hübsche Mann mit den kastanienbraunen Haaren, der Byrons* trug – schüttelte den Regen von seinem kurzen Umhang, trat ans Gästebuch und begutachtete den Text. »Das heißt nicht ›freundlicher Bursche‹«, erklärte er. »Das wäre nämlich ›anehr philos‹. ›Anthropos‹ ist das Menschengeschlecht, nicht der einzelne Mensch.« Er hatte die Spur eines schottischen Akzents in der Stimme.

»Genau«, sagte der Offizier. »Jetzt fällt's mir wieder ein.«

George beugte seine schlanke Hüfte und studierte das Gästebuch sorgfältig. »Was der Mann hier schreibt, heißt ›Freund der Menschen und der …‹« Er runzelte die Stirn und schaute seinen Freund an. »Mit ›Atheisten‹ hast du recht gehabt, fürchte ich.«

Der Offizier war empört. »Das finde ich gar nicht lustig, George.«

---

* Byrons = Schnürstiefel besonderer Machart

George rang sich ein zynisches Lächeln ab. Seine Stimme schlug einen anderen Ton an, wurde komisch und affektiert, verwandelte sich in die hohe Stimme eines englischen Schulmeisters. »Versuchen wir doch einmal, den Namen dieses berühmten Atheisten herauszubekommen.« Er beugte sich nochmals über das Gästebuch. »Perseus – das war richtig, Somerset. Busseus – ganz daneben. Kselleius – Kelly? Shelley?« Er lächelte seinen Freund an. Seine Stimme klang nun durch und durch irisch. »Kelly, könnte ich mir vorstellen. Ein atheistischer Emporkömmling von einem irischen Schulmeister mit ein paar Griechischkenntnissen. Aber was Busseus bedeuten könnte, entzieht sich meinen Kenntnissen, es sei denn, der mittlere Name sei Omnibus.«

Somerset kicherte. Mary stand auf und ging ruhig zu dem Paar hinüber. »Der Name des Gentleman lautet Bysshe«, sagte sie. »Percy Bysshe Shelley.«

Die beiden Männer drehten sich überrascht um. Der Offizier – Somerset – machte eine Verbeugung, als er eine Dame vor sich stehen sah. Mary bemerkte erst jetzt, daß er einen leeren Ärmel an dem Uniformrock festgesteckt hatte, was die Bemerkung über seine Hand erklärte. Der andere – George, der Mann mit den Byrons – zog seinen Hut ab und vollführte eine schwungvolle Verbeugung, doch bei weitem zu theatralisch, als daß Mary sie ernst nehmen konnte. Als er sich aufrichtete, runzelte Mary ein wenig die Stirn.

»Bysshe Shelley?« fragte er. »Ein Verwandter von Sir Bysshe, dem Baronet?«

»Sein Enkel.«

»Sir Bysshe ist ein Protegé des alten Norfolk.« Eine Bemerkung an seine Freunde. Radikaler Whiggerismus war im Schwange, das deutete sein Tonfall jedenfalls an. George wandte seine Aufmerksamkeit wieder Mary zu, während die anderen Engländer sich um sie versammelten. »Zweifellos eine interessante Familie«, sagte er und lächelte sie an. Mary wäre fast zurückgewichen vor der zwingenden Art, wie er sie unter den Augenbrauen hinweg von Kopf bis Fuß musterte. »Gehören Sie seiner Reisegruppe an?«

»Allerdings.«

»Und Sie sind, wenn ich recht sehe, Mrs. Shelley?«

Mary straffte sich und sah George trotzig in die Augen. »Mrs. Shelley verweilt in England. Mein Name ist Godwin.«

Georges Augen weiteten sich und flatterten ein wenig. Tiefes englisches Murmeln drang an Marys Ohren. George verbeugte sich abermals. »Es ist mir eine Ehre, Miss Godwin.«

George zeigte nacheinander mit dem Hut auf seine Gefährten. »Lord Fitzroy Somerset.« Der Armlose verbeugte sich ein zweites Mal. »Hauptmann Harry Smith. Hauptmann Austen von der Marine. Pásmány, mein Fechtmeister.« Die meisten von ihnen, stellte Mary fest, waren jung, und alle sahen gut aus, George vor allem. George wandte sich wieder an Mary, und ein Lächeln der Vorfreude kräuselte seine Lippen. Sein bohrender Blick war beinahe unverschämt. »Mein Name ist Newstead.«

Mary hätte vor Scham in den Boden versinken können. Sie wußte, daß ihre Wangen sich gerötet hatten, sah aber George noch immer in die Augen, als sie einen Knicks machte.

George war seit Monaten nicht mehr Marquis Newstead gewesen. Er war schon seit Jahren berühmt als Vertrauter des Prinzregenten und schneidigster Offizier in Wellingtons Reiterregiment, aber es waren seine Großtaten auf dem Schlachtfeld von Waterloo und seine Gefangennahme Napoleons an der Brücke von Genappe, die ihm Unsterblichkeit verliehen hatten. In England und auf dem Kontinent war er das Gesprächsthema Nummer eins, obwohl er seinen Ruhm unter einem anderen Namen erworben hatte.

Bevor der Prinzregent ihm den Titel Newstead verliehen hatte, war George mit den kastanienbraunen Haaren und dem unverschämten Blick als George Gordon Noël bekannt gewesen, der sechste Lord Byron.

Mary beschloß, sich weder von seinem Titel noch von seinem Auftreten beeindrucken zu lassen. Sie wollte ihn einfach nur als George betrachten.

»Freut mich, Sie kennenzulernen, mein Herr«, sagte Mary. Es machte sie stolz, daß ihre Stimme nicht gezittert hatte.

Ihr wurden weitere Peinlichkeiten erspart, als die Tür aufflog und ein Diener eintrat, gefolgt von einer Meute schmutziger Hunde – Whippets –, die alle Anwesenden mit Wasser bespritzten, dann heulten und um ihr Herrchen George herumhüpften. In aufrechter Haltung, seine starken, wohlgeformten Beine in den berühmten seitlich geschnürten Stiefeln, die er erfunden hatte, um seine Waden und Fesseln zu zeigen, lachte George, als die Hunde an seiner Brust hochsprangen und um Aufmerksamkeit bellten. Seine Lordschaft erwiderte ihr Gebell und kabbelte sich eine Weile mit ihnen – nicht sehr vornehm, fand Mary –, dann befahl er den Hunden, still zu sein. Anfangs gehorchten sie nicht, doch schließlich hatte er sie im Griff und zum Schweigen gebracht.

Er blickte zu Mary auf. »Ich kann Menschen Disziplin beibringen, Miss Godwin«, sagte er, »aber ich fürchte, bei Tieren bin ich darin nicht so gut.«

»Das beweist, daß Sie ein gutes Herz haben. Da bin ich mir sicher«, sagte Mary.

Die anderen lachten darüber ein wenig – offensichtlich gehörte sein gutes Herz nicht zu den Qualitäten, denen George seinen Ruf verdankte –, aber George lächelte nachsichtig.

»Haben Sie und Ihr Begleiter schon zu Abend gegessen, Miss Godwin? In diesem langweiligen Land von Brabant wüßte ich die Gesellschaft von englischen Landsleuten sehr zu schätzen.«

Mary konnte sich eine impertinente Bemerkung nicht

verkneifen. »Selbst wenn einer davon ein atheistischer Emporkömmling von einem irischen Schulmeister ist?«

»Miss Godwin, ich würde mit Wolfe Tone persönlich dinieren.« Immer noch dieser bohrende, aus tiefen Höhlen dringende Blick, der sie zu sezieren schien.

Mary war erleichtert, als sie sich von Georges Blick abwenden konnte, um in den hinteren Teil der Gaststätte zu schauen, in Richtung der Küche. »Bysshe ist in der Küche und gibt dem Koch Anweisungen. Ich glaube, meine Schwester ist bei ihm.«

»Gehören Ihrer Reisegruppe noch weitere Personen an?«

»Nein, nur wir drei. Und ein recht betagtes Zugpferd.«

»Verzeihen Sie uns, wenn wir das Pferd nicht zu Tisch einladen.«

»Dein Affe, George«, sagte Somerset trübselig, »wird schon genügen.«

Mary wäre dieser interessanten Bemerkung gern nachgegangen, aber in diesem Moment erschienen Bysshe und Claire aus dem Durchgang zur Küche. Beide lachten, wie über ein gemeinsames Geheimnis, und Claires schwarze Augen funkelten. Mary unterdrückte einen Anflug von Ärger.

»Mary!« sagte Bysshe. »Der Koch hat uns eine Gespenstergeschichte erzählt!« Er wollte fortfahren, machte aber eine Pause, als er die Besucher sah.

»Wir haben eine Einladung zum Essen«, erklärte Mary. »Lord Newstead war so freundlich …«

»Newstead!« entfuhr es Claire. »Der Lord Newstead?«

Mary fröstelte entsetzt, als sie Claire für einen Moment so sah, wie George sie zweifellos sehen mußte: schwarzhaarig, dunkeläugig, furchtbar indiskret und gerade mal sechzehn.

Manchmal erschien das eine Jahr Altersunterschied zwischen Mary und Claire wie ein Jahrhundert.

»Lord Newstead!« brabbelte Claire. »Jetzt erkenne ich Sie erst! Wie aufregend, Sie kennenzulernen!«

Mary ergab sich ihrem Schicksal. »Mein Herr«, sagte sie, »darf ich Ihnen meine Schwester, Miss Jane, vorstellen – Claire, um genau zu sein, Claire Clairmont, und Mr. Shelley.«

»Ich bin überwältigt und bezaubert, Miss Clairmont. Mr. Perseus Omnibus Kselleius, tí kánete?«

Bysshe blinzelte einige Sekunden lang, dann grinste er. »Thanmásia eùxaristô«, erwiderte er die Höflichkeit, »kaí eseîs?«

Für einen Moment sonnte sich Mary in Bysshes Gegenwart, bewunderte seine imposante Gestalt in der schäbigen Kleidung, sein schönes, unordentliches Haar, seine Sommersprossen, seine großen Hände – und seine unbedingte Weigerung, von einem der berühmtesten Männer auf Erden beeindruckt zu sein.

George mußte kurz überlegen. »Polú kalá, eùxaristô. Thá éthela ná ...« Er suchte nach den rechten Worten, dann lachte er auf. »Hängt die Griechen!« sagte er. »Ich habe seit dem Trinity-College einfach zuviel vergessen. Darf ich Ihnen meinen Freund Somerset vorstellen?«

Somerset musterte den Atheisten mit einem kühlen christlichen Blick. »Wie geht's Ihnen?«

George beendete die Vorstellung. Von draußen hörten sie eine Kutscherpeitsche knallen und das Stampfen weiterer Pferde. Die Hunde fingen laut an zu bellen. Mindestens zwei weitere Kutschen waren eingetroffen. George führte die Gruppe ins Speisezimmer. Mary bekam einen Platz an Georges Seite, ihr gegenüber saßen Claire und Bysshe.

»Teufel, ich habe vergessen, mich einzutragen«, sagte Somerset und erhob sich von seiner Bank. »Mit welchem Bett wärst du zufrieden, George?«

»Mit keinem geringeren als dem von Bonaparte.«

Somerset seufzte. »Das dachte ich mir schon«, sagte er.

»Hat Bonaparte hier in Le Caillou geschlafen?« fragte Claire.

»In der Nacht vor Waterloo.«

»Wie aufregend! Wie weit ist es bis Waterloo?« Sie sah Bysshe an. »Wenn wir das gewußt hätten, hätten wir um sein Zimmer bitten können.«

»Das wir dann an Sir Newstead abgetreten hätten«, sagte Bysshe jovial. »Schließlich hat er eher einen Anspruch darauf als wir.«

George erfaßte Mary wieder mit seinem bohrenden Blick. Seine Stimme klang tief. »Ich würde zwei bezaubernde Damen für alle Bonapartes in Europa nicht aus ihren Betten vertreiben.«

Sondern sich lieber zu ihnen gesellen, dachte Mary. Dieser Blick war nicht mißzuverstehen.

Der Rest von Georges Reisegruppe – Diener, Flügeladjutanten, Schreiber und ein schwarzer Mann in vollständiger Mamelucken-Aufmachung mit spitz zulaufenden, nach oben gebogenen Pantoffeln, Straußenfedern, einem scharlachroten Turban und so weiter – trugen Georges Equipage aus seinen Kutschen. Außer einer endlosen Folge von Koffern und Truhen und einem großen Sortiment von Waffen führte er weitere Tiere mit sich. Nicht nur den versprochenen Affen – sogar ein großer Affe, der sich auf Georges Schultern setzte –, sondern außerdem strahlend bunte Papageien in Käfigen, ein Paar Windhunde, einige Jagdfalken mit Hauben auf den Köpfen, Singvögel, zwei verloren wirkende Jungfüchse in Käfigen, die alle Hunde vor Jagdlust zum Heulen und Springen brachten, und einen halb ausgewachsenen Panther mit einem Juwelenhalsband, den die Hunde gut genug kannten, um ihn nicht anzubellen. Der Gastwirt klagte laut, während er das Viehzeug zu sortieren und außer Reichweite der Klauen, Schnäbel und Fänge zu bleiben versuchte.

Bysshe sah mit strahlenden Augen zu und genoß das Spektakel. Georges Freunde machten den Eindruck, als seien sie des Ganzen müde.

»Ich hoffe, wir werden heute nacht schlafen«, sagte Mary.

»Wenn sie nicht schlafen«, sagte George und spielte mit dem Affen, »werden wir dafür sorgen, daß Sie gut unterhalten sind.«

Wie gnädig, daß Sie Ihre Freunde an der Orgie teilnehmen lassen, dachte Mary. Aber wieder hielt sie den Mund.

Bysshe amüsierte sich noch über die Parade übermütiger Spiele. Er warf Mary einen Blick zu. »Meinst du nicht, Maie, dies sei das Sinnbild eines philosophischen Anarchismus?«

»Sie sind dazu eingeladen, Sir«, sagte Somerset, nachdem er sich ins Gästebuch eingetragen hatte. »George, dein Mastiff hat den Hund des Stallknechts gebissen. Er ist außer sich.«

»Farrante soll ihn bezahlen.«

»Sag du ihm das. Und er soll dem Mastiff das Hirn rausschießen, wenn er schon einmal dabei ist.«

»Dem armen Picton?« fragte George beleidigt. »Ich denke nicht daran.«

»Der arme Picton wird sich als nächstes den Stallknecht vornehmen.«

»Er muß das arme Vieh geärgert haben.«

»Picton wird uns eines Tages alle umbringen.«

»Verzeih uns, mein lieber Somerset.« Mary sah zu, wie George die Hand ausstreckte und ihn ins Ohr zwickte. Somerset wurde rot, schien es sich aber gern gefallen zu lassen.

»Mr. Shelley«, ließ sich nun Hauptmann Austen vernehmen. »Ich frage mich, ob Sie wissen, welche Überraschungen die Küche für uns auf Lager hat.«

Austen war ein gutgebauter Mann in einem pechschwarzen Mantel, älter als die anderen, mit einem faltigen, verwitterten Seemannsgesicht und von zurückhaltender Art, die ihn von seinen Gefährten abhob.

»Schmeißt das Zeug auf den Rost! So läuft's doch bei der Marine!« sagte George. »Macht euch gleich ans Essen und schert euch einen Dreck um das Drumherum.«

»Wenn du zwanzig Kriegsjahre lang wurmzerfressenen Zwieback gegessen hättest«, bemerkte Harry Smith, »würdest du auch auf gutes Essen Wert legen.«

Bysshe warf Austen ein Lächeln zu. »Für einen Landgasthof ist die Verpflegung ganz annehmbar«, sagte er. »Und die Zimmer sind sauber, nicht so, wie das hier sonst üblich ist. Claire, Maie und ich essen kein Fleisch, deshalb mußte ich dem Koch erklären, wie er unser Essen zubereiten soll. Aber wenn Ihnen der Geschmack nach Hühnchen oder einem Schnitzel steht, werde ich mir erlauben, den Koch entsprechend anzuweisen.«

»Kein Fleisch!« Der Gedanke schien George zu faszinieren. »Anhänger von J. F. Newton, wenn ich das recht sehe?«

»Unter anderem«, erwiderte Mary.

»Aber geht's Ihnen gut? Spüren Sie keine Entkräftung? Leiden Sie aus Mangel an ordentlicher Kost nicht an Fieber?« George beugte sich nah an sie heran und berührte Marys Stirn mit dem kühlen Rücken einer Hand, während er mit der anderen nach ihrem Puls tastete. Der Affe grinste sie von seiner Schulter schief an. Mary löste sich von Byron und legte ihre Hände auf den Tisch.

»Ich kann Ihnen versichern, daß ich mich sehr gut fühle«, sagte sie.

»Maie ist sehr viel gesünder wie zu dem Zeitpunkt, als ich sie kennengelernt habe«, fügte Bysshe hinzu.

»Ich auch«, sagte Claire.

»Ich glaube, die meisten Krankheiten können durch eine geeignete Ernährung besiegt werden«, sagte Bysshe. Und dann fügte er hinzu:

> »Er schlachtet das Lamm, das
> ihn anfleht mit Blicken
> Und labt sich abscheulich am
> zerstückelten Fleisch.«

»Essen wir doch heute abend etwas zerstückeltes Fleisch, George«, sagte Somerset fröhlich.

»Das finde ich auch«, fügte Smith hinzu.

Georges Hand blieb auf Mary Stirn liegen. Seine Stimme klang ganz sanft. »Wenn Fleischesser Sie stören«, versprach er, »werde ich nur Grünzeug essen.«

Mary sträubten sich die Nackenhaare. »Bestellen Sie, was Sie mögen«, sagte sie. »Mir ist es gleich.«

»Sehr tapfer, Miss Godwin!« sagte Smith dankbar. »Also, zerstückeltes Fleisch für uns alle, und zum Teufel mit dem ganzen Provinzgemüse!«

George zog seine Hand von Marys Stirn weg und versuchte den Gastwirt herbeizuwinken, der sich noch immer mühte, die Hunde zu bändigen. George wurde übersehen, runzelte die Stirn und ließ die Hand sinken.

»Freut mich zu hören, daß Sie mit den Arbeiten von Newton vertraut sind«, sagte Bysshe.

»*Vertraut* würde ich nicht sagen«, meinte George. Er versuchte immer noch, den Gastwirt heranzuwinken. »Ich habe seine Bücher nicht gelesen. Aber ich weiß, daß er mich vom Fleischessen abbringen will, und mehr brauche ich nicht zu wissen.«

Bysshe verschränkte seine großen Hände auf dem Tisch. »Oh, es ist weit mehr als das. Abstinenz von Fleisch schließt eine völlig neue moralische Ordnung ein, in der der Mensch dem Tier gleichgestellt ist.«

»Das müßte doch gerade George zu schätzen wissen«, sagte Harry Smith und zog dem Affen ein Gesicht.

»Ich glaube, ich ziehe es vor, über den Tieren zu stehen«, sagte George. »Und über den meisten Menschen auch.« Er blickte zu Bysshe auf. »Können wir nicht von etwas anderem als Essen reden, bevor wir gegessen haben? Mein Magen brummt lauter als eine Batterie von Napoleons Töchtern.« Er sah auf den Affen hinunter und schlug die hohe Stimme einer schottischen Witwe an. »Und so geht's auch meinem Jerome Bonaparte, nicht wahr, Jerome?«

George gelang es schließlich, die Aufmerksamkeit des Gastwirts zu erregen, und die Gesellschaft bestellte Essen und Wein. Brot, Käse und Eingepökeltes wurden gereicht, damit sie in der Zwischenzeit versorgt waren. Jerome Bonaparte wurde vom Schoß seines Meisters heruntergelassen, durfte um den Tisch herumlaufen und sich nehmen, was er wollte.

George sah zu, wie Bysshe sich ein Stück Käse abschnitt. »Von Newton abgesehen, sind Sie auch ein Anhänger von William Godwin?«

Bysshe warf Mary einen Blick zu, dann nickte er. »Gewiß. Auch von Godwin.«

»Mir ist doch gleich ihr ›philosophischer Anarchismus‹ aufgefallen. Godwin war außer sich, als ich mich in Harrow aufhielt. Aber daran wollen wir jetzt nicht denken, ja? Das gilt natürlich nicht für seine bezaubernde Namensvetterin.« Er richtete seinen Blick auf Mary.

Mary erwiderte einen kalten Blick. »Die Wahrheit ist immer angebracht, mein Herr«, sagte sie.

»Wirklich *immer?*« Ein spielerischer Einwand. Mary sagte nichts, und George zuckte mit den Achseln. »Der ehrwürdige Meister Godwin also. Und wer noch?«

»Ovid«, erwiderte Mary. Das schien den Offizier etwas ernster zu stimmen. Sie lächelte. »Kommen Sie, er ist nicht so skandalös, wie immer behauptet wird. Eher spielerisch.«

Damit beruhigte sie ihre Zuhörer nicht. Bysshe lächelte Mary insgeheim zu. »Wir haben auch Mary Wollstonecraft gelesen.«

»Mein Gott!« rief George. »Der Himmel schütze uns vor intellektuellen Frauen!«

»Mary Wollstonecraft«, sinnierte Somerset. »War das nicht eine Dirne in Frankreich?«

»Ich betrachte meine Mutter lieber als eine politische Denkerin und Schriftstellerin«, sagte Mary vorsichtig.

Es trat eine plötzliche Stille ein, und Somerset wurde vor Ärger kreidebleich. Dann warf George den Kopf zurück und lachte.

»Ist das denn zu glauben!« sagte er. »Die Antwort hast du verdient.«

Somerset war sichtlich bemüht, die Fassung zu bewahren. »Es tut mir sehr leid, Miss ...«, begann er.

George lachte noch mal. »Himmel, jetzt sollten wir uns besser überlegen, was wir sagen!«

Claire kicherte. »Ich habe die ganze Zeit darauf gewartet, ob jemand ins Fettnäpfchen treten würde. Und ich habe nicht umsonst gewartet, wirklich nicht ...«

George wandte sich Mary zu und brachte es fertig, eine ernsthafte Miene aufzusetzen, auch wenn die Belustigung, die in seinen Augen funkelte, ihr zuwiderlief.

»Ich möchte mich aufrichtig in unser aller Namen entschuldigen, Miss Godwin. Wir sind Soldaten und an rauhe Umgangsformen untereinander gewöhnt, und wir waren lange unterwegs und haben zweifellos den Sinn verloren für den wahren Wert von Personen ...« Er überlegte für einen Moment, versuchte zu einem möglichst höflichen Schluß zu kommen. »... außerhalb unseres eigenen kleinen Kreises«, schloß er.

»Gut gesagt«, erwiderte Mary, »und angenommen.« Sie hatte interessanteren Boden gewählt, um sich darauf zu behaupten.

»O ja!« sagte Claire. »Wirklich gut gesagt!«

»Meine Mutter wird von der Öffentlichkeit nicht recht verstanden«, fuhr Mary fort. »Aber intellektuelle Frauen, habe ich den Eindruck, finden bei *Ihnen* auch nicht viel Verständnis.«

George rückte von Mary ab und musterte sie mit kalten Augen. »Ganz im Gegenteil«, sagte er. »Ich bin mit einer intellektuellen Frau verheiratet.«

»Und sie lebt, könnte ich mir vorstellen ...« Mary ließ die Anspannung einen Moment lang in der Luft hängen, wie ein Rapier, bevor es zusticht, »... in England?«

George blickte finster drein. »Ganz richtig.«

»Ich bin sicher, daß die Bücher meiner Mutter ihr Gesellschaft leisten.«

»Und Francis Bacon«, sagte George mit säuerlicher

Stimme. »Anabella ist eine Autorität, was Francis Bacon angeht. Und sie darf ihn verbessern, wenn sie mag.«

Mary lächelte ihn an. »Und wer leistet *Ihnen* Gesellschaft, mein Herr?«

Seine Freunde wurden unruhig. Er visierte Mary wieder mit diesem bohrenden Blick aus tiefen Höhlen an.

»Ich bin nicht oft allein«, sagte er.

»Heute abend werden Sie sich mit dem Geist Napoleons zur Ruhe legen«, erwiderte sie. »Wer von Ihnen beiden hat eher einen Anspruch auf dieses Bett?«

George lachte kühl. »Ich denke, das ist in Waterloo entschieden worden.«

»Der Sieg des Herzogs, so habe ich es jedenfalls gehört.«

Georges Freunde warfen einander erschrockene Blicke zu. Mary fand, daß sie Byron nun genug zur Ader gelassen hatte. Sie nahm ein Stück Käse.

»Erzählen Sie uns von Waterloo!« beharrte Claire. »Ist es weit von hier?«

»Das Schlachtfeld liegt etwa eine Meile nördlich«, erklärte Somerset. Er schien erleichtert, daß sich das Gespräch einer Schlacht zuwandte. »Ich hatte angenommen, Sie seien vielleicht englische Touristen, die das Feld besuchen möchten.«

»Wir haben nur zufällig hier haltgemacht«, sagte Bysshe. Er sah Mary aus zusammengekniffenen Augen an, als versuche er etwas herauszufinden. »Ich stecke in einer kleinen Verlegenheit, und ich hoffe, in Brüssel einen Brief zu finden von meiner ...« Er wollte ›Frau‹ sagen, besann sich aber eines Besseren und sagte ›Familie‹.

»Wir sind unterwegs nach Wien«, sagte Smith.

»Die längere Route«, erklärte Somerset. »In Paris ist es zu unsicher geworden – zu viele alte Bonapartisten lauern dort mit Bomben und Pistolen, und natürlich ist George derjenige, den sie am meisten hassen. Deshalb haben wir davon abgesehen, uns dem Herzog als Diplomaten anzuschließen, aber wir planen, uns unterwegs mit seiner Hoheit von Orange zu treffen. Und zwar in zwei Tagen in Brüssel.«

»Der gute alte Slender Billy!« seufzte Smith. »Seit der Schlacht habe ich ihn nicht mehr gesehen.«

»Die Schlacht!« rief Claire. »Sie sagten doch, sie wollten uns davon erzählen!«

George warf ihr einen nervösen Blick zu. »Bitte, Miss Clairmont, ich flehe Sie an. Keine Schlachten vor dem Essen.« Sein Magen knurrte hörbar.

»Bysshe«, fragte Mary, »sagtest du nicht, der Koch habe dir eine Gespenstergeschichte erzählt?«

»Sogar eine gute«, antwortete Bysshe. »Es ist in dem Haus auf der anderen Straßenseite geschehen, das mit dem Ziegeldach. Ein paar alte Hexen haben einmal in dem Haus gewohnt. Schwestern.« Er blickte zu George auf. »Vielleicht werden wir vor dem Essen noch von Gespenstern heimgesucht, was meinen Sie?«

»Solange es Sie betrifft, soll's mir recht sein.«

»Sie haben mit Zaubersprüchen und Flüchen und so weiter gehandelt, und davon gelebt, die... äh... die übernatürlichen Bedürfnisse dieses Bezirks zu stillen. Es geschah, daß zwei verschiedene Männer sich in dasselbe Mädchen verliebten, und beide wandten sich für einen Liebeszauber an die unheimlichen Schwestern – natürlich jeder an eine andere. Einer von ihnen verwendete seinen Spruch als erster und gewann das Herz der Jungfrau, und das machte seinen Rivalen zornig. Deshalb wandte er sich an die Hexe, die ihm seinen Zauber verkauft hatte, und verlangte von ihr, daß sie die junge Lady umstimmte. Weil die Hexe darauf beharrte, daß dies unmöglich sei, zog er seine Pistole und erschoß sie.«

»Wie unbelgisch von ihm«, leierte Smith.

Bysshe fuhr unbeirrt fort. »Daraufhin griff die Schwester der toten Hexe«, erzählte er, »so schnell wie ein Augenblinzeln nach einem schweren Hackmesser und trennte den jungen Mann mit einem einzigen Streich den Kopf ab. Der Kopf fiel zu Boden und hüpfte die Verandatreppe hinunter. Und seit jener Nacht...« Er beugte sich Mary über den Tisch entgegen, und seine Stimme fiel dramatisch ab. »...haben immer wieder Menschen in dem Haus dumpfe Laute gehört und *den blutbefleckten Kopf des Freiers die Treppe hinunterpoltern sehen*!«

Mary und Bysshe gaben sich gleichermaßen einem genüßlichen Schauer hin. George betrachtete Bysshe nachdenklich.

»Glauben sie an solche Dinge, Mr. Omnibus?«

Bysshe blickte auf. »O ja, ich bin fest von übernatürlichen Vorgängen überzeugt.«

George lächelte überheblich, und Marys Herz schlug schneller, als sie erkannte, in welche Falle Bysshe getappt war.

»Wie können Sie dann ein Atheist sein?« fragte George.

Bysshe war bestürzt. Diese Frage hatte ihm noch nie jemand gestellt. Er lachte nervös auf. »Ich bin weniger ein Gegner Gottes«, erklärte er, »als ein Verehrer Galileos und Newtons. Und selbstverständlich ein Feind der etablierten Kirche.«

»Ich verstehe.«

Ein schwaches Lächeln überflog Bysshes Lippen.

> »Ja!« sagte er. »Ich habe Gottes Anbeter
> das Schwert der Rache ziehen sehen,
>   als der Anstand
> überwunden und unnatürliche Triebe
>   brachen Bahn,
> sich an ihren grausigen Taten zu ergötzen;
> Und rasende Priester, die das böse Omen
>   des Kreuzes schwenkten
> über der unglücklichen Erde; und
>   ich sah das Licht der Sonne
> glänzen auf geronnenem Blut an
>   blitzendem Stahl
> unbehelligter Schlächter...«

»Und haben Sie so etwas wirklich gesehen?« Georges Blick hätte durch Wände dringen können.

Bysshe blinzelte ihn an. »Wie bitte?«

»Ich habe Sie gefragt, ob Sie wirklich geronnenes Blut an blitzendem Stahl gesehen haben und all das.«

»Ach so. Nein.« Er lächelte George auf eine Weise an, die halb um Verzeihung bat. »Ich kann den Kriegsdienst nicht mit meinen Prinzipien vereinbaren.«

»Ja.« Georges Magen knurrte abermals. »Das liegt mir wohl eher als Ihnen. Und deshalb bin ich wohl eher qualifiziert, darüber ...« Er verzog die Lippen. »... *und* über Ihre Prinzipien zu urteilen.«

Mary sträubten sich die Nackenhaare. »Sie wollen doch sicher nicht in Abrede stellen, daß der Krieg ein großes Übel ist«, sagte sie. »Und daß die Kirche den Krieg und seine Folgen segnet.«

»Die Kirche ...« Er winkte ab. »Die Geistlichen, die uns nach Spanien begleitet haben, waren feine Männer und haben gute Arbeit geleistet, soweit ich das beurteilen kann. Obwohl es nur verdammt wenige waren, haben sie den Krieg doch bevorzugt danach beurteilt, wie unbequem er im Verhältnis zu ihren Betten daheim ist. Und was den Krieg angeht – meinetwegen, er ist ein Übel. Ja. Aber nicht nur er.«

»*Nicht nur er!*« Mary war außer sich. »Was denn noch?«

George sah den Offizieren nacheinander ins Gesicht, dann wandte er sich Mary zu. »Der Krieg ist etwas Abscheuliches, darüber sind wir uns wohl alle einig. Aber er bietet dem Menschen auch eine Gelegenheit, unter Beweis zu stellen, was groß an ihm ist. Mut, Kameradschaft, Opferbereitschaft. Heldentum und Edelmut jenseits aller Vorstellungskraft.«

»Ruhm«, pflichtete der einarmige Somerset bei.

»Tod!« fuhr Mary dazwischen. »Heimtückischer, schleichender Tod! Krankheit. Verstümmelung!« Sie bemerkte, daß sie einen Schritt zu weit gegangen war, und bat Somerset wortlos um Verzeihung dafür, daß sie ihm ins Wort gefallen war, indem sie in seine Richtung den Kopf beugte. »Endloses Leid unter den verhungernden Witwen und Waisen«, fuhr sie fort. »Anfang dieses Jahres haben Bysshe, Jane und ich den Teil Frankreichs durchquert, über den die Armeen marschiert sind. Es war eine Wüste, mein Herr. Ganze Dörfer ohne eine Menschenseele. Frauen, Kinder und Krüppel in Lumpen. Viele ohne ein Dach über dem Kopf.«

»Ja, ja«, sagte Harry Smith. »Das haben wir alle in Spanien gesehen.«

»Miss Godwin«, sagte George, »diesen armen Franzosen gilt mein Mitgefühl ebenso wie ihres. Aber wenn eine Nation ihren rechtmäßigen König umbringt und einen Tyrannen wählt, um alle anderen Nationen der Welt anzugreifen, kann sie nichts anderes erwarten als das, was sie von uns bekommen hat. Ich habe viel größeres Mitgefühl für die armen Witwen und Waisen in Spanien, Portugal und den Niederlanden.«

»Und England«, sagte Hauptmann Austen.

»Genau«, erwiderte George, »und England.«

»Ich habe nicht behauptet, daß England nicht gelitten habe«, sagte Mary. »Jeder, der Augen im Kopf hat, kann die Opfer des Krieges sehen. Und die Opfer der Korngesetze desgleichen.«

»Genug.« George riß die Hände hoch. »Im Oberhaus habe ich genug Debatten über die Korngesetze gehört – ich flehe Sie an, nicht hier auch noch.«

»Die Menschen verhungern, mein Herr«, betonte Mary ruhig.

»Aber dank Waterloo«, meinte George, »verhungern sie wenigstens in Frieden.«

»Da kommt unser Fleisch!« sagte ein erleichterter Harry Smith. Servietten strahlten, Silbergeschirr klirrte, das Abendessen wurde angerichtet. Bysshe nahm ein Stück von der Käsetorte, dann probierte er einen der kleinen Kohlköpfe aus Brabant und grinste dabei – ihm schmeckten sie, im Gegensatz zu Mary, immer noch.

Smith, Somerset und George plauderten über diverse Bekannte aus der Armee, die anderen aßen wortlos. Somerset hatte sich, wie Mary auffiel, mit einer Kombination aus Messer und Gabel ausgestattet und zerkleinerte damit geschickt sein Schnitzel.

George, bemerkte sie, aß trotz heftigen Magenknurrens nur wenig.

»Schmeckt Ihnen das Essen nicht, mein Herr?« erkundigte sie sich.

»Mir ist der Appetit vergangen.« Kurz angebunden.

»Diese schlanke Kavallerie-Figur kommt nicht ohne Opfer zustande«, erklärte Smith. »Ich gehöre allerdings der Infanterie an«, fuhr er fort, indem er mit Gabel und Messer herumfuchtelte, »und kann tüchtig reinhauen.«

George warf ihm einen nervösen Blick zu und nippte an seinem weißen Rheinwein. »Kavallerie, Infanterie, höherer Offizier, Fußvolk«, sagte er, indem er mit der Gabel nacheinander auf sich, Smith, Austen und Somerset zeigte. »Gehen Sie auch einem Beruf nach, Sir? Außer dem des Atheisten, meine ich.«

Bysshe legte Gabel und Messer nieder und antwortete mit Bedacht. »Ich bin Wissenschaftler gewesen, ein Reformer und eine Art Ingenieur. Inzwischen habe ich mich der Dichtung zugewandt.«

»Ich war bisher nicht der Meinung, das sei etwas, dem man sich *zuwendet*«, sagte George.

»Hauptmann Austens Schwester macht auch etwas Literarisches, glaube ich«, merkte Harry Smith an.

Austen schüttelte kurz den Kopf. »Bitte, Harry. Nicht hier.«

»Ich weiß, sie publiziert anonym, aber ...«

»Sie möchte nicht, daß es bekannt wird«, sagte er mit Nachdruck, »und ich lege Wert darauf, daß ihr Wunsch respektiert wird.«

Smith bat Austen mit einem Blick um Verzeihung. »Entschuldigung, Frank.«

Mary nahm Austens Verärgerung amüsiert zur

Kenntnis. Austen hatte eine alte Jungfrau zur Schwester, vermutete sie – sie konnte sich keinen anderen Typ vorstellen –, die höchst dramatische Schauerromane schrieb, voller Schrecken, düsterer Schlösser und verhüllter Sinnlichkeit, all das zum anhaltenden Verdruß ihrer Familie.

Nun wohl, dachte Mary. Sie konnte nachsichtig sein. Vielleicht waren es sogar gute Bücher.

Sie und Bysshe mochten gute gotische Schauerromane, wenn sie in Stimmung waren.* Bysshe hatte selbst ein paar geschrieben, als er ungefähr fünfzehn war.

George wandte sich Bysshe zu. »Haben Sie da vorhin einen eigenen Vers zitiert?«

»Ja.«

»Das dachte ich mir, ich habe ihn nämlich nicht erkannt.«

»*Queen Mab*«, sagte Claire. »Es ist *sehr* gut.« Sie warf Bysshe einen bewundernden Blick zu, der Marys Nerven vor Verzweiflung aufschreien ließ. »Darin finden Sie alle Ideen von Bysshe.«

»Und wer ist der Verleger?«

»Ich habe das Buch selbst veröffentlicht«, erklärte Bysshe, »in einer Auflage von siebzig Exemplaren.«

George hob eine Braue. »Ein Phänomen im Selbstverlag, fürwahr. Aber warum nur so wenige?«

»Das Gedicht ist eine politische Stellungnahme in Übereinstimmung mit Mr. Godwins *Political Justice*. Würde es weitere Verbreitung finden, könnte die Regierung versucht sein, es zu unterdrücken und den Verleger zu verfolgen.« Er zuckte mit den Achseln. »Solange Männer wie Lord Ellenborough in Amt sind, halte ich es für das Beste, keine Risiken einzugehen.«

»Lord Ellenborough ist ein großer Mann«, behauptete Hauptmann Austen standhaft. Mary war von seinem emphatischen Ton überrascht. »Wissen Sie, er hat Mr.

---

* Gothic Novel (engl.) = (romantischer) Schauerroman

Warren Hastings während seiner Verhandlung zur Seite gestanden, und der Prozeß dauerte sieben Jahre oder noch länger und endete mit einem Freispruch. Gouverneur Hastings hat mir in Indien einen guten Dienst erwiesen – er hat mich stark beeinflußt. Ich glaube, ich schulde Lord Ellenborough größte Dankbarkeit.«

Bysshe warf Austen einen ernsten Blick zu. »Lord Ellenborough hat Daniel Eaton ins Gefängnis geworfen, weil er Thomas Paine veröffentlicht hat«, sagte er. »Und er warf Leigh Hunt ins Gefängis, weil er die Wahrheit über den Prinzregenten veröffentlichte.«

»Der eine war ein Atheist«, erwiderte Austen mit finsterer Miene, »der andere ein Pamphletist.«

»Nun, ich bin beides«, sagte Bysshe zuckersüß, lächelte und trank einen Schluck von seinem Quellwasser. Mary hätte am liebsten laut in die Hände geklatscht.

»Es ist die Pflicht des Lord Chief Justice, das Reich vor Aufrührern zu schützen«, sagte Somerset. »Schließlich befinden wir uns im Krieg.«

»Wir befinden uns nicht mehr im Krieg«, erwiderte Bysshe, »aber Lord Ellenborough schickt immer noch gute Leute ins Gefängnis.«

»Wenigstens kann er Reformern nicht mehr vorwerfen, Jakobiner zu sein«, bemerkte Mary. »Nicht, wenn Frankreich wieder von den Bourbonen regiert wird.«

»Natürlich kann er das«, sagte Bysshe. »Die Reform ist eine Idee, und der Jakobinismus ist eine Idee, doch Ellenborough betrachtet beide als dasselbe.«

»Trifft das denn nicht zu?« fragte George.

Marys Temperament ging mit ihr durch. »Meinen Sie das ernst? Wollen Sie jene, die Ungerechtigkeiten zu korrigieren versuchen, mit denen vergleichen, die ...«

»... die all jenen die Köpfe abschlagen lassen, welche nicht ihrer Meinung sind?« unterbrach George. »Das meine ich durchaus ernst. Robespierre war der Prototyp eines Reformers – rechtschaffen, nüchtern, ernst, gebildet, ein makelloses Privatleben. Und wie viele Tausende hat er umgebracht?« Er stach wieder mit der Gabel in Bysshes' Richtung in die Luft, und Mary mußte den Drang unterdrücken, sie ihm aus der Hand zu schlagen. »Ihnen mögen Ellenboroughs Urteile nicht gefallen, aber einige Stunden am Pranger oder ein paar Monate im Gefängnis sind nicht dasselbe, wie geköpft zu werden. Und dahin würde eine Reform in England letztendlich führen – zu einem Mob und Demagogen, die Tote aufhäufen, und dann ein Diktator wie Cromwell, oder schlimmer noch Bonaparte, der die Freiheit für eine ganze Generation beseitigt.«

»Ich habe mir nicht die Franzosen zum Vorbild genommen«, sagte Bysshe, »sondern eher die Amerikaner.«

»Das haben die Franzosen auch getan«, sagte George, »und sehen Sie, wohin *die* es gebracht haben.«

»Wenn Frankreich nicht dringlichst einer Reform bedurft hätte«, erklärte Bysshe, »wäre nichts so Gewaltsames wie ihre Revolution entstanden. Wenn England sich selbst reformiert, wird es keine Gewalt geben.«

»Ach so. Wenn also die Regierung einfach abdankt und Maschinenstürmer, Agitatoren, demokratische Philosophen und wandernde Dichter an ihre Stelle treten, wird sich in England alles zum Guten wenden.«

»Die Dinge werden sich auf jeden Fall zum Besseren wenden«, sagte Bysshe ruhig.

»Genau!« rief Claire.

George warf seinen Gefährten einen wissenden Blick zu. *Seht ihr, was ich mir von diesem Vagabunden anhören muß?* verstand Mary diesen Blick. Abscheu verkrampfte ihr Herz.

Bysshe konnte einen Blick ebensogut lesen wie sie. Sein Gesicht verfinsterte sich. »Bitte verstehen Sie mich«, sagte er. »Ich erwarte keine sofortigen Umwälzungen noch plädiere ich für eine gewaltsame Revolution. Mr. Godwin hat mir diesen Denkfehler ausgetrieben. In den kommenden Jahren wird keine Besserung eintreten. Aber Ellenborough ist alt, und der König ist alt und verrückt, und der Regent und seine widerlichen Brüder sind nicht mehr jung ...« Er lächelte. »Ich werde sie überleben, was meinen Sie?«

George sah ihn an. »Werden Sie mich überleben, Sir? Ich bin noch nicht dreißig.«

»Ich bin dreiundzwanzig.« In mildem Ton. »Ich glaube, die Zahlen sprechen für mich.«

Bysshe und die anderen lachten, während George zynisch und mißgelaunt schien. *Er ist daran gewöhnt, den jungen Kavalier zu spielen*, dachte Mary. *Dabei ist er gar nicht mehr so jung – wie lang wird dieses hübsche Gesicht noch so bleiben?*

»Aber natürlich könnten Fortschritte in der Wissenschaft diese Diskussion erübrigen«, fuhr Bysshe fort. »Mr. Godwin hat errechnet, daß mit mechanischen Hilfsmitteln die tägliche Arbeit zum Nutzen aller auf eine oder zwei Stunden verringert werden kann.«

»Aber Sie schätzen solche mechanischen Hilfsmittel nicht, habe ich recht?« fragte George. »Sie unterstützen die Ludditen*, nehme ich an.«

»Gewiß, aber ...«

»Und die Maschinenstürmer zerstören die Maschinen, die ihnen ihr Auskommen genommen haben, richtig? Worin besteht dann unser gemeinschaftlicher Nutzen?«

Mary konnte sich nicht mehr zurückhalten. Sie ließ ihre Hand auf den Tisch niederfahren, und George und Bysshe schreckten hoch. »Zu Aufruhr kommt es, weil die Profite aus den Webstühlen nicht den Webern zugute kommen, sondern die Webereibesitzer bereichern! Würden die Besitzer ihre Profite mit den Webern teilen, gäbe es keine Unordnung.«

---

* Luddismus: aufständische Bewegung in England (1811 – ca. 1816), benannt nach dem Begründer, dem Arbeiter Nick Ludd. Die ›Ludditen‹ waren Maschinenstürmer, deren Kampf dem Erhalt ihrer Arbeitsplätze dienen sollte. – *Anm. d. Übers.*

George verneigte sich höflich. »Ihre Auffassung von der menschlichen Natur ist sehr großmütig, wenn Sie von einem Besitzer erwarten, daß er die Familien von Leuten unterstützt, die nicht einmal bei ihm beschäftigt sind.«

»Es wäre zum Besten aller, oder etwa nicht?« wandte Bysshe ein. »Wenn nicht, sind seine Webereien bedroht, und die Webstühle werden vernichtet.«

»Hört sich an wie Erpressung, die als hübsche Philosophie verkleidet daherkommt.«

»Die Besitzer werden so oder so bezahlen«, stellte Mary heraus. »Sie können Steuern an die Regierung bezahlen, um die Ludditen mit Miliz und Dragonern unterdrücken zu lassen, oder sie können sich auf den guten Willen der Bevölkerung stützen und die Schwerter und Musketen verrosten lassen.«

»Sie werden jederzeit Schwerter kaufen«, sagte George. »Sie sind nicht nur nützlich, um Aufstände niederzuschlagen, sondern auch um Handelswege und die Sicherheit der Nation zu verteidigen.« Er setzte eine mildtätige Miene auf. »Sie müssen mir verzeihen, aber ihre Sicht der Menschheit ist zu freundlich. Sie beachten die Gewalt und Leidenschaft im Herzen eines jeden Menschen nicht, und Institutionen wie Gesetz und Religion sind dazu da, um diese Triebe im Zaum zu halten. Und wenn die Wissenschaft sich in den Dienst der Leidenschaften stellt, kann nur eine Tragödie die Folge sein – wenn ich an Wissenschaft denke, dann an die Wissenschaft des Dr. Guillotin.«

»Wir sind gefallen«, sagte Hauptmann Austen. »Der Garten Eden wird uns auf immer unerreichbar sein.«

»Die Leidenschaften sind ein Problem, aber sie können in etwas Gutes umgewandelt werden«, erwiderte Bysshe. »Das heißt ...« Er bat mit einem Lächeln um Verzeihung. »Das ist das Ziel meiner gegenwärtigen Arbeit. Ich möchte mit den Mitteln der Dichtung die Leidenschaften auf ein menschliches und nützliches Ziel hinlenken.«

»Da wünsche ich Ihnen viel Erfolg, aber ich fürchte, die Menschheit wird Sie enttäuschen. Leidenschaften sind ...« George widmete Mary ein überhebliches, wissendes Lächeln, »... der Untergang vieler jugendlicher Tugenden.«

Mary überlegte, ob sie ihm ins Gesicht schlagen sollte. Bysshe schien weder Georges Blick noch Marys Reaktion bemerkt zu haben. »Mr. Godwin hat den Gedanken zu äußern gewagt, daß Träume die Quelle vieler irrationaler Leidenschaften sind«, sinnierte er. »Er glaubt, daß die Leidenschaften, sollten wir je eine Möglichkeit finden, ohne Schlaf auszukommen, völlig verschwinden werden.«

»Pah!« rief George. »Aus Entnervung, wenn überhaupt.«

Die anderen lachten. Mary fand, daß das Maß nun voll war und stand auf.

»Ich werde mich zurückziehen«, verkündete sie. »Die Reise war sehr anstrengend.«

Die Gentlemen, Bysshe ausgenommen, erhoben sich. »Gute Nacht, Maie«, sagte er. »Ich glaube, ich werde noch etwas aufbleiben.«

»Wie du wünschst, Bysshe.« Mary sah ihre Schwester an. »Jane? Claire, meine ich. Kommst du mit?«

»O nein.« Hastig. »Ich bin überhaupt nicht müde.«

Der Ärger versteifte Marys Rückgrat. »Wie du meinst.«

George verbeugte sich vor ihr, nahm eine Kerze vom Tisch und hielt ihr einen Arm ihn. »Darf ich Sie die Treppe hinaufführen? Ich möchte mich für meine Unbesonnenheit in Gegenwart einer so bezaubernden Dame entschuldigen.« Er setzte sein strahlendstes Lächeln auf. »Dazu wird meine mangelnde Tugendhaftigkeit doch reichen, nicht wahr?«

Sie musterte ihn kühl – sie konnte sich kaum vorstellen, daß es in Georges Kreisen üblich war, eine Frau zu ihrem Schlafzimmer zu begleiten.

Zum Teufel damit. »Mein Herr«, flötete sie und hakte sich ein.

Jerome Bonaparte machte einen kühnen Satz vom Tisch und landete auf Georges Schultern. Er klammerte sich an sein langes, kastanienbraunes Haar, kreischte und zog ein Gesicht, was die anderen am Tisch zum Lachen brachte. Mary stellte sich vor, wie es sein würde, von einem Lord und einem Affen zu Bett gebracht zu werden, und fand den Gedanken doch recht lustig.

»Gute Nacht, Gentlemen«, sagte Mary. »Claire.«

Die Gentlemen nahmen wieder Platz, und George begleitete Mary die Treppe hinauf. Die Treppe war so schmal und steil, daß sie nicht nebeneinander gehen konnten; George ging mit der Kerze voran, und Mary, die seine Hand hielt, folgte ihm. Ihre Tür war die erste an der Treppe; sie legte eine Hand an die hölzerne Klinke und wandte sich ihren Begleitern zu. Der Affe glotzte sie von Georges Schulter herab an.

»Ich danke Ihnen für Ihre Gesellschaft, mein Herr«, sagte Mary. »Ich fürchte, Ihre Reise war etwas kurz.«

»Ich wollte kurz mit Ihnen reden«, erwiderte George leise, »ohne daß die anderen zuhören können.«

Marys Haltung verkrampfte sich. Ihr Herz brachte ihren Ärger ins Wanken. »Worum geht es?« fragte sie.

Er setzte eine völlig leutselige Miene auf. »Ich bin mir der Schwierigkeiten bewußt, die Sie und Ihre Schwester haben müssen. Ohne Geld in einem fremden Land, und als einziger Beschützer ein Mann ...« Er zögerte. Jerome Bonaparte, der eifersüchtig nach Aufmerksamkeit heischte, zupfte an seinem Haar. »Fraglos ein charmanter Mann mit hohen Idealen, aber ohne Geld.«

»Ich danke Ihnen für Ihre Sorge, aber sie ist fehl am Platze«, erwiderte Mary. »Claire und mir geht es sehr gut.«

»Es ist nicht ihre Gesundheit, die mir Sorgen bereitet«, sagte er. Wollte er sie absichtlich mißverstehen? fragte sich Mary aufgebracht. »Ich mache mir Sorgen um Ihre Zukunft – Sie haben sich auf ein Abenteuer mit einem Mann eingelassen, der Sie weder unterstützen, noch sicher nach Hause geleiten, noch heiraten kann.«

»Bysshe und ich haben nicht die Absicht, zu heiraten.« Die Worte gingen ihr ans Herz. »Wir sind frei.«

»Und der Schaden, was ihr gesellschaftliches Ansehen angeht ...?« begann er und verstummte, als sie in Lachen ausbrach. Er wirkte streng, während der Affe auf seiner Schulter ihn veralberte. »Jetzt lachen Sie vielleicht noch, Miss Godwin, aber es gibt Personen, die dieses Abenteuer gegen Sie verwenden werden. Politische Gegner Ihres Vaters jedenfalls.«

»Darüber habe ich nicht gelacht. Ich bin die Tochter von William Godwin und Mary Wollstonecraft – ich genieße nicht das geringste Ansehen! Es ist so, als sei ich die leibliche Tochter Luzifers und der Hure von Babylon. Von uns wird nichts erwartet, überhaupt nichts. Die Gesellschaft hat uns die Freiheit gegeben, zu tun, was uns beliebt. Für sie sind wir tot von Geburt an.«

Er betrachtete sie aus zusammengekniffenen Augen. »Aber Sie haben doch sicher ein gewisses Gefühl für Anstand – warum sollten Sie sonst inkognito reisen?«

Mary sah ihn überrascht an. »Wie soll ich das verstehen?«

Er lächelte. »Schenken Sie mir doch etwas Vertrauen, Miss Godwin. Warum nennen Sie Ihre Schwester die halbe Zeit *Jane*, und warum nennt Ihr Beschützer Sie *May* ...?«

Mary lachte wieder. »*Die* Maie – oder kurz Maie – ist einer von Bysshes Kosenamen für mich. Der andere lautet Pecksie.«

»Oh.«

»Und Jane ist der Geburtsname meiner Schwester, der ihr immer mißfallen hat. Letztes Jahr hat sie beschlossen, sich Clara oder Claire zu nennen – diese Woche ist es Claire.«

Jerome Bonaparte begann Georges Ohr zu zwicken,

und George zog ein Gesicht, riß sich den Affen von der Schulter und schüttelte ihn mit gespielter Heftigkeit. Wieder schlug er die gebrochene Stimme einer schottischen Witwe an. »Ja, bist du denn völlig übergeschnappt, verfluchtes Vieh? Soll ich dich zum Teufel jagen?«

Mary brach ein zweites Mal in Lachen aus. George grinste sie beiläufig an, dann setzte er sich den Affen wieder auf die Schulter. Er blieb dort sitzen und beobachtete Mary aus strahlenden, weisen Augen.

»Miss Godwin, ich bin ernsthaft um Sie besorgt, was Sie auch immer von mir denken mögen.«

Marys Lachen erstarb. Sie nahm ihm die Kerze aus der Hand. »Bitte, mein Herr. Meine Schwester und ich sind in Mr. Shelleys Gesellschaft völlig sicher.«

»Sie wollen meinen Schutz nicht in Anspruch nehmen? Ich wäre gern dazu bereit.«

»Wir brauchen ihn nicht. Danke.«

»Würden Sie nicht einmal einen Kredit annehmen? Nur damit Sie sicher über den Kanal kommen? Mr. Shelley kann ja dafür bezahlen, wenn er irgendwann wieder Mittel zur Verfügung hat.«

Mary schüttelte den Kopf.

Ein wenig von der früheren Herablassung kehrte in Georges Gesicht zurück. »Nun gut. Ich habe getan, was ich konnte.«

»Gute Nacht, Lord Newstead.«

»Gute Nacht.«

Mary machte sich fürs Bett fertig und kletterte auf die weiche Matratze. Sie versuchte in ihrer italienischen Grammatik zu lesen, doch die Geräusche von der Treppe lenkten sie ab. Sie hörte ein lautes Gespräch und Gesang, und dann Claires zarte Stimme ohne Hintergrundgeräusche, die klar und süß die schmale Treppe heraufklang.

Torcere, dachte Mary und starrte angestrengt in ihr Buch. *Attorcere, rattorcere, scontocere, torcere.*

Zischel, zischel, zischel, zischel.

Claire war am Ende angelangt, als lauter Applaus ertönte. Wenig später betrat Bysshe das Zimmer. Seine Augen funkelten, sein Gesicht war hochrot. »Wir haben gesungen«, berichtete er.

»Ich hab's gehört.«

»Ich hoffe, wir haben dich nicht gestört.« Er begann sich auszuziehen.

Mary schaute mit gerunzelter Stirn in ihr Buch. »Doch, das habt ihr.«

»Und ich habe mich noch ein wenig mit Byron gestritten.« Er sah sie an und lächelte. »Stell dir vor, wir könnten Byron umdrehen, einen der berühmtesten Männer der Welt von unseren Anschauungen überzeugen!«

Sie warf ihm einen zweifelnden Blick zu. »Ich könnte mir für unsere Ziele nichts Verhängnisvolleres vorstellen, als wenn er sich uns anschließt.«

»Byron ist berühmt. Und er ist ein großartiger Mann.« Er sah sie mit einem unsicheren Grinsen an. »Ich habe selbst ein Paar Byrons, weißt du, zu Hause. Ich glaube, ich habe ganz gut gewachsene Fesseln, aber die Dinger sind furchtbar anstrengend zu schnüren. Dafür braucht man unbedingt Diener.«

»Er heißt jetzt Newstead. Nicht Byron. Ich frage mich, ob man jetzt auch diese Stiefel umbenennen wird.«

»Warum, meinst du, sollte er seinen Namen ändern? Schließlich ist er unter diesem Namen berühmt geworden.«

»Wellington wurde als Wellesley berühmt.«

»Wellington *mußte* seinen Namen ändern. Sein Bruder war bereits Lord Wellesley.« Er trat an ihr Bett und lächelte sie an. »Er mag dich.«

»Er mag jede Frau, die ihm über den Weg läuft. Habe ich jedenfalls gehört.«

Bysshe stieg in ihr Bett, legte einen Arm um sie und eine warme Hand auf ihren Bauch. Er roch nach dem

Tabak, den er mit George geraucht hatte. Sie legte eine Hand auf seine und fühlte am dritten Finger den Ehering, den er noch trug. Die Unzufriedenheit machte ihr zu schaffen. »Du bist frei, das weißt du doch«, sprach Bysshe ihr leise ins Ohr. »Du kannst Byron haben, wenn du willst.«

Mary sah ihn nervös an. »Ich will nichts von Byron. Ich möchte mit dir zusammen sein.«

»Aber du *könntest* Byron haben«, flüsterte er, während er ihren Bauch streichelte, »wenn du wolltest.«

Marys Temperament brach durch. »Ich will Byron nicht!« stellte sie klar. »Und ich will auch Mr. Thomas Jefferson Hogg nicht oder sonst einen deiner Freunde!«

Er wirkte leicht verletzt. »Hogg ist ein feiner Bursche.«

»Hogg hat versucht, deine Frau zu verführen, und er hat versucht, mich zu verführen. Ich verstehe nicht, wie er noch dein bester Freund sein kann.«

»Weil wir in allem übereinstimmen und ich keinen Groll gegen ihn hege, wenn er keine boshaften Absichten verfolgt.« Bysshe musterte sie prüfend. »Ich möchte nur, daß du frei bist. Wenn du nicht frei wärst, wäre unsere Liebe eine Fessel, eine unlösbare Fessel, und alles wäre verdorben. So kann ich nicht leben – das zumindest habe ich mit Harriet herausgefunden.«

Sie seufzte, schlang die Arme um ihn und fuhr mit den Fingern durch sein wirres Haar. Er lehnte seinen Kopf an ihre Schulter und blickte ihr in die Augen. »Ich möchte mich frei dafür entscheiden, mit dir zusammen zu sein«, erklärte Mary. »Paßt das nicht?«

»Es paßt.« Er küßte sie auf die Wange. »Es paßt sogar sehr gut.« Er sah sie glücklich an. »Und wenn Harriet in Brüssel mit etwas Geld zu uns stößt, wird alles perfekt sein.«

Mary starrte ihn an und war völlig außerstande, zu begreifen, wie er glauben konnte, daß seine Frau sich ihnen anschließen würde oder warum er das überhaupt für eine gute Idee hielt.

Er vermißt seinen kleinen Jungen, dachte sie. *Er möchte bei ihm sein.*

Der Gedanke klang in ihren Ohren hohl.

Er küßte sie noch einmal, fuhr mit der Hand über ihren Bauch und berührte sie leicht. »Meine goldhaarige Maie.« Die Hand umschloß ihre Brust. Sie atmete zischend ein.

»Vorsicht«, sagte sie. »Ich bin da sehr empfindlich.«

»Ich werde ganz vorsichtig sein.« Die Küsse erreichten ihre Lippen. »Ich empfinde nichts als Zärtlichkeit für dich.«

Sie wandte sich ihm zu, ließ seine Lippen über ihre streichen und sich dann fester an sie pressen. Ein leichtes Schmerzgefühl durchfuhr ihre Brust. Seine Zunge berührte ihre. Sehnsucht flammte auf, und sie schloß ihn in die Arme.

Die Tür ging auf, Claire trat ein und plapperte über George, während sie sich auszog. Nun, da die Stimmung, der Moment der Zärtlichkeit einmal gestört war, blieb ihnen nichts mehr zu tun, außer zu schlafen.

»Komm her und schau dir das an«, rief Mary, »da ist eine Katze, die Rosen frißt. Sie wird sich in eine Frau verwandeln; wenn Tiere diese Rosen fressen, verwandeln sie sich in Männer und Frauen.« Aber niemand hielt sich in der Hütte auf, nur das Geräusch des Windes war zu hören.

Angst kroch ihr kalt den Rücken hinauf.

Sie trat in die Hütte, und plötzlich schob sich etwas vor die Sonne, die durch die Fenster schien, eine mächtige Gestalt, schwarz, monströs und hungrig ...

Übelkeit und Degengeklirr weckten sie. Ein Hund bellte wie irr. Mary erhob sich flink vom Bett und schlang ihr Tuch um ihren Körper. In dem Zimmer war es heiß und muffig, und der Mageninhalt kam ihr hoch. Sie trat ans Fenster, wobei sie versuchte, nicht zu erbrechen, und öffnete den Laden, um frische Luft einzulassen.

Kalte Luft strich ihr über die Wangen. Unten im Hof des Gasthauses drosch Pásmány, der Fechtlehrer, wild auf seinen Schüler Byron ein. Newstead. *George*, erinnerte sie sich, sie würde ihn als *George* in Erinnerung behalten.

Und ihm damit einen guten Dienst erweisen.

Sie sog willkommene Morgenluft in ihre Lungen, während die beiden unter ihr fochten. George trug trotz der Kühle nur ein Hemd, stand fest auf seinen starken, muskulösen Beinen, und sein hübsches Gesicht zeigte einen Ausdruck gewollter Berechnung. Pásmány stürzte sich auf den Mann, zuckte vor und zurück, und sein Schwert schien in der Bewegung fast flüssig zu werden. Sie verwendeten schwere, gerade Säbel, die selbst ungeschliffen gefährlich waren, und keinerlei Schutzausrüstung. Ein riesiger schwarzer Hund, den jemand an das zinnoberrote Rad einer großen, dunkelblauen Kalesche gebunden hatte, bellte sie beide unermüdlich an.

Mary wurde von ihrer Übelkeit überwältigt; sie schloß die Augen und klammerte sich ans Fensterbrett. Das Klirren der Schwerter schien plötzlich aus großer Entfernung zu ihr durchzudringen.

»Kämpfen sie etwa?« Claires Finger krallten sich in ihre Schulter. »Ist das ein Duell? Oh, das ist ja *Byron!*«

Mary trat vom Fenster weg und tastete sich zum Bett. Schweißperlen traten auf ihre Stirn. Bysshe blinzelte sie von seinem Kissen verwirrt an.

»Ich muß sofort runter und zuschauen«, rief Claire. Sie griff nach ihren Kleidern und brachte es fertig, sich anzuziehen, indem sie hüpfte, ohne eine Sekunde von dem Geschehen draußen zu versäumen. Auf dem Weg zur Tür griff sie nach ihrer Haarbürste und brauchte nur einige Handgriffe, um ihr Haar zu richten, bevor sie die Tür hinter sich zuschlug.

»Was ist denn los?« murmelte Bysshe. Mary langte blind nach seiner Hand und umklammerte sie.

»Bysshe«, keuchte sie. »Ich bekomme ein Kind. Es kann nicht anders sein.«

»Rede dir das nicht ein.« Es sollte beruhigend klingen. »Wir haben alle erdenklichen Vorkehrungen getroffen.« Er berührte sie an der Wange. Seine Hand fühlte sich kühl an. »Es liegt an der Reise und der Aufregung. Vielleicht ein verdorbenes Ei.«

Die Übelkeit verfinsterte ihr Augenlicht und ließ sie doppelt sehen. Schweiß tropfte in stetigem Rhythmus von ihrer Stirn auf den Boden. »Das kann kein verdorbenes Ei sein«, sagte sie. »Nicht mit einem Tag Verspätung.«

»Arme Maie.« Er schmiegte sich von hinten an sie, streichelte ihren Rücken und ihre Schultern. »Vielleicht hat die Theorie einen Fehler«, sagte er. »Das wird sich noch zeigen.«

Kein Zurück, dachte Mary. Sie hatte es so haben wollen, daß es kein Zurück gab, hatte alle Brücken hinter sich abgerissen, sich so wie ihre Mutter völlig ihren Überzeugungen verschrieben. Und nun hatte sie Erfolg gehabt – sie und Bysshe waren für immer miteinander verbunden, verbunden durch das Kind in ihrem Leib. Selbst wenn sie sich trennten, wenn er irgendwann – aus freiem Entschluß, wie sie es beide wünschten – diesen Bund verließ, würde diese Verbindung noch bestehen, die Brücken abgerissen sein, das trotzige Erbe ihrer Mutter erfüllt ...

Vielleicht hat die Theorie einen Fehler. Sie wollte zugleich lachen und weinen.

Bysshe streichelte sie, mit den Gedanken nur bei sich, und draußen ging das martialische Geklirr weiter.

Es dauerte einige Zeit, bis sie sich anziehen und in den Gemeinschaftsraum hinuntergehen konnte. Die Fechtstunde war vorüber, und Bysshe und Claire frühstückten bereits mit Somerset, Smith und Hauptmann Austen. Der Gedanke an das Frühstück bereitete ihr ein flaues Gefühl, deshalb ging sie auf den Hof, wo die beiden atemlosen Schwertkämpfer, Handtücher um den Hals, auf einer Bank saßen und mit einem Zinnschöpflöffel aus einem alten Holzeimer Wasser tranken. Der riesige schwarze Hund bellte und hatte Schaum vor dem Maul, als sie aus der Gaststätte trat; die beiden Männer erhoben sich bei ihrem Anblick.

»Bitte machen Sie sich keine Umstände, Gentlemen«, sagte sie und bedeutete ihnen, auf ihrer Bank sitzenzubleiben; sie ging über den Hof zu dem großen offenen Tor und trat hinaus. Sie lehnte sich an die weißgetünchte Steinmauer und atmete in tiefen Zügen die Landluft ein. Süß duftende Wildblumen wuchsen in den Gräben der Landstraße. Dorfbewohner von wohlhabender Erscheinung nickten freundlich, während sie ihre Besorgungen machten.

»Suchen Sie nach Ihrem Spukhaus, Miss Godwin?«

Georges unvermeidliche Stimme drang kratzig an ihr Ohr. Sie sah ihn über die Schulter an. »Ich wollte nur den Morgen genießen.«

»Ich hoffe, ich verderbe ihn Ihnen nicht.«

Widerwillige Höflichkeit bewahrte ihn vor einer schlagfertigen Erwiderung. »Wie schläft es sich im Bett des Kaisers?« fragte sie schließlich.

Er trat auf die Straße hinaus. »Ich glaube, ich habe besser geschlafen als er – und länger.« Er lächelte sie an. »Es sind keine Geister herumgespukt.«

»Und trotzdem mußten sie nach dem Aufstehen einen Kampf ausfechten.«

»Einen weit besseren. So etwas wie Waterloo möchte ich nicht mehr als einmal erleben.«

»Ich könnte ganz darauf verzichten.«

»Das wundert mich nicht. Schließlich sind Sie eine Frau.« Ganz beiläufig sagte er es, ohne daß er etwas davon merkte, wie sich ihr die Nackenhaare sträubten. Er sah in beide Richtungen die Landstraße hinunter.

»Wir sind dort entlangmarschiert.« Er zeichnete mit

der Hand eine Linie über den Horizont. »Diese Straße
hier war mit Franzosen auf dem Rückzug vollgestopft,
deshalb haben wir einen Bogen um sie gemacht. Mit
zwei Schwadronen von Vandeleurs Leuten, der Zwölf-
ten und der Leibwache des Prinzen von Wales; mehr
konnte ich nicht mehr auftreiben, als die Franzosen weg
waren. Ich wußte, daß Boney auf der Flucht sein würde,
und ich wußte, daß er diese Straße benutzen mußte. Ich
mußte ihn finden und dafür sorgen, daß er niemals
mehr unseren Frieden störte. Im Dienste Englands.« Er
schlug die rechte Faust in die linke Hand.

»Boney hatte zwei Wachbataillone zurückgelassen,
die uns aufhalten sollten, aber ich bin ihnen ausge-
wichen. Ich wußte, daß die Preußen auch hinter ihm her
sein würden, und ihre Pferde waren noch nicht so
müde. Deshalb sind wir durch die Nacht weitergeritten,
über Zäune gesprungen, haben Barrikaden umgerissen,
sind wie die Verrückten galoppiert und haben ihn
schließlich in Genappe gefunden. Die Brücke war so mit
Flüchtlingen überlaufen, daß er seine Kalesche nicht
rüberbringen konnte.«

Mary beobachtete George aufmerksam, während er
unaufgefordert die Geschichte erzählte, die er inzwischen schon Hunderte Male erzählt haben mußte, und
fragte sich, warum er sie jetzt jemandem zum besten
gab, der eine so offenkundige Abneigung gegen alles
Militärische hatte. Sein Gesicht hatte sich gerötet, und er
atmete immer noch schwer von seinen Fechtübungen;
Schweiß glänzte auf seiner makellosen Stirn und be-
fleckte sein Hemd; sie konnte den Puls in seiner Kehle
pochen sehen. Vielleicht hatte das Degengefecht und
der Anblick der Straße die Erinnerung zurückgebracht;
vielleicht aber versuchte er einfach bloß, ihr zu impo-
nieren.

Typisch Mann. Zum Teufel mit den Männern.

»Sie hatten einen weißen Araber hochgebracht, damit
er fortreiten konnte«, fuhr George fort. »Seine Jäger der

Wache hielten sich in der Nähe auf. Ich befahl jedem Reiter, sich einen Gegner auszusuchen, während wir hochritten – wir näherten uns leise in langsamem Trab und hatten unsere Waffen gezogen. Im Dunkeln hielt der Feind uns für Franzosen – unsere Uniformen waren einander ziemlich ähnlich. Ich gab das Signal – wir zogen Pistolen und Karabiner –, und einen Moment später saß die Hälfte der Franzosen schon nicht mehr im Sattel. Ein armer Bursche von einem Fähnrich versuchte sich mir in den Weg zu stellen, und ich habe ihm die Zähne rausgetreten. Dann hatten wir ihn vor uns – den Kaiser. Einen Fuß im Steigbügel, und Roustam, der Mamelcke, versuchte ihm in den Sattel zu helfen.«

Ein raubtierhaftes, triumphierendes Grinsen breitete sich über Georges Gesicht aus. Seine Augen waren auf die Straße gerichtet, doch er nahm sie gar nicht mehr richtig wahr. »Ich hielt ihm meine Waffe ins Gesicht und brachte beim besten Willen keinen anderen französischen Satz heraus als den, daß er sich setzen solle. ›Asseyez-vous!‹ befahl ich, und er sah mich mürrisch an und setzte sich mitten auf die schlammige Straße, während ringsum noch die Karabiner krachten und Kugeln durch die Luft zischten. Und ich dachte, er ist fertig. Er kann nicht mehr. Es ist nichts mehr von ihm übrig. Wir erledigten seine Leibwache – nach unserer ersten Salve hatten sie keine Chance mehr. Die französischen Soldaten glaubten, wir seien die preußische Vorhut, und sie liefen so schnell, wie ihre Beine sie tragen konnten. Entweder wußten sie nicht, daß wir ihren Kaiser hatten, oder es war ihnen gleich. Also zogen wir Boneys Kalesche über die Straße und zogen Boney mit, und zehn Minuten später galoppierten die Preußen herbei – die Totenkopfhusaren unter Gneisenau, ganz in Schwarz und Silber wie reitende Teufel. Aber die Teufel hatten ihre Beute verpaßt.«

Mary merkte dem wilden Funkeln in Georges Augen an, daß sie sich geirrt hatte – die Erzählung galt nicht ihr, sondern *ihm*, George. Er brauchte diese Selbstbestätigung irgendwie, diese in Worte gefaßte Erinnerung an den Augenblick seines Triumphes.

Aber warum? Warum brauchte er das?

Sie bemerkte, daß er den Blick auf sie gerichtet hatte. »Würden Sie gern die Kutsche sehen, Miss Godwin?« Die Frage überraschte sie.

»Ist sie hier?«

»Ich habe sie behalten«, lachte er. »Warum auch nicht? Sie gehörte mir. Meine Kriegsbeute, wie Hauptmann Austen es ausdrücken würde.« Er hielt ihr seinen Arm hin. Sie hakte sich ein und war neugierig, was sie noch entdecken mochte.

Der schwarze Mastiff begann sie ein zweites Mal anzukläffen, als sie einen Fuß in den Hof setzte. Sein Heulen erfüllte die Luft. »Pscht, Picton«, sagte George und ging geradewegs auf seine große goldverzierte Kutsche mit den scharlachroten Rädern zu. Die Tür war mit dem Byronschen Wappen und dem lateinischen Motto CREDE BYRON verziert.

Konnte sie ihm glauben? fragte sich Mary. Und wenn ja, wieviel?

»Das ist Bonapartes Kutsche?« fragte sie.

»*War*, Miss Godwin. Bis zum sechzehnten Juni letzten Jahres. *Sitz*, Picton.« Der Hund sprang ihn an, und er rang mit ihm und lachte, bis das Tier sich schließlich beruhigte und mit dem Schwanz wedelte.

George trat an die Tür und öffnete sie. »Die Fütterung trägt immer noch die kaiserlichen Symbole, wie Sie sehen.« Die Tür und das Innere der Kutsche waren üppig purpurrot gefüttert, durchwirkt mit einem schweren Goldmuster aus den Buchstaben B und N. »Beste italienische Lederarbeit«, erklärte er. »Klapp-Pulte, damit der große Mann während des Feldzuges schreiben oder diktieren konnte. Halfter für die Pistolen.« Er klopfte gegen die polierte Seitenwand der Kutsche. »Kugelsicher. Eingebaute Stahlplatten, nur für den

Fall, daß die Untergebenen des großen Mannes auf den Gedanken kommen, Marcus Brutus nachzueifern.« Er lächelte. »In Paris, wo unter jedem Baum Attentäter der Bonapartisten lauerten, war ich froh über diese Beute, das kann ich Ihnen versichern.« Ein schadenfrohes Glitzern stahl sich in seinen Blick. »Und was das beste ist...« Er öffnete ein Fach unter einem der Sitze und holte einen Nachttopf aus massivem Silber hervor. »Wie Sie sehen, trägt auch er noch das kaiserliche N.«

»Eitelkeit in Silber.«

»Mag sein. Oder vielleicht hat er befürchtet, daß einer seiner Soldaten ihn stehlen würde, wenn er ihn nicht für sich beanspruchte.«

Mary betrachtete das groteske Ding und mußte lachen. George wirkte amüsiert und verstaute den Nachttopf wieder in seinem Fach. Er sah sie mit leicht geneigtem Kopf an. »Werden Sie über mein Angebot nachdenken?«

»Nein.« Mary verkrampfte sich. »Bitte erwähnen Sie es nicht mehr.«

Der Mastiff Picton fing wieder an zu heulen, und George packte ihn am Halsband und befahl ihm, sich zu benehmen. Mary drehte sich um und sah Claire auf sie zukommen.

»Wollen Sie nicht mit uns frühstücken, mein Herr?«

George richtete sich auf. »Vielleicht ein Brot oder höchstens zwei. Ich nehme zum Frühstück nicht viel zu mir.«

Er fastet immer noch, dachte Mary. »Wissen Sie, es wäre ganz sinnvoll für Sie, auf Fleisch zu verzichten«, sagte sie. »Wenn Sie ohnehin einen gewissen Nahrungsenthalt pflegen.«

»Ich habe nicht vor, mir Genüsse vorzuenthalten, auch wenn die Menge unvermeidlich eingeschränkt ist.«

»Ihre Fechtkunst ist beeindruckend.«

»Danke. Kavalleriestil, wissen Sie – zack und drauf. Aber darin bin ich wirklich gut.«

»Ich weiß, daß Sie zu tun haben, aber ...« Claire biß sich in die Lippe. »Zeigen Sie uns Waterloo?«

»Claire!« rief Mary.

Claire lachte nervös. »Doch«, beharrte sie. »Ich möchte unbedingt Waterloo sehen.«

George sah sie mit eindringlichem Blick an. »Sehr schön«, meinte er. »Wir fahren ohnehin durch Waterloo. Und Hauptmann Austen hat sein Interesse bekundet.«

Zorn erfaßte Marys Herz. »Claire, wie kannst du dich nur so aufdrängen ...«

»Kein Mitleid mit dem armen Mädel?« Die schottische Stimme klang spöttisch ernst. »Gönnen Sie ihr doch ihr Waterloo!«

Claires Waterloo, dachte Mary, war genau das, was sie ihr ersparen wollte.

George vollführte seine übertrieben schwungvolle Verbeugung. »Wenn Sie mich entschuldigen möchten, meine Damen. Ich muß die notwendigen Befehle erteilen.«

Er schlenderte durch die Tür. Pásmány folgte ihm, die Schwerter unter die Arme geklemmt. Claire hüpfte vor Freude, und ihre Schuhe schabten über die Pflastersteine. »Ich kann's kaum glauben«, rief sie. »Byron zeigt uns Waterloo!«

»Ich kann's auch nicht glauben«, erwiderte Mary. Sie seufzte müde und begab sich ins Speisezimmer.

Vielleicht würde sie ein kleines Glas Milch zu sich nehmen.

Sie fuhren in Napoleons sechsspänniger Kalesche. Claire, Mary und Bysshe saßen mit George im Innern, und Smith, Somerset und Hauptmann Austen teilten sich die Rückbank draußen. Sie hatten das Lederdach mit den kugelsicheren Stahlplatten zurückgeklappt, damit die Passagiere in der Kabine die frische Luft genießen konnten. Die Kalesche wurde nicht von einem Kutscher gelenkt, der oben saß, sondern von drei Kutscherjungen, die die Pferde auf der rechten Seite ritten, so daß nichts die Sicht nach vorn behinderte. Bysshes Maultier und seine mit Taschen und Büchern beladene Kutsche wirbelten zusammen mit den Gepäckkutschen des Offiziers, die alle von Georges Dienern gelenkt wurden, Staub auf.

Die Männer sprachen über den Krieg, und Claire lauschte mit glänzenden Augen. Mary genoß den Ausblick auf die flachen Hügel mit ihren weißgetünchten Farmhäusern und roten Ziegeldächern, die gemähten Felder mit ihren goldenen Roggenhalmen, den Duft von Wildblumen und den Gesang der Vögel. Erst als die Kutsche ein ummauertes Gehöft passierte, dessen weiße Tünche von Pistolen- und Kanonenschüssen durchlöchert war, wurde sie vom Gedanken an das, was sich hier ereignet hatte, aus ihrer Träumerei gerissen.

»La Haye Sainte«, bemerkte George. »Die Legion des Königs hat es während der Schlacht gehalten, selbst nachdem ihnen die Munition ausgegangen war. Ich habe Mercers Pferdekanonen geschickt, um die Franzosen von den Mauern fernzuhalten, sonst wäre Gott weiß was geschehen.« Er stand in der Kutsche auf, sah nach links und rechts und runzelte die Stirn. »Die Straßen, über die wir gleich fahren werden, waren eingesunken – ein Hindernis für beide Seiten, aber vor allem für die Franzosen. Inzwischen sind sie aufgefüllt. Mit Massengräbern.«

»Die Franzosen wurden während ihres Kavallerieangriffs haufenweise niedergemäht«, fügte Somerset hinzu. »Die Haufen waren zwei Meter fünfzig hoch, Männer und Pferde.«

»Wie grausig!« lachte Claire.

»Nach rechts, Swinson«, rief George.

Stände mit hausgemachten Souvenirs waren an der Kreuzung aufgebaut worden. Wohlhabend wirkende Bauern verhökerten zerrissene Uniformen, Brustplatten, Schwerter, Musketen, Bajonette. Somerset beäugte sie finster. »Sie müssen sich eine goldene Nase daran verdient haben, die Toten auszuplündern.«

»Und die Lebenden«, meinte Smith. »Einige unserer armen Verwundeten wurden zwei Tage nach der Schlacht zurückgebracht. Viele waren von den Bauern nackt ausgezogen worden.«

Ein junger Mann lief neben der Kutsche her und rief etwas auf französisch. Er behauptete, daß er der Schlacht beigewohnt habe – als Führer des großen Engländers Lord Byron – und sie für ein paar Gulden über das Feld führen könne.

»Nie von dir gehört«, sagte George gedehnt und schickte ihn weg. »He, Swinson! Fahr hier ran.«

Die Kutscherjungen brachten ihren Zug zum Stehen. George öffnete die Tür der Kutsche und schlenderte zu einem der Souvenirstände. Als er zurückkam, hatte er eine französische Brustplatte und Helm bei sich. Roststreifen blätterten von der Brustplatte ab, und der Roßhaarschmuck auf dem Helm roch nach Schimmel.

»Ich dachte, wir könnten mal ein paar Schüsse darauf abfeuern«, sagte George. »Ich würde gern wissen, ob ein Panzer irgendeinen Schutz gegen Kugeln bietet – ich denke nicht. In Whitehall haben sich einige Leute dafür ausgesprochen, die Haushaltsbrigade mit Brustplatten auszurüsten, und ich vermute, sie sind das Gewicht nicht wert. Wenn ich mit meinen Mantons ein paar Löcher in dieses Ding schießen kann, werde ich meine Behauptung vielleicht beweisen können.«

Sie fuhren über eine ausgefahrene Straße aus weicher Erde. Sie war mit Dornenhecken gesäumt, doch die meisten davon waren während der Schlacht niedergewalzt worden, und die Reisegesellschaft hatte über weite Strecken Aussicht auf Getreidefelder, sanft geschwungene, mit Gras bewachsene Hügel und brachliegende Äcker. Gelegentlich zermahlten die Kutschenräder etwas, und Mary erinnerte sich daran, daß sie ein Massengrab überquerten, das verwesende Fleisch und die verwitternden Knochen Hunderter Pferde und Männer. Eine Wolke schob sich vor die Sonne, und sie zitterte.

»Kannst du durch die Hecke fahren, Swinson?« fragte George. »Ich glaube, der Boden ist fest genug, um uns zu tragen – jedenfalls hat es seit Tagen nicht mehr geregnet.« Der führende Kutscherjunge begutachtete die Hecke mit geübtem Auge, dann steuerte er die erste Gruppe durch eine Lücke darin.

Die Kalesche ruckte über nackte Felsen und gebrochene Glieder, dann mahlte sie über einen Streifen durchfurchtes, kniehohes Gras, der in einem sanften Gefälle in das Tal hinabführte, das sie soeben durchquert hatten. George stand wieder auf und blickte prüfend über den Boden. »Fahr da drüben ran«, sagte er, zeigte auf die Stelle, und der Kutscher gehorchte.

»Hier können Sie sehen, wo die Schlacht gewonnen wurde«, sagte George. Er warf die scheppernde Rüstung aufs Gras, öffnete die Kutschentür und stieg hinaus. Die anderen folgten, Mary nur widerwillig. George zeigte mit einer eleganten Handbewegung auf den Grat, der durch das gegenüberliegende Ende des Tals verlief, etwa siebenhundertfünfzig Meter von ihrem Standort.

»Napoleons große Batterie«, erklärte er. »Achtzig Kanonen, viele davon Zwölfpfünder – Boney nannte sie seine Töchter. Er war ein Artillerist, wissen Sie, und er bereitete seine Angriffe stets mit einem Massenbombardement vor. Die Kanonen feuerten eine Stunde lang. Für unsere armen Kameraden war's die Hölle. Bylants Holländer standen ungeschützt da, genau hier, wo wir jetzt stehen, und die Kanonen haben sie vollständig erledigt.

Dann, gegen zwei Uhr, kam der Hauptangriff. Count d'Erlons Korps, 16 000 Mann in fünfundzwanzig Reihen mit schwerer Kavallerie an den Flanken. Sie nahmen La Haye und Papelotte ein, diese beiden großen Gehöfte da hinten links, und stürmten über diesen Grat, während ihre Trommeln den *Pas de charge* schlugen ...«

George drehte sich um. Er hatte ein Lächeln auf dem Gesicht. Mary beobachtete ihn aufmerksam – der Puls pochte wie d'Erlons Trommeln in seiner Kehle, und sein Gesicht hatte sich gerötet. Er genoß jeden Augenblick.

Er fuhr fort, beschrieb das Geschehen, und gegen ihren Willen sah Mary es vor sich, Pictons Division, die auf den rückwärtigen Hängen lag und abwartete, George, der die schwere Kavallerie hochtrieb, die donnernden Kanonen. Pictons Männer standen auf, feuerten ihre Salven und setzten mit den Bajonetten nach. Die Highlander krakelten in Gaelisch, und ihre Federbüschel wippten, als sie ihre langen Breitschwerter zückten und sich in den Kampf stürzten, während die Pfeifer unter all dem Geschrei und Geklirr *Johnnie Cope* spielten. George führte die Haushalts- und Unionsbrigaden gegen die feindliche Kavallerie, und die riesigen, korngenährten englischen Jäger trieben die Rösser aus der Normandie zurück. Und dann griff George d'Erlon von der Flanke an und scheuchte die entsetzten Franzosen ins Tal zurück, wo die britischen Reiter ihnen in den Rücken fielen. Die französischen Kanoniere konnten nicht mehr feuern, aus Angst, ihre eigenen Männer zu treffen, und starben schließlich selbst unter den britischen Säbeln.

Mary konnte sich allerdings auch vorstellen, was George ausließ. Das Geräusch von Stahl, der Knochen zerschmetterte. Das Winseln und Stöhnen der Verwundeten, das entsetzte Gewieher der Pferde. Und am Ende ein stilles Tal, bedeckt mit einem Teppich aus Leichen und zerfetztem Fleisch ...

George gab einen langen Seufzer von sich. »Unsere Kavallerie war tapfer, wissen Sie, viel tapferer, als es ihr selber gut tat. Weil die Offiziere ihre erste Ausbildung bei Hindernisrennen und der Jagd erhalten, befiehlt ihnen ihr Instinkt, in vollem Galopp auf das Ziel zuzureiten, mit Sicherheit das Schlimmste, was die Kavallerie je tun kann. Nachdem Slade sein Kommando damals im Jahre zwölf in den Untergang führte, wurde dem Herzog klar, daß er sich nur zum eigenen Schaden auf die Kavallerie verlassen konnte. In Spanien brachten wir den Reitern schließlich das Manövrieren und bedachte Angreifen bei, aber die Unions- und Haushaltstruppen waren nie auf der Halbinsel gewesen und kannten den Drill nicht... In den Wochen vor der Schlacht habe ich fast die Nerven dabei verloren, ihnen Rückzugsbefehle einzubläuen.« Er lachte befangen. »Während des ganzen Angriffs trug ich mein Herz auf der Zunge, muß ich gestehen, weniger aus Angst vor dem Feind, sondern aus Angst, daß meine eigenen Männer durchdrehen könnten. Aber sie hörten auf die Trompeten, alle bis auf die Inniskillings, die nicht hören wollten – ihr irisches Blut war in Wallung –, und während sie ins Tal stürmten, blieb der Rest von uns bei der großen Batterie. Wir metzelten die Kanoniere nieder, zogen die Protzen mit der Munition weg – und wo wir konnten, montierten wir die Räder von den Kanonen ab und rollten sie wie kleine Jungs ihre Reifen in unsere Reihen. Und die Inniskillings...« Er schüttelte den Kopf. »Sie liefen unter den feindlichen Reihen Amok, Boney verlor durch sie seine Lanzenträger; sie starben fast bis zum letzten Mann. Ich mußte von der Batterie aus zusehen, während meine Offiziere darum bettelten, ihren Kameraden zu Hilfe eilen zu dürfen, aber ich mußte es verbieten.«

George hatte echte Tränen in den Augen. Mary beobachtete ihn fasziniert und fragte sich, ob dies ein Teil seiner Vorführung oder ob er aufrichtig bekümmert war – aber dann sah sie, daß auch Bysshe feuchte Augen hatte und Somerset sich die Augen mit dem heilen Ärmel wischte. Also, dachte sie, konnte sie Byron wirklich glauben, zumindest teilweise.

»Nun.« George räusperte sich und versuchte seine Beherrschung wiederzufinden. »Nun. Wir stürmten wieder ins Tal und trieben Tausende Gefangene vor uns her – und dieser Angriff erwies sich als der entscheidende Schlag. Boney griff natürlich später an – seine gesamte schwere Kavallerie geriet zwischen La Haye Sainte und Hougoumont in die Klemme.« Er gestikulierte mit einem Arm nach links. »Wir hatten große Kanonen und Infanterieeinheiten, die sie festhielten, und meine schwer bewaffneten Einheiten standen zum Gegenangriff bereit. Die Preußen drängten die Franzosen in Plancenoit und Papelotte zurück. Boneys letzter Schachzug bestand darin, nach Sonnenuntergang die Alte Wache durchs Tal zu schicken, aber unsere Wachen unter Maitland hielten sie auf, und Colebornes 52ste und die belgischen Chasseure nahmen sie seitlich in die Zange, und hinterher haben die Haushalts- und Unionstruppen unter meiner Führung sie geköpft – wir haben sie hinweggefegt, Boneys beste Truppen vor seinen Augen niedergetrampelt und -gesäbelt, alles aus Rache für die tapferen, verrückten Inniskillings – das einzige Mal, daß seine Wache je bei einem Angriff unterlag, und es bedeutete das Ende seiner Herrschaft. Wir waren hinterher völlig fertig, aber Boney hatte nichts mehr, um zurückzuschlagen. Ich wußte, daß er fliehen würde. Deshalb ließ ich mir ein frisches Pferd bringen und bin ihm gefolgt.«

»Also haben *Sie* die Schlacht von Waterloo gewonnen!« rief Claire.

George warf ihr einen bescheidenen Blick zu, der Mary teuflisch falsch vorkam. »Ich hatte das Privileg, eine entscheidende Rolle zu spielen. Aber es war der Herzog, der die Schlacht gewonnen hat.«

»Aber Sie haben Napoleon gefangengenommen und dem Reich ein Ende gemacht!«

Er lächelte. »Das ist wohl richtig, Mädchen.«

»Bravo!« Claire klatschte in die Hände.

Harry Smith blickte mit glänzenden Augen auf. »Weißt du, George«, sagte er, »so gern ich dieser bescheidenen Schilderung deines Kriegsgeschicks zuhöre, findet doch die *Infanterie* in deinen Ausführungen bedauerlich wenig Erwähnung. Ich glaube mich daran erinnern zu können, selbst gegen ein paar Franzosen gekämpft zu haben, unten auf dem Weg nach Hougoumont, wo Reilles vollständige Korps auf uns zumarschierten, und ich denke, mein dumpfes Fußsoldatenhirn kann sich entsinnen, daß ich den ganzen Tag unter berstendem Kanonen- und Mörserfeuer stand und daß Kellermans schwere Kavallerie den ganzen Nachmittag über Welle um Welle auf uns einstürmte, mit der Alten Wache als Dreingabe ...«

»Freut mich, daß auch du deinen kleinen Teil beitragen konntest«, sagte George und machte eine Verbeugung aus seiner schlanken Kavalleristentaille.

»Die Güte Euer Lordschaft erweist Euch mehr Ehre, als ich ausdrücken kann.« Mit diesen Worten erwiderte Smith die Verbeugung.

George streckte eine Hand aus und zwickte Smith liebevoll ins Ohr. »Darf ich mit meiner Geschichte fortfahren? Dann mögen wir uns Hauptmann Harrys Teil des Schlachtfeldes zuwenden, und er wird uns daran erinnern, welch kleine Rolle die Fußsoldaten spielten.«

George erzählte noch einmal die Geschichte von Napoleons Gefangennahme. Es war vom Emotionalen her fast Wort für Wort dieselbe. Mary schlenderte davon, und das dicke, feuchte Gras färbte den Saum ihres Kleides grün. Feldlerchen tanzten durch die Luft und zwitscherten dabei. Sie ging an der alten umgerissenen Dornenhecke entlang und sah in ihr wilde Rosen blühen, und sie erinnerte sich an die wilden Rosen, die sie auf das Grab ihrer Mutter gepflanzt hatte.

Sie dachte an George Gordon Noël, der Tränen in den Augen hatte, und die anderen, die fast geweint hätten – selbst Bysshe, der nicht dabei gewesen war –, das alles wegen ein paar gefallener Iren, die diese feinen englischen Offiziere, wären sie verkrüppelt oder ohne Uniform gewesen oder hätten sie um Nahrung oder Arbeit gebettelt, wahrscheinlich auf der Straße hätten verhungern lassen...

Sie blickte auf, als sie Schritte hörte. Harry Smith kam herbei und nickte freundlich. »Mir kommt's vor, als hätte George eine Rede gehalten«, sagte er.

»Mir auch. Macht er das öfter?«

»O ja.« Seine Stimme fiel ab und imitierte Georges durchsichtige Dramatik. *»Er ist fertig. Er ist geschafft. Jetzt ist nichts mehr von ihm übrig.«* Mary verbarg ihre Belustigung hinter vorgehaltener Hand. »Seit dem ersten Mal hat er die Geschichte allerdings durchaus verbessert«, fügte Smith hinzu. »Wenn ein kleiner Infanterist sich diese Bemerkung erlauben darf.«

Mary betrachtete ihn besorgt. »Ist er wirklich alles, was er zu sein behauptet?«

Smith lächelte schwach. »Oh, doch. Der größte Kavallerist unserer Zeit, ganz sicher. Ohne Zweifel ein Genie. *Chevalier sans peur et* – nun, ich möchte nicht sagen *sans reproche.* Nicht ganz.« Seine gerunzelte Stirn bezeugte, daß er sich die nächsten Worte sorgsam überlegte. »Seinen Weg bis zum Colonel hat er sich erkauft – und zwar mit Lady Newsteads Geld –, aber von da an hat er sich seine Sporen selbst verdient.«

»Er ist also tatsächlich talentiert.«

»Allerdings. Aber natürlich hat er auch Glück gehabt. Wenn Le Marchant nicht in Salamanca gestorben wäre, hätte George nicht seine schwere Brigade anführen können, und wenn der arme General Cotton nicht von unserem eigenen Wachposten erschossen worden wäre, hätte George die ganze Kavallerie nicht rechtzeitig nach Vitoria gebracht, und natürlich hätte George womöglich nie das Kommando in Waterloo erhalten, wäre Uxbridge nicht mit Wellingtons Schwägerin durchgebrannt... So jung, wie er war, und ohne politischen Einfluß, hätte er all diese Kommandos nie für längere Zeit *behalten*, hätte er sich nicht jede freie Stunde mit diesem gottverdammten Prinzen von Wales vollaufen lassen.

Ja, da kann man wirklich von Glück reden. Aber wer wünscht sich nicht Glück im Leben, hm?«

»Was ist, wenn es ihn verläßt?«

Smith widmete dieser Bemerkung dieselbe sorgfältige Überlegung. »Ich weiß nicht«, sagte er schließlich. »Er ist ein Glückspilz, aber das bedeutet nicht, daß er charakterlos ist.«

»Es überrascht mich, daß Sie so offen über ihn reden.«

»Wir sind seit damals in Spanien Freunde. Und es kommt ohnehin nicht darauf an, was ich sage.« Er lächelte. »Außerdem fragt mich selten jemand nach *meiner* Meinung.«

Claires Lachen und Applaus tönten über die Wiese. Smith warf einen Blick zu der Gruppe hinüber. »Boney vor der Schwertspitze, wenn ich das recht sehe.«

»Jetzt kommt Ihre glorreiche Stunde.«

»Genau. Wenn mir überhaupt jemand zuhört, nachdem George schon die Schlacht gewonnen hat.« Er streckte den Arm aus, und Mary hakte sich unter. »Sie sollten meine Frau kennenlernen. Juanita – ich habe sie in Spanien beim Sturm auf Badajoz kennengelernt. Die Truppen haben die Beute fortgeschleppt, aber ich habe statt dessen sie fortgetragen.« Er sah sie nachdenklich an. »Sie haben gewisse Gemeinsamkeiten.«

Mary fühlte sich geschmeichelt. »Danke, Hauptmann Smith. Der Vergleich ehrt mich.«

Sie begaben sich zu einem anderen Teil des Schlachtfeldes. Ihr Picknick hielten sie auf einem Hang ab, von wo sie auf das rotbedachte Château von Hougoumont hinabsehen konnten, das in dem Tal gleich neben einem wohlgepflegten Obstgarten lag. Ein Teil des Châteaus war während der Schlacht zerstört worden, berichtete Smith, aber danach hatte man es neu erbaut.

Neu erbaut, dachte Mary, von Besitzern, die sich an der Schlachtbeute bereichert hatten.

George ließ sich seine Pistolen bringen und stellte den

Harnisch in einiger Entfernung gegen einen kleinen Hang auf, den Helm oben drauf. Ein Diener brachte die Mantons und lud sie, und während die anderen dastanden und zuschauten, zielte George und feuerte. Claire klatschte in die Hände und lachte, obwohl der Schuß keine erkennbare Wirkung hatte. Weißer Pulverrauch trieb auf einer Morgenbrise davon. George präsentierte seine zweite Pistole, nahm sich Zeit zum Zielen und feuerte erneut. Ein Jaulen war zu hören, und auf der Schulter des Harnischs erschien eine Schramme. Die anderen Männer lachten.

»Dieser Kürassier hat dich aber erwischt!« sagte Harry Smith.

»Darf ich einen Schuß wagen?« fragte Bysshe. George hatte keine Einwände.

Einer von Georges Dienern lud die Pistolen nach, während George Bysshe erklärte, wie man schießen sollte. »Strecken Sie den Arm gerade aus und zielen Sie übers Korn.«

»Ich würde den Ellbogen lieber etwas gebeugt halten«, erwiderte Bysshe. »Nicht angezogen wie ein Duellant, aber auch nicht so verspannt.«

Bysshe zielte ohne Anstrengung – Marys Herz machte einen Sprung angesichts der Eleganz seiner Bewegungen –, dann hielt er einen Moment lang inne und feuerte. Sie hörten einen dumpfen Laut, und ein Loch erschien in dem französischen Brustpanzer, unmittelbar über dem Herzen.

»Glück!« meinte George.

»Ja!« rief Claire. »Reines Glück!«

»Keineswegs«, sagte Bysshe locker. »Achten sie auf den Halter des Federbüschels.« Er präsentierte die andere Pistole, zielte kurz und feuerte. Mit einem leisen Pfeifen löste sich der Halter und wirbelte durch die Luft. Claire applaudierte lautstark.

Mary roch Pulver im sanften Morgenwind.

Bysshe gab George die Pistolen zurück. »Gute Waffen«, lobte er, »allerdings ziehe ich einen achtkantigen Lauf vor, damit man über die Oberkante visieren kann.«

George lächelte schwach und erwiderte nichts.

»Mr. Shelley«, sagte Somerset, »Sie haben das Zeug zum Soldaten.«

»Ein guter Schuß hat mir schon immer Freude gemacht«, erklärte Bysshe, »aber ich würde natürlich niemals auf ein Tier schießen. Und was das Soldatentum angeht: Wer weiß, was aus mir geworden wäre, hätten Mr. Godwins politische Ideen mich nicht beeinflußt?«

Daraufhin herrschte Schweigen. Bysshe lächelte George an. »Sie sollten den Ellbogen nicht versteifen«, sagte er. »Auf diese Art überträgt sich die geringste Bewegung des Körpers auf die Waffe. Wenn Sie den Ellbogen beugen, wirkt er wie eine Feder, die unvermeidliche Zuckungen der Muskeln ausgleicht, und so beherrschen Sie Ihre Waffe besser.« Er sah fröhlich in die Runde. »Ich war nicht umsonst Techniker!«

George reichte die Pistolen seinem Diener zum Nachladen. »Wir werden noch eine Runde schießen«, sagte er. Seine Stimme klang schroff.

Mary beobachtete George, während die Mantons nachgeladen wurden und er darauf jede Pistole – mit ausgestrecktem Arm – präsentierte und wieder feuerte. Ein Schuß beförderte den Helm von der Stange, der andere streifte die Brustplatte in flachem Winkel und prallte ab. Die anderen lachten, und Mary konnte in Georges Wange einen kleinen Muskel zucken sehen.

»Jetzt bin ich an der Reihe«, sagte Harry Smith, und die Pistolen wurden nachgeladen. Sein erster Schuß wirbelte Grasbüschel auf, doch der zweite bohrte ein Loch in den Panzer. »Na bitte«, sagte Smith, »das sollte die Horse Guards davon überzeugen, daß ein Panzer das Gewicht nicht wert ist.«

Somerset kam an die Reihe, feuerte ungeschickt mit einer Hand und verfehlte beide Male.

»Noch eine Runde«, sagte George.

Seine Stimme hatte einen ungehaltenen Unterton, und die anderen nahmen es kleinlaut zur Kenntnis. Die Pistolen wurden nachgeladen. George richtete die erste Pistole auf das Ziel, und Mary bemerkte, daß er vor Erregung zitterte und die Knöchel seiner Hände am Pistolengriff weiß hervorstanden. Seine Schüsse gingen klar daneben.

»Was für ein Pech, George«, sagte Somerset. Seine Stimme klang beschwichtigend. »Wahrscheinlich waren die Kugeln verformt und sind nicht richtig geflogen.«

»Noch eine Runde«, sagte George.

»Wir haben eine Verabredung in Brüssel, George.«

»Das kann warten.«

Die anderen traten beiseite und berieten sich miteinander, während George darauf bestand, noch einige Male zu feuern. »Was für ein schwieriger Bursche«, murmelte Smith. Schließlich schoß George einige Löcher in den Harnisch, holte ihn zurück und stolzierte damit zur Kutsche, wo er ihn von den Dienern ans Heck binden ließ, damit er ihn zum Prinzen von Wales schicken konnte.

Mary wählte einen Platz möglichst weit weg von George. Seine Aura trotziger Gereiztheit lastete über der Gesellschaft, während sie über die Straße nach Brüssel nordwärts fuhren. Aber dann bat Bysshe, Claire möge etwas singen, und Claires hohe, süße Stimme schallte über die grüne Landschaft von Brabant; am Ende des Liedes lächelten alle. Mary warf Bysshe einen dankbaren Blick zu.

Das Gespräch wandte sich wieder dem Krieg, Schlachten, Belagerungen und den Toten zu, eine lange Reihe uniformierter Schatten, tapfere junge Männer, die den Franzosen, Unfällen oder dem Lagerfieber zum Opfer gefallen waren. Mary hatte zu dem Thema wenig mehr zu sagen, als sie schon geäußert hatte, aber sie hörte aufmerksam zu, spürte die Trauer der Soldaten über ihre toten Kameraden, die Freude über den Sieg, die Befriedigung, eine lebensgefährliche, komplizierte Aufgabe anständig bewältigt zu haben. Die solcherart geäußerten Gefühle wirkten zart, leidenschaftlich, ja beinahe erhaben. Bysshe hörte zu und sprach wenig, aber mit der Zeit gewann Mary den Eindruck, daß diese Männerrunde ihn in ihre Mitte aufgenommen hatte, sie selbst aber nicht – vielleicht hatte sein Geschick beim Schießen ihm einen Zugang in ihre Gesellschaft eröffnet.

Eine Frau, natürlich. Der Krieg war eine Angelegenheit der Männerzunft, auch wenn das Leid, das er schuf, keinen Unterschied zwischen den Geschlechtern machte.

»Dürfte ich dazu etwas bemerken?« fragte Mary.

»Natürlich«, sagte Hauptmann Austen.

»Mich beeindruckt die Leidenschaft, mit der Sie von Ihren Kameraden und Ihrem – darf ich es Ihr Handwerk nennen?«

»Bitte, Miss Godwin«, sagte George. »Die gemeinen Soldaten haben vielleicht ein Handwerk, wenn Sie so wollen. Wir Gentlemen aber haben einen *Beruf.*«

»Das war nicht abwertend gemeint. Aber dennoch – mir ist nicht entgangen, welch zarte Gefühle Sie für Ihre Kameraden hegen und welche Aufmerksamkeit Sie den Feinheiten Ihres ... Berufes widmen.«

George schien erfreut. »Allerdings. Habe ich gestern abend nicht erwähnt, daß der Krieg seine eigene Art von Größe hervorbringt?«

»Vielleicht um so größer«, bemerkte Bysshe, »verglichen mit dem Elend des Krieges.«

»Ganz richtig«, sagte George.

»Ja«, sagte Mary, »aber am meisten aufgefallen ist mir, daß Sie, Gentlemen, eine solch erhabene Leidenschaft zeigen, wenn Sie über den Krieg reden, eine solche Sensibilität, so tiefe Gefühle und feste Überzeugungen – mehr als ich von ... äh ... vornehmen Männern gewohnt bin.« Harry Smith lachte unbehaglich über diese Charakterisierung.

»Vielleicht sind Gentlemen wie Sie im Krieg tätig«, fuhr Mary fort, »weil er Ihnen erlaubt, Ihre Leidenschaften zu entfalten. Sie können Ihren Gefühlen freien Lauf lassen, das Dasein in höchster Intensität erleben. Gewöhnlich erlaubt einem die Gesellschaft dies nicht – vielleicht muß es sogar so sein, damit der Krieg anziehend bleibt.«

Bysshe lauschte ihr bewundernd. »Bravo!« rief er. »Der Krieg als letztes Refugium der Leidenschaften – ich glaube, du hast den Nagel auf den Kopf getroffen.«

Smith und Somerset runzelten die Stirn, ließen sich die Bemerkung durch den Kopf gehen. Es war unmöglich, Austens verwitterte Gesichtszüge zu deuten. George allerdings schüttelte müde den Kopf.

»Das ist nur Gerede, fürchte ich«, sagte er. »Ihre Analyse beweist eine bemerkenswerte Erfindungsgabe, Miss Godwin, aber ich fürchte, auf dem Schlachtfeld ist nicht mehr Platz für Leidenschaften als irgendwo sonst. Die armen Inniskillings haben tatsächlich leidenschaftlich gehandelt, und sehen Sie, was aus ihnen geworden ist.« Er machte eine Pause und schüttelte nochmals den Kopf. »Nein, es sind Drill, kalte Logik und ein gutes Auge fürs Gelände, die eine Schlacht entscheiden. Auf meiner Seite muß nicht nur meine eigene Empfindsamkeit beherrscht werden, sondern die von Hunderten Männern und Pferden.«

»Drill dient dazu, die Leidenschaften zu beherrschen«, erklärte Hauptmann Austen. »Denn in der Schlacht besteht der erste Impuls, die überwältigende Leidenschaft darin, einfach davonzulaufen. Dieser Impuls muß unterdrückt werden.«

Mary wollte das nicht glauben. »Möchten Sie etwa behaupten, daß Sie diese erhabenen Leidenschaften, die Sie so offen zur Schau stellen, gar nicht wirklich empfinden?«

George bedachte sie wieder mit diesem unverschämten Blick von unten her. »Alle Leidenschaften haben ihren Platz, Miss Godwin. Ich hebe meine für den geeigneten Zeitpunkt auf.«

»Wollen Sie denn abstreiten, daß Sie Tränen in den Augen hatten, als Sie den Tod der Inniskillings beschrieben haben? Bezeichnen Sie das als Teil Ihres Drills?« wollte Mary wissen.

Georges Gesichtsfarbe wurde heller. »Ich habe diese Tränen nicht während der Schlacht vergossen. Zu diesem Zeitpunkt war ich zu sehr damit beschäftigt, diese verfluchten Iren als die törichten Idioten zu verwünschen, die sie waren, und wünschte mir, ich hätte mehr von ihnen auspeitschen lassen, solange ich die Gelegenheit dazu hatte.«

»Aber verdankten sich Bonapartes große Erfolge nicht seiner Fähigkeit, seine Soldaten und seine Nation zu inspirieren?« fragte Bysshe. »Ihre Leidenschaften anzustacheln, um die Welt zu erobern?«

»Und es waren die uninspirierten, verschlagenen Engländer mit ihrem Drill und ihrer Disziplin, die ihn in die Schranken gewiesen haben«, sagte George. »Bonaparte hätte sich seine Reden sparen und seinen Glauben auf den Exerzierplatz tragen sollen.«

Somerset lachte amüsiert. »Dieses Gespräch klingt allmählich wie aus einem von Mrs. Wests Romanen über Sinne und Empfindlichkeit, die in den Neunzigern so populär waren«, bemerkte er. »Ich nehme an, Sie sind zu jung, um sich an sie zu erinnern. *A Gossip's Story* und *The Advantages of Education*. Meine Gouvernante hat mir beide zu lesen gegeben.«

Harry Smith warf Hauptmann Austen mit funkelnden Augen einen Blick zu. »Genaugenommen...«, begann er.

Hauptmann Austen unterbrach ihn. »Man ist nicht blind für die Welt der Gefühle«, sagte er, »aber Vernunft sollte doch die Leidenschaften zügeln, sonst kann selbst ein gutes Herz in die Irre geführt werden.«

»Dem kann ich nicht zustimmen«, erwiderte Bysshe.

»Sicher ist es die Vernunft, die uns in eine Welt der Gesetze, des Besitzes, der Gerechtigkeit und des Königtums geführt hat – und zu all der Heuchelei, die mit der Verteidigung solch künstlicher Strukturen einhergeht, und der Verleugnung unserer wahren Natur, all dessen, was uns unseres Lebens beraubt hat, unserer wahren und natürlichen Göttlichkeit.«

»Unbedingt!« rief Claire.

»Es ist die Vernunft«, fügte Mary hinzu, »die Sie an dem zweifeln läßt, was für mich augenfällig ist. Ich habe Ihre Gefühle *gesehen*, Gentlemen, als Sie über Ihre toten Kameraden sprachen. Und ich begrüße sie.«

»Was für dich spricht«, pflichtete Bysshe bei.

»Wollen Sie behaupten, daß Sie während der Schlacht nichts empfinden?« hakte Mary nach. »Überhaupt nichts?«

George überlegte kurz, dann antwortete er ernsthaft. »Ich bin sehr konzentriert. Es ist eine gesteigerte Form der Wahrnehmung, sehr intensiv. Ich muß so viel erfassen, verstehen Sie – ich kann es mir nicht leisten, etwas zu übersehen. Meine analytischen Anlagen sind ständig gefordert.«

»Und das ist alles?« rief Mary.

Wieder diese Andeutung eines herablassenden Lächelns. »Für etwas anderes bleibt keine Zeit.«

»Vor einer solchen Herausforderung? Mitten in einer Aufgabe?«

»Vor allem dann. Eine kurze Unterbrechung meiner Konzentration, und alles könnte verloren sein.«

»Lord Newstead«, sagte Mary, »ich kann das nicht glauben.«

George behielt nur sein schwaches Lächeln bei, wissend und überlegen. Mary hätte es ihm am liebsten aus dem Gesicht gewischt und überlegte, ob sie ihn an sein mürrisches Betragen während der Schießübungen erinnern sollte. *War das ein Beispiel für Beherrschung und Konzentration?* dachte sie.

Aber nein, entschied sie, es würde eine lange, unangenehme Fahrt nach Brüssel werden, wenn sie George noch einmal verärgerte.

Gegen ihre Neigung beschloß sie, sich typisch englisch zu verhalten und zu heucheln, und sagte nichts.

Bysshe fand weder seine Frau noch Geld in Brüssel, und George verschaffte ihnen Unterkünfte, die sie selbst sich nicht hätten leisten können. Die einzige Möglichkeit, die Mary sich vorstellen konnte, bestand darin, sich zu einem Kanalhafen durchzuschlagen und sich von dort mit Versprechen, daß Bysshe bezahlen würde, sobald er Zugriff auf sein Vermögen in London hatte, nach England bringen zu lassen.

Allerdings machte sie sich in dieser Hinsicht wenig Hoffnungen.

Sie konnten sich keine der lokal zur Verfügung stehenden Zerstreuungen leisten, deshalb verbrachten sie ihre Tage auf einem Friedhof mit gemeinschaftlichem Lesen.

Und dann, an einem Morgen zwei Tage nach ihrer Ankunft in Brüssel, als Mary krank im Bett lag, kehrte Bysshe von einem Botengang mit Geld zurück, das in Form von Münzen in einem Beutel klirrte. »Wir sind gerettet!« rief er und leerte den Beutel in ihren Schoß.

Mary betrachtete das Silber auf der Tagesdecke und spürte, wie ihre Besorgnis nachließ. Es waren alte spanische Münzen mit dem Bild des Kopfes von George III., den man über den alten Druck geprägt hatte, aber jedenfalls waren sie echt. »Eine Zuwendung von Har … von deiner Frau?« fragte sie.

»Nein.« Bysshe saß mit gerunzelter Stirn auf dem Bett. »Byron hat's mir geliehen – Lord Newstead, meine ich.«

»Bysshe!« Mary setze sich auf und ließ das Bettzeug und die Silbermünzen zurückfliegen. »Du hast von diesem Mann Geld genommen? Warum?«

Er legte väterlich seine Hand auf ihre. »Lord New-stead hat mich davon überzeugt, daß es in deinem Interesse sei und in Claires auch. Damit ihr sicher nach England kommt.«

»Wir kommen auch ohne sein Geld klar! Es ist nicht einmal sein Geld, das er da verleiht, es gehört seiner Frau.«

Bysshe wirkte verletzt. »Es ist geliehen«, sagte er. »Ich werde es zurückzahlen, sobald ich in England bin.« Er lachte auf. »Ich bin mir sicher, daß er nicht einmal mit einer Rückzahlung rechnet. Er hält uns für Vagabunden.«

»Er hält uns für Schlimmeres.« Eine Welle von Übelkeit erfaßte sie, und mit einem leisen Aufschrei krümmte sie sich zusammen. Sie rollte sich von ihm weg. Münzen prasselten auf den Boden. Bysshe legte ihr eine Hand auf die Schulter, streichelte ihren Rücken.

»Arme Pecksie«, sagte er. »Ein ordentliches englisches Essen wird dir guttun.«

»Warum glaubst du mir nicht?« Tränen traten ihr in die Augen. »Ich erwarte ein Kind, Bysshe!«

Er streichelte sie. »Vielleicht. In ein paar Wochen werden wir es genau wissen.« Er schlug einen heitereren Ton an. »Er hat uns heute abend auf einen Ball eingeladen.«

»Wer?«

»Newstead. Der Ball findet zu seinen Ehren statt, und er kann einladen, wen er will. Der Prinz von Orange wird dort sein, und der englische Botschafter.«

Mary hatte nicht das Bedürfnis, sich für eine von Georges Narreteien herzugeben. »Wir haben nichts Passendes anzuziehen für einen Ball«, sagte sie, »und außerdem will ich gar nicht hin.«

»Wir haben jetzt Geld. Wir können etwas zum Anziehen kaufen.« Er lächelte. »Und Lord Newstead hat gesagt, er würde dir und Claire etwas Schmuck leihen.«

»Lady Newsteads Juwelen«, betonte Mary.

»All diese mächtigen Leute! Stell dir das vor! Vielleicht können wir das Geld umtauschen.«

Mary warf ihm über die Schulter einen Blick zu. »Das Geld ist für unsere Überfahrt nach England. George will uns nur vorführen, seine zahmen Radikalen, so wie seinen zahmen Affen oder seinen zahmen Panther. Wir sind nur eine seiner Launen – er nimmt weder uns noch unsere Äußerungen ernst.«

»Das entkräftet unsere Argumente nicht. Wir können sie immer noch vorbringen.« Er klang ausgelassen. »Claire und ich werden jedenfalls hingehen. Sie ist ganz wild darauf, und ich möchte sie ungern enttäuschen.«

»Ich glaube, es würde uns schaden, auch nur einen weiteren Augenblick in seiner Gesellschaft zu verbringen. Ich glaube, er ist …« Sie langte hinter ihren Rücken, suchte seine Hand und berührte sie. »Vielleicht ist er ein wenig verrückt«, sagte sie.

»Byron? Meinst du das ernst? Er ist vielleicht ein bißchen komisch, aber …«

Die Übelkeit bohrte sich durch ihre Innereien. Mary sprach hastig, wollte ihn unbedingt von ihrer Meinung überzeugen. »Er giert nach Glanz und Ruhm, Bysshe. Der Krieg hat seinen Leidenschaften Ausdruck verliehen, ihm zu dem verholfen, was er begehrte – aber nun ist der Krieg vorüber, und er vermißt die Verehrung, die er braucht. Deshalb hat er uns mitgenommen – er will, daß sogar *wir* ihn bewundern. Es gibt keine Zukunft mehr für ihn – er könnte Wellington in die Politik folgen, aber so würde er für immer in Wellingtons Schatten stehen. Er kann nirgendwohin.«

Einen Moment lang herrschte Schweigen. »Wie ich feststelle, hast du viel über ihn nachgedacht«, sagte Bysshe schließlich.

»Seine Ehe ist ein Fehlschlag – er kann nicht zurück nach England. Seine Beziehungen zu Frauen werden niemals normal sein, und …«

181

»Auch *unsere* Beziehung ist nicht normal, Maie. Und das ist gut so.«

»So habe ich das nicht gemeint. Ich meinte, er kann nicht lieben. Er sucht nach Verehrung, nicht Liebe. Und diese hübschen jungen Männer, die mit ihm reisen – das hat etwas Abartiges. Etwas Ungesundes.«

»Hauptmann Austen ist weder hübsch noch jung.«

»Er ist nur zufällig dabei. Das ist auch eine von Georges Spielereien.«

»Und wenn du ihn für einen Päderasten hältst, nun ja – wir sollten tolerant sein. Plato hielt es für eine Tugend. Und George erkundigt sich ständig nach dir.«

»Ich möchte nicht, daß er an mich denkt.«

»Du denkst selber an ihn.« Seine Stimme klang sanft. »Und dagegen ist nichts einzuwenden. Du bist frei.«

Mary wurde traurig. »Ich trage *dein* Kind aus, Bysshe«, sagte sie.

Bysshe erwiderte nichts. *Torcere*, dachte sie. *Attorcere, rattorcere.*

Claires Gesicht strahlte, als sie auf dem Teppich in der Eingangshalle des Etablissements, das George für Bysshes Reisegruppe angemietet hatte, ihr neues Ballkleid vorführte. Lady Newsteads Juwelen glitzerten zauberhaft an Claires Fingern und Hals. Bysshe, in neuem Mantel, Stiefeln und Pantalons, lächelte anerkennend.

»Sehr hübsch, Miss Clairmont«, pflichtete George bei.

George trug eine vollständige Uniform, einen scharlachroten Mantel, blaue Aufschläge, goldene Borten und eng geschnürte Byrons. Seinen Dreispitz hatte er lässig auf den Kaminsims gelegt. Georges Blick wandte sich wieder Mary zu.

»Es tut mir leid, daß Sie krank sind, Miss Godwin«, sagte er. »Ich hatte gehofft, Sie würden uns begleiten können.«

Bysshe, vermutete Mary, hatte ihm das gesagt. Mary sah keine Veranlassung, diese Lüge zu bekräftigen.

»Ich bin nicht krank«, sagte sie milde. »Ich möchte einfach nicht mitkommen – ich habe noch ein paar Seiten zu schreiben. Eine Geschichte mit dem Titel *Haß*.«

George und Bysshe wurden gleichermaßen rot. Mary lächelte, trat auf Claire zu, nahm ihre Hand und bewunderte das Kleid und die Juwelen. Die Wirkung erstaunte sie: Die Juwelen, die für eine ältere Frau bestimmt waren, verliehen Claire ein erstaunlich reifes Aussehen. Sie wirkte viel älter und erfahrener als ein sechzehnjähriges Mädchen. Mary wurde zunehmend unwohl zumute.

»Die Näherin war schockiert, als sie erfuhr, daß ich es heute abend brauchte«, sagte Claire. »Sie mußte eigens jemanden zu Hilfe holen, um rechtzeitig fertig zu werden.« Sie lachte. »Aber das Geld hat alles geregelt!«

»Wofür wir Lord Newstead danken möchten«, sagte Mary, »und Lady Newstead für den Schmuck.« Sie blickte zu George auf, der immer noch nicht ihren ersten Seitenhieb verdaut hatte. »Es überrascht mich, Lord, daß sie ihn aus den Händen gibt.«

»Annabella hat ihre eigenen Juwelen«, erklärte George. »Diese dort gehören mir. Ich reise oft ohne meine Frau, und da ich mich in den höchsten Kreisen bewege, möchte ich sicher sein, daß jede Dame, die sich in meiner Gesellschaft befindet, nur den besten Schmuck trägt.«

»Wie ritterlich.« George neigte den Kopf und versuchte sich darüber klar zu werden, ob das ironisch gemeint war. Mary beschloß, ihn darüber im unklaren zu lassen. Sie faltete die Hände und lächelte zauberhaft.

»Ich glaube, es ist Zeit zu gehen«, sagte sie. »Sie wollen doch Seine Hoheit von Orange nicht warten lassen.«

Mäntel und Hüten wurden gepackt; man sagte sich auf Wiedersehen. Mary gelang es, Claire etwas zuzuflüstern, als sie ihr in den Mantel half.

»Sei vorsichtig, Jane.«

In Claires schwarzen Augen funkelte Widerwillen. »*Du* hast einen Mann«, sagte sie.

Mary schaute ihr in die Augen. »Lady Newstead auch.«

Claire sah sie finster an und stürmte hinaus, indem sie den Riemen ihrer Mütze zuschnürte. Bysshe küßte Mary auf die Lippen, George ihre Hand. Mary wollte sich mit Manuskript und Feder ans Feuer setzen, aber bevor sie Platz nehmen konnte, klopfte jemand an die Tür, und George eilte nochmals herein.

»Ich habe meinen Hut vergessen«, sagte er. Aber statt den Hut vom Kaminsims zu nehmen, trat er an Marys Seite neben den Stuhl und sah sie einfach an. Marys Herz machte einen Sprung, so intensiv war sein Blick.

»Ihr Hut wartet auf Sie, Lord«, sagte sie.

»Ich hoffe, Sie werden es sich noch überlegen«, sagte George.

Mary sah ihn bloß an und zwang ihn so, sein Anliegen vorzubringen. Er nahm ihre Hände, und sie ballte sie zu Fäusten, als seine Finger sie berührten.

»Ich möchte Sie bitten, Miss Godwin, noch einmal darüber nachzudenken, ob Sie mein Angebot annehmen und sich unter meinen Schutz begeben möchten«, sagte George.

Mary biß die Zähne aufeinander. Ihr Herz klopfte. »Ich bin bei Mr. Shelley völlig sicher«, sagte sie.

»Vielleicht nicht so sicher, wie Sie glauben.« Sie starrte ihn finster an. George drang mit Blicken in sie. »Ich habe ihm Geld geliehen«, sagte er, »und er hat mir gesagt, Sie seien frei. Handelt so ein Mann, der sie beschützen will?«

Mary packte die Wut. Sie riß ihre Hände weg und hätte ihm um ein Haar eine Ohrfeige verpaßt.

»Wollen Sie damit sagen, er hat mich an Sie verkauft?« schrie sie.

»Ich wüßte keine andere Erklärung dafür«, sagte George.

»Sie irren sich, und außerdem sind Sie ein Narr.« Sie wandte sich ab, zitternd vor Zorn, und lehnte sich an die Wand.

»Ich kann mir vorstellen, daß dies ein Schock ist. Sie haben diesem Mann vertraut, und dann herauszufinden, daß ...«

Die Tapete war mit kleinen Bienen gemustert, Napoleons Emblem. »Können Sie sich nicht vorstellen, daß Bysshe es genauso gemeint hat, wie er es sagte?« rief sie. »Ich bin frei, er ist frei, Claire ist frei – frei zu gehen oder frei zu bleiben.« Sie straffte sich und ballte die Hände zu Fäusten. »Ich werde bleiben. Auf Wiedersehen, Lord Newstead.«

»Ich sorge mich um Sie.«

»Gehen Sie«, sagte sie, an die Tapete gerichtet; und nach einem Augenblick Stille hörte sie, wie George sich umdrehte, den Hut vom Kaminsims nahm und das Gebäude verließ.

Mary sackte in den Stuhl. *Arme Claire*, war das einzige, was ihr durch den Kopf ging.

ZWEI

Mary war wieder schwanger. Sie verschränkte die Hände über dem Bauch, blieb am Ende des Docks stehen und blickte zu den Alpen auf.

Tiefstehende Wolken grollten über den Bergen. Lawinen und ein für diese Jahreszeit unerwarteter Schnee hatten die Pässe versperrt, die *Vaudaire*-Sturmwinde wirbelten weiße Gischt von den steilen Wellen des grauen Sees auf, und am Hafen zerrte die *Ariel* wild an ihrer Boje. Ihre Mastspitze zeichnete bizarre Muster in den Himmel.

Der *Vaudaire* hatte eine Veränderung des Wasserspiegels – das ganze Volumen des Sees hatte sich nach Montreux verlagert, und der Wasserstand war um zwei

Meter angestiegen. Die seltsame Süßwasserflut hatte einen Rand von toten Fischen und Vögeln an die Kaimauer geschwemmt.

»Es sieht nicht so aus, als ob wir morgen abreisen könnten«, sagte Bysshe. Er und Mary standen am Wasser, in Mäntel gehüllt. Wellen brachen sich am Ufer, fegten durch die Luft, langten nach ihr und Bysshe ... Wasser benetzte ihre Füße.

Sie sah Harriet, Bysshes Frau, vor sich, ihr Haar und ihre Kleider wie Tang im Wasser. Starre Augen wie aus dunklem Glas. Ihre Hände griffen aus dem Wasser nach ihrem Mann.

Sie war wochenlang vermißt worden, bevor man ihre Leiche im Wasser gefunden hatte.

Der *Vaudaire* sollte eigentlich ein warmer Wind aus Italien sein, doch an Mary war seine Wärme verschwendet. Sie spürte ihn wie die brennende Berührung eines Gletschers.

»Gehen wir ins Hotel zurück«, sagte Mary. »Ich fühle mich ein wenig schwach.«

Sie würde um Neujahr entbinden, falls das Baby nicht wieder zu früh kam.

Ein ferner Donner drang zu ihr durch, echote immer wieder zwischen den Bergen hin und her. Eine weitere Lawine. Sie hoffte, ihr waren nicht einige der tapferen Schweizer zum Opfer gefallen, die die Straßen zu räumen versuchten.

Sie und Bysshe gingen durch immer dunklere Straßen zum Hotel zurück. Es war eine ordentliche Unterkunft, ziemlich teuer, obwohl sie es sich jetzt leisten konnten. Ihre Verhältnisse hatten sich im Laufe des letzten Jahres gebessert, doch das hatte seinen Preis gehabt.

Der alte Sir Bysshe war gestorben und hatte Bysshe tausend Pfund pro Jahr hinterlassen. Harriet Shelley war mit Ziegelsteinen in den Taschen ertrunken. Mary hatte eine Frühgeburt, ein Mädchen, zur Welt gebracht, das nach zwei Wochen gestorben war. Sie fragte sich, was mit dem Kind war, das sie jetzt austrug – sie hatte das Gefühl, daß etwas nicht stimmte. Vielleicht stellte der Tod dem Kind nach, vielleicht ihnen allen.

Und wofür? rätselte Mary. Welche Sünde hatten sie begangen?

Sie spazierte durch die feuchten Straßen von Montreux und dachte an tote Glasaugen und ausgestreckte Hände und an Haar, das wie Tang im Wasser trieb. Ihre Tochter war bei Nacht allein in ihrer Wiege gestorben, hatte gezuckt und Krämpfe gehabt, die Augen weit aufgerissen und das kleine, rosige Gesicht von tödlichem Schmerz verzerrt.

Als Mary später zur Wiege gekommen war, um das Kind zu betreuen, hatte sie angenommen, es schliefe nur ungewöhnlich tief. Erst nach Sonnenaufgang, als die kleine Leiche kalt geworden war, hatte sie begriffen, daß der Tod ihr Kind ereilt hatte.

Der Tod. Sie und Bysshe hatten sich auf dem Grab ihrer Mutter geküßt und geliebt, hatten sich gemeinsam dem romantischen Schrecken von *Vathek* hingegeben, hatten einander tief in der Nacht Gespenstergeschichten zugeflüstert, bis Claire hysterisch kreischte. Irgendwie hatte der Tod sie bisher nicht berührt. Sie und Bysshe waren zwei Jahren zuvor durch das kriegsversehrte Frankreich gezogen, hatten in Häusern geschlafen, die ihre Bewohner aus Angst vor Kosaken verlassen hatten, doch irgendwie hatte der Tod ihr Leben nicht beeinflussen können.

»Es wird Winter«, sagte Bysshe. »Sollen wir ihn in Genf verbringen? Ich würde lieber nach Italien weiterreisen und ein zufriedener Salamander in der Sonne sein.«

»Ich habe noch einen Brief von Mrs. Godwin bekommen.«

Bysshe seufzte. »Also England.«

Sie suchte seine Hand und drückte sie. Bysshe sehnte sich nach Italiens Sonne, aber Bysshe war ihre Sonne, die Strahlen, die sie warm hielten, vor Verzweiflung bewahrten. *Ihn* hatte der Tod nicht berührt. Er strahlte vor Leben, vor Freude, vor Optimismus.

Sie versuchte, sich in seiner Aura aufzuhalten. Dort, wo das Licht die schleichenden Schatten verbannte, die sie verfolgten.

Als sie das Hotelzimmer betraten, hörten sie das Wimmern eines Säuglings und trafen Claire dabei an, wie sie ihre Tochter Alba tröstete. »Wo seid ihr gewesen?« wollte Claire wissen. Ihre Wangen waren tränenfeucht. »Ich bin eingeschlafen und habe geträumt, ihr hättet mich verlassen! Und dann habe ich aufgeschrien und damit das Baby geweckt.«

Bysshe wollte sie trösten. Mary ließ sich schwerfällig aufs Sofa niedersinken.

In dem kleinen Zimmer in Montreux, wo dunkle Schatten in die Ecken krochen und der *Vaudaire* an den Fensterläden rüttelte, legte Mary die Arme um ihr ungeborenes Kind und wünschte sich inständig, der Schatten des Todes möge sich fernhalten.

Während seines Nachmittagsspaziergangs blieb Bysshe plötzlich stehen. »Lieber Gott«, rief er. In seiner Stimme klang ein gewisses Erstaunen mit – er war so voller Leben und Gewißheit, daß er die meisten Schläge des Lebens beiläufig hinnahm.

Als Mary aufblickte, keuchte sie, und ihr Herz setzte für ein paar Schläge aus.

Es war eine viersitzige Kalesche – *jene* Kalesche. Zinnoberrote Räder, livrierte Kutscherjungen, die schlammbespritzte Regenmäntel trugen, Wappenschilder an der Tür, das kugelsichere Dach hochgeklappt, um den Sturm abzuhalten. Auf vordere und hintere Ladeflächen gestapeltes Gepäck.

Sie rollte an Mary und Bysshe vorbei, die auf dem sauberen Schweizer Gehsteig standen und sie ungläubig anstarrten.

CREDE BYRON, dachte Mary. Schon bald eine Beute für Luzifer.

Der graue Himmel sank herab, als die Kalesche vorbeiknirschte, strahlgeränderte Räder über den Kies donnerten. Und dann fiel ein Fenster an seinen Lederriemen herunter, und jemand rief den Kutscherjungen etwas zu. Die Worte verloren sich im *Vaudaire*, aber die Kutscherjungen brachten die Pferde zum Stehen. Die Tür öffnete sich, und George stieg heraus, indem er einen runden Hut über seinem kastanienbraunen Haar schwenkte. Seine Jacke saß etwas eng, und er schien einige Pfund zugenommen zu haben, seit Mary ihn das letzte Mal gesehen hatte. Er kam auf Bysshe und Mary zu; Mary versuchte, bei seinem Anblick nicht vor Zorn zu erstarren.

»Mr. Omnibus! Tí kánete?«

»Danke, sehr gut.«

»Miss Godwin.« George verbeugte sich und faßte Marys Hand. Sie schloß sie zur Faust und mahnte sich, daß sie ihn haßte.

»Ich bin jetzt Mrs. Shelley.«

»Meinen Glückwunsch.«

George wandte sich Bysshe zu. »Sind die Straßen nach Westen frei?« fragte er. »Ich und meine Begleiter müssen in einer dringenden Angelegenheit nach Genf weiter.«

»Alle Straßen Richtung Westen sind für drei Tage gesperrt«, erklärte Bysshe. »Bei Chexbres muß es gewaltige Lawinenabgänge gegeben haben.«

»Das hat man mir auch schon in Vevey gesagt. Es waren dort keine Zimmer frei, deshalb sind wir hier entlanggefahren, obwohl es nicht auf unserem Weg liegt.« George preßte die Lippen zu einer blassen Linie aufeinander. Er blickte über die Schulter zur Kutsche, zur Bergflanke, versuchte das gefährliche Wetter einzuschätzen. »Wir werden morgen versuchen, uns weiterzukämpfen«, sagte er. »Aber es wird verflucht hart.«

»Das glaube ich nicht«, sagte Bysshe. »In einer so schweren Kutsche.«

George wirkte grimmig. »Es war schon unerwartet gefährlich, auch nur hierher zu kommen«, erwiderte er.

»Bleiben Sie, bis das Wetter besser ist«, meinte Bysshe und lächelte. »Man kann Ihnen doch nicht vorwerfen, wenn das Wetter Sie aufhält.«

Mary haßte Bysshe für dieses Lächeln, auch wenn sie wußte, daß er Gründe dafür hatte, zuvorkommend zu sein.

So wie sie Gründe hatte, ihn zu hassen.

»Nein, nein.« George schüttelte den Kopf, und der Schotte in ihm machte sich bemerkbar. »Ich kann nicht warten.«

»Vielleicht schaffen Sie's auf einem Maultier.«

»Ich habe eine Dame bei mir«, sagte er, kurz angebunden. »Maultiere kommen nicht in Frage.«

»Ein Boot ...?«

»Wenn die Dame überflüssig sein sollte«, unterbrach Mary, »könnten Sie sie vielleicht zurücklassen und Ihren Auftrag allein auf einem Maultier ausführen.«

Das war zweifelsohne eine amüsante Vorstellung.

George sah sie an, verbiß sich spürbar eine Erwiderung, dann schüttelte er den Kopf.

»Sie muß mitkommen.«

»Lord Newstead«, fuhr Mary fort, »würden Sie gern Ihre Tochter sehen? Sie ist auch nicht überflüssig, und sie ist hier.«

George warf einen nervösen Blick zur Kutsche, dann drehte er sich wieder um. »Ist Claire auch hier?«

»Ja.«

George machte einen grimmigen Eindruck. »Das ist nicht der ... geeignete Zeitpunkt.«

Bysshe schlug einen ungewohnt ernsten Ton an. »Ich glaube, Lord«, sagte er, »es könnte gar keinen geeigneteren Zeitpunkt geben. Seit ihrer Geburt sind Sie Ihrer Tochter nicht näher als siebenhundert Kilometer gekommen. Sie haben einen dringenden Auftrag und können keine Zeit erübrigen – nun gut. Aber Sie müssen eine Nacht hier verbringen und können vor morgen früh nicht weiter. Einen günstigeren Zeitpunkt wird es nicht geben.«

George sah ihn mit starren Augen an, dann nickte er. »In welchem Hotel?«

»La Royale.«

Er lächelte. »La Royale? Ein bißchen pathetisch für die Genfer Republik.«

»Wir sind in Vaud, nicht in Genf.«

»Noch immer nicht über der Grenze?« George warf noch einen nervösen Blick über die Schulter. »Ich muß ein höheres Schrittempo einlegen.«

Sein langes Haar wehte im Wind, als er zur Kutsche zurückstakste. Mary konnte flüchtig einen blonden Kopf aus dem Fenster lugen sehen. Sie rechnete halb damit, daß die Kutsche weiterfahren und sie George nie wiedersehen würde, aber statt dessen lenkten die Kutscherjungen die Pferde von der Straße am Wasser in die Stadt, in Richtung des Hotels.

Bysshe lächelte vielsagend und schlenderte zum Hotel. Mary folgte ihm und mußte eilig über die feuchten Pflastersteine laufen, um mit ihm Schritt zu halten. »Ich bin fest davon überzeugt, daß etwas Gutes dabei herauskommen wird«, sagte er.

»Ich hoffe, du hast recht.«

Eine Menge Schmerzen, dachte Mary, *wie immer es ausgeht.*

Georges neue Begleiterin war groß und blond und hatte ein rosiges Gesicht, doch sie ging gebeugt, als schäme sie sich für ihre Größe, und machte kleine, schüchterne Schritte. Sie war ungefähr Mitte Zwanzig.

Sie hatten ein peinliches Zusammentreffen auf der breiten Treppe des Hotels, Mary mit Claire, Alba in Claires Armen. Die große Blonde, die die Unterlippe hochmütig vorgeschoben hatte, ging auf dem Weg in ihr Zimmer an ihnen vorbei und tat so, als habe sie sie nicht bemerkt. Vielleicht hatte man ihr nicht gesagt, wer Albas Vater war.

Sie wurde von einer Magd und zwei von Georges Männern begleitet, die sich beide Pistolen unter die Gürtel geklemmt hatten. In einem Anflug wilder Phantasie fragte sich Mary, ob George sie entführt haben mochte.

Nein, entschied sie, das gehörte nur zu Georges theatralischem Auftreten. Diesmal hatte er seine Menagerie nicht dabei, weder Affen noch Wildkatzen, deshalb verkleidete er seine Kutscher als Banditen.

Die Frau ging also vorbei. Mary spürte, wie Claire erstarrte. »Sie sieht aus wie du«, zischte Claire.

Mary sah der Frau erstaunt nach. »Das stimmt nicht. Überhaupt nicht.«

»Doch! Groß, blond, schöne Augen ...« Claires eigene Augen standen voller Tränen. »Warum kann sie nicht dunkel sein, so wie ich?«

»Rede keinen solchen Unsinn!« Mary faßte ihre Schwester an der Hand und zog sie die Treppe hinunter. »Heb dir die Tränen für später auf. Du brauchst sie vielleicht noch.«

Im Foyer sah Mary weitere von Georges Männern das Gepäck hereintragen. Pásmány, der Fechtmeister, hatte sich einen Karabiner über die Schulter geschlungen. Marys Gedanken überschlugen einander – vielleicht handelte es sich doch um eine Entführung.

Vielleicht war auch die Familie der Blonden – oder ihr Ehemann – hinter ihnen her.

»Da lang.« Bysshes Stimme. Er führte sie in einen der kerzenbeleuchteten Salons des Hotels und schloß die Tür mit dem Kristallknauf hinter ihnen. Ein mächtiger Porzellanofen ragte vor ihnen auf.

George stand unsicher im Kerzenlicht, in eleganter Kleidung über schlammbesuhlten Stiefeln. Er starrte

Claire und Alba eisig an, dann trat er vor und beäugte die winzige Gestalt, die Claire ihm hinhielt.

»Ihre Tochter Alba«, sagte Bysshe, der ihm über die Schulter schaute.

George betrachte das Kind eine ganze Zeit lang, anfangs zweifelnd; das kastanienbraune Haar hing ihm in die Stirn. Dann straffte er sich. »Mein Angebot besteht weiterhin, Miss Clairmont, in seiner bisherigen Form.«

Claire trat zurück und legte sich Alba an die Schulter. »Niemals«, sagte sie und leckte sich die Lippen. »Das ist ungeheuerlich.«

»Hören Sie, Lord«, sagte Bysshe. Er wagte es, George eine Hand auf die Schulter zu legen. »Ihre Forderungen sind einfach nicht zu akzeptieren.«

»Ich habe angeboten, das Kind materiell abzusichern«, erwiderte George, »dafür zu sorgen, daß es in einem schönen Haus aufwächst, keinen Mangel leidet und unter guten Menschen lebt – meinen Freunden, die ihm jeden Wunsch erfüllen werden. Ich würde mich gern selbst darum kümmern, doch meine Lebensumstände erlauben es nicht.«

Marys Herz stand in Flammen. »Aber um den Preis, daß es seine Mutter nicht mehr sehen darf!« rief sie. »Das ist grausam.«

»Die Zukunft des Kindes ist jetzt schon durch den unsoliden Lebenswandel seiner Mutter beeinträchtigt«, behauptete George. »Diesem Lebenswandel weiter ausgesetzt zu sein, würde ihr weiteren Schaden zufügen.« Er blickte kurz zu Claire auf. »Ihre Mutter kann ihre Stellung nur verschlechtern, nicht verbessern. Bei einer geeigneten Familie, die sie auf ihren Stand erheben kann, wäre sie besser aufgehoben.«

Claires Augen flossen über vor Tränen. Sie wandte sich ab und drückte Alba an sich. »Ich werde sie nicht aufgeben!« rief sie. Das Kind fing an zu weinen.

George verschränkte die Arme. »Damit ist alles gesagt. Wenn Sie mein Angebot nicht akzeptieren, nehme ich es hiermit zurück.« Das Wimmern des Kindes erfüllte den Salon.

»Alba weint um ihren Vater«, sagte Bysshe. »Können Sie sie nicht ins Herz schließen?«

Ein schwaches Lächeln überflog Georges Lippen. »Ich habe keine vollkommene Gewißheit, daß ich wirklich der Vater des Kindes bin.«

Claire entwich ein Klagelaut. Einen wilden, wütenden Augenblick lang suchte Mary nach einer Waffe, die sie George in die Brust stoßen konnte. »Was für ein unnatürlicher Mensch!« schrie sie. »Können Sie die Folgen Ihres eigenen Handelns nicht absehen?«

»Im Gegenteil, ich bin bereit, über die zweifelhafte Situation hinwegzusehen, in der ich Miss Clairmont angetroffen gabe, und die ganze Verantwortung für das Kind zu übernehmen. Aber nur nach meinen Bedingungen.«

»Ich traue seinen Versprechen nicht!« sagte Claire. »Er hat mich in München ohne einen Penny zurückgelassen!«

»Wir waren uns einig, uns zu trennen«, erwiderte George.

»Wenn Hauptmann Austen mir keinen Gefallen getan hätte, wäre ich verhungert.« Sie lehnte sich an den Türpfosten; Mary trat an ihre Seite und legte einen Arm um ihre Hüfte, um sie zu stützen.

»Du bist in der Nacht davongelaufen«, sagte George. »Du wolltest kein Geld haben.«

»Ich werde es ihr sagen!« Claire riß sich von Mary los und zerrte an der Tür, zog sie auf. »Ich werde es deiner neuen Frau sagen!«

In Georges Augen blitzte Furcht auf. »Claire!« Er lief zur Tür und packte ihren Arm, als sie hindurchzuschlüpfen versuchte, doch Claire entwand sich seinem Griff und stolperte in das Hotelfoyer. Alba wimmerte in ihren Armen. Georges Diener waren längst fort, aber die anderen Hotelgäste starrten sie an, Hüte und Spazierstöcke halb gehoben, wie von einem dramatischen Gemälde. Sich völlig des Aufsehens bewußt, das sie erregten, schob sich Mary, ungelenk durch ihre Schwangerschaft, zwischen George und Claire. Claire flüchtete zur Treppe, während George ungeschickt um Mary herumtanzte. Mary freute es, daß ihre Schwangerschaft es nur noch schwieriger machte, an ihr vorbeizukommen.

Bysshe bereitete der Sache ein Ende. Er packte George fest am Handgelenk. »Sie können uns nicht alle aufhalten, Lord«, sagte er.

George starrte ihn finster an, zugleich zornig und eiskalt. »Was wollen Sie dann?«

Claire, die keuchte und ein gerötetes Gesicht hatte, blieb auf halbem Wege auf der Treppe stehen. Albas erschrockenes Kreischen hallte die große Treppenflucht hinauf.

Bysshes Antwort kam unverzüglich. »Eine Zuwendung für Ihre Tochter. Mehr nicht.«

»Tausend pro Jahr«, sagte George flach. »Mehr nicht.«

Marys Herz machte einen Sprung, denn diese Summe verdoppelte das Familieneinkommen.

Bysshe nickte. »Das wird reichen, Lord.«

»Ansonsten will ich mit dem Mädchen nichts zu tun haben. Nicht das geringste.«

»Lassen Sie Papier und Feder bringen. Dann können wir diese Angelegenheit regeln.«

Zwei Exemplare wurden ausgefertigt, und George unterzeichnete und versiegelte beide mit seinem Siegel, bevor er ihnen frostig einen guten Abend wünschte. Die erste Zahlung wurde noch an diesem Abend geleistet. Einer von Georges Männern kam an ihre Tür und brachte einen kleinen Handkoffer, in dem Goldmünzen klirrten. Mary starrte ihn erstaunt an – warum führte George so viel mit sich?

»Haben wir das Richtige getan?« fragte sich Bysshe und betrachtete den Koffer, als Claire ihn unter ihr Bett stopfte. »Diese Gewalt, diese Erpressung?«

»Wir haben Liebe angeboten«, erwiderte Mary, »und seine einzige Gegenleistung war Geld. Wie sollten wir sonst mit ihm verfahren?« Sie seufzte. »Und Alba wird uns dankbar sein.«

Claire richtete sich auf und schaute auf das Bett. »Ich wollte nur, daß er bezahlt«, sagte Claire. »Alle anderen Überlegungen sind für mich einen Dreck wert.«

Der *Vaudaire* blies weiter, kaum schwächer als zuvor; das Wasser stand weiterhin hoch. Noch immer spülte die Süßwasserflut tote Fische an. »Ich würde es wagen«, sagte Bysshe und runzelte die Stirn, als er die tanzende *Ariel* beobachtete, »aber nicht mit den Kindern.«

Den Kindern. Mary lächelte innerlich, als sie begriff, wie real ihr neues Baby für Bysshe bereits war. »Wir können es uns leisten, noch eine Weile in dem Hotel zu bleiben«, erwiderte sie.

»Trotzdem – wenn wir das Hauptsegel refften, wäre es gar nicht so gefährlich.«

Mary schwieg einen Moment, vielleicht um den kalten Rufen von Harriet Shelley aus den Tiefen des Wassers zu lauschen. Sie hörte keinen Laut, zitterte aber trotzdem. »Es schadet nichts, noch einen Tag zu warten.«

Bysshe lächelte sie hoffnungsvoll an. »Na gut. Vielleicht haben wir Gelegenheit, noch einmal mit George zu reden.«

»Bysshe, manchmal ist dein Optimismus…« Sie schüttelte den Kopf. »Bringen wir unseren Spaziergang zu Ende.«

Sie gingen durch die winddurchtosten morgendlichen Straßen. Die Sonnenstrahlen ließen den weißen Schnee und das tödlich schwarze Eis auf den umliegenden hohen Gipfeln glitzern. Bald würden Schnee und Eis schmelzen und abermals die Gefahr von Lawinen heraufbeschwören. »Diese Stadt ermüdet mich«, sagte Bysshe.

»Gehen wir auf unser Zimmer zurück und lesen wir

Chamouni«, schlug Mary vor. Mr. Coleridge war einmal Gast ihres Vaters gewesen, und sein Gedicht über die Alpen gehörte zu ihren liebsten, nun, da sie in der Schweiz festhingen.

Bysshe arbeitete an einem weiteren anschaulichen Gedicht über das Val de Chamonix – im Gegensatz zu Coleridge hatten er und Mary diesen Ort tatsächlich besucht –, und als eine Hommage an Coleridge fügte Bysshe einige überarbeitete Zeilen aus *Kublai Khan* ein.

Das immerwährende Universum der Dinge, rezitierte sie in Gedanken, *fließt durch den Geist.*

Hübsche Sache. Bysshes Bestes, bisher.

Bei ihrer Rückkehr ins Hotel wurden sie von einem von Georges Dienern erwartet. »Lord Newstead möchte Sie gern sehen.«

Aha, dachte Mary. *Er will sein Geld zurück.*

Er sollte es ruhig versuchen.

George wartete in demselben Salon, in dem er gestern abend seine Zusage gemacht hatte. Trotz des hellen Tageslichts wurde der Raum noch immer von Leuchtern erhellt – die schweren dunklen Vorhänge waren gegen den *Vaudaire* vorgezogen. George stand aufrecht wie eine Geißel mitten im Raum, und ein gefährliches Licht glomm in seinen Augen. Mary fragte sich, ob er so auch während einer Schlacht aussah.

»Mr. Shelley«, sagte George und verbeugte sich. »Ich würde gern Ihr Boot mieten, um meine Reisegruppe nach Genf zu bringen.«

Bysshe blinzelte. »Ich …«, begann er, dann: »Die *Ariel* ist klein, nicht einmal acht Meter lang. Ihre Reisegruppe ist sehr groß und …«

»Der hiesige Commissaire hat mich heute morgen besucht«, unterbrach George. »Er hat mir untersagt, aus Montreux abzureisen. Da es für mich von höchster Bedeutung ist, unverzüglich aufzubrechen, muß ich mich nach anderen Mitteln und Wegen umsehen. Und ich bin bereit, gut dafür zu bezahlen.«

Bysshe sah Mary an, dann George, und zögerte nochmals. »Ich denke, es wäre möglich ...«

»Weshalb«, erkundigte sich Mary, »ist es Ihnen untersagt, abzureisen?«

George verschränkte die Arme und sah auf sie hinunter. »Ich habe gegen kein Gesetz verstoßen. Es ist eine lächerliche politische Affäre.«

Bysshe setzte ein Lächeln auf. »Wenn das alles ist, dann ...«

Mary unterbrach ihn. »Wenn Mr. Shelley und ich deswegen hinter Gittern landen, frage ich mich, wie lächerlich es dann noch sein wird.«

Bysshe sah sie schockiert an. »Mary!«

Mary hielt den Blick auf George gerichtet. »Warum sollten wir Ihnen helfen?«

»Weil ...« Er machte eine Pause und fuhr sich mit einer nervösen Hand durchs Haar. *Er ist nicht daran gewöhnt, sich zu rechtfertigen,* dachte Mary.

»Weil«, sagte er schließlich, »ich jemandem helfe, dem nachgestellt wird.«

»Nachgestellt von einem Ehemann?«

»Einem Ehemann?« George schien verdutzt. »Nein – ihr Ehemann ist im Ausland und kann ihr nicht helfen.« Er trat vor, rot angelaufen, und blähte die Nasenflügel wie ein Schlachtroß. »Sie flieht vor den Nachstellungen eines Verführers – eines mächtigen Mannes, der sie skrupellos ausgenutzt hat, um Reichtum und Einfluß zu gewinnen. Ich möchte ihr dabei helfen, seinem Zugriff zu entkommen.«

Bysshes Augen strahlten. »*Natürlich* werde ich Ihnen dabei helfen!«

Diese zur Schau getragene Ritterlichkeit entmutigte Mary. Die männliche Gemeinschaft hatte sie ausgeschlossen, sie mit ihren Ritualen und Herablassungen stehengelassen.

»Ich werde ihnen noch hundert zahle ...«, begann George.

»Ich bitte Sie, Lord, ich und mein kleines Boot stehen Ihnen für eine solch edle Mission uneingeschränkt zur Verfügung.«

George trat vor und klatschte in die Hände. »Mr. Omnibus, ich stehe in Ihrer Schuld.«

Der *Vaudaire* rüttelte am Fenster. Mary fragte sich, ob dies Harriets Ruf sei, und ballte ihre Hände zu Fäusten. Sie würde dem Ruf widerstehen, wenn sie konnte.

Bysshe wandte sich Mary zu. »Wir müssen uns vorbereiten.« Behindert durch ihre Schwangerschaft, folgte sie ihm aus dem Salon die Treppe hinauf zu ihren eigenen Zimmern. »Ich werde Lord Newstead und seine Dame nach Genf begleiten, und du kannst mit Claire nachkommen, wenn die Straßen frei sind. Oder ich werde euch holen kommen, wenn das Wetter besser geworden ist.«

»Natürlich werde ich dich begleiten«, sagte Mary.

Bysshe schien überrascht, daß sie bei diesem ritterlich-männlichen Unternehmen an seiner Seite bleiben wollte. »Die Überfahrt wird vielleicht nicht ganz ungefährlich«, bemerkte er.

»Durch mich wird sie sicherer – ihr werdet weniger Risiken eingehen, wenn ich an Bord bin. Und wenn ich bei dir bin, wird George weniger geneigt sein, dich zu irgendeiner ritterlichen Mission nach Südamerika zu entführen.«

»Das würde ich nicht zulassen.« In milderem Ton fügte er hinzu: »Und ich glaube, du bist ein wenig streng.«

»Was hat George für uns getan, daß wir etwas für ihn riskieren sollten?«

»Ich diene nicht ihm, sondern seiner Dame.«

»Von der er dir nichts verraten hat. Du weißt nicht einmal ihren Namen. Und jedenfalls scheinst du durchaus bereit zu sein, *ihr* Leben bei diesem Abenteuer zu riskieren.«

Albas Geschrei drang durch die Tür ihres Zimmers.

Bysshe schwieg für einen Augenblick, eine unverkennbare Resignation in den Augen, dann öffnete er die Tür. »Eigentlich ist es für Alba«, erklärte er. »Je mehr Kontakte zwischen George und unserer kleinen Familie bestehen, um so besser könnte es für sie sein. Um so größer ist die Chance, daß wir sein Herz erweichen.«

Er öffnete die Tür. Claire hielt das kränkelnde Kind. Tränen standen in ihren schwarzen Augen. »Wo seid ihr so lange gewesen? Ich hatte Angst, ihr hättet euch für immer davongemacht!«

»Wie kannst du so etwas glauben?« Mary nahm ihr das Baby ab, eine so natürliche Geste, daß es ein wenig dauerte, bis Traurigkeit aufkam – die Erinnerung, daß sie ihr eigenes Kind genauso gehalten, an ihre Brust gedrückt und die Berührung seiner kalten Lippen gespürt hatte.

»Und was war das mit George?« wollte Claire wissen.

»Er will, daß ich ihn über den See bringe«, sagte Bysshe. »Und Mary möchte uns begleiten. Du bleibst mit Alba hier, bis die Straßen frei sind.«

Claire Stimme schlug in eine Kreischen um. »*Nein! Niemals!*« Sie langte nach Alba und riß der verblüfften Mary das Kind aus den Armen. »Du willst mich verlassen – genauso wie George! Ihr fahrt alle nach Genf und lacht mich aus!«

»Natürlich *nicht*«, sagte Bysshe nüchtern.

Mary starrte ihre Schwester an, versuchte etwas zu sagen, aber Claires Schreie machten ihre Absicht zunichte.

»Ihr wollt mich verlassen! Ich bin nutzlos für euch – wertlos! Ihr werdet bald euer eigenes Baby haben!«

Mary versuchte Claire zu beruhigen, aber es war hoffnungslos. Claire kreischte, zitterte und schluchzte, war fest davon überzeugt, daß man sie für immer in Montreux zurücklassen würde. Am Ende hatten sie keine andere Wahl mehr, als sie mitzunehmen. Mary empfand eine grimmige Befriedigung dabei, als Bysshe einsehen mußte, daß es keine andere Möglichkeit gab, daß aus seinem ritterlichen, großmütigen Unternehmen an der Seite des Helden von Waterloo unversehens eine billige Familienkomödie geworden war, in der George und seine alte Geliebte, seine neue Geliebte und sein wimmernder Bankert die Hauptrollen spielten.

Und Gespenster. Harriet, die unter dem Wasser lauerte. Und Marys totes Baby, das nach ihnen rief.

Die *Ariel* bäumte sich zwischen den weißgekrönten Wellen auf wie ein Pferd, als der *Vaudaire* an der Takelage rüttelte. Eiskalte Gischt wurde Mary ins Gesicht geblasen, ihre Füße rutschten über die schlüpfrigen Planken. Das Herz schlug ihr bis zum Hals. Das Boot schien schon halb mit Wasser vollgelaufen zu sein. Sie warf über die Schulter einen verzweifelten Blick auf das Ruderboot, das sie gemietet hatten, um sie von der Mole zum Boot zu bringen, und das langsam hinter ihnen zurückfiel.

»Bysshe!« rief sie. »Es ist hoffnungslos!«

»Hauptsache, wir sind erst mal unterwegs. Sorge dafür, daß die Kajüte für Claire und Alba bequem ist.«

»Das ist verrückt.«

Bysshe leckte sich heiter die Süßwassergischt von den Lippen. »Uns wird schon nichts passieren, da bin ich mir sicher.«

Er war ein weit besserer Seemann als sie: Sie mußte ihm vertrauen. Sie öffnete die Schiebeluke zur Kajüte, der kleinen Kabine im vorderen Teil des Bootes, und sah auf dem Boden eine Handbreit Wasser hin- und herplätschern. Die Kissen auf den kleinen Sitzen hatten sich vollgesaugt. Sie blickte entnervt zu Bysshe hinauf.

»Wir müssen Wasser schöpfen.«

»Soll mir recht sein.«

Es dauerte eine Viertelstunde, um das Boot leerzuschöpfen, und Claire ging währenddessen, Alba in den Armen, auf der kleinen Mole auf und ab. Mit ihrem blassen Gesicht, das aus dem dunklen Schal hervorschaute, sah sie aus wie ein Geist.

Bysshe löste die Manschette, die das Hauptsegel an die Spiere reffte, dann sprang er auf die Falleinen zu und zog das Segel an seiner Gaffel hoch. Der Wind zerrte an der Leinwand mit einem Lärm wie Kanonendonner, was für Mary so klang, als schlage ihr jemand mit offenen Händen auf die Ohren. Die Wanten waren straff gespannt wie Bogensehnen. Bysshe reffte das Segel, holte die Falleinen ein und zog das Segel wieder hoch, bis die Leinwand straff gespannt war, senkte die Seitenschwerter, dann bat er Mary, die Ruderpinne zu halten, während er die *Ariel* von der Boje löste.

Bysshe drückte sich an das Dollbord, als er das Tau einholte, und stellte die *Ariel* gegen den Wind. Als Bysshe sich von der Boje abstieß, wurde das Boot sofort vom Wind erfaßt, und eine tosende Brise blähte die Segel. Wasser schwappte unter die Gillung des Boots, und plötzlich, bevor Mary es ganz mitbekam, machte die *Ariel* rasche Fahrt. Furcht schloß sich wie eine Faust um ihre Luftröhre, als das kleine Boot sich auf die Seite legte und die Pinne ihr fast die Arme auskugelte. Sie konnte Harriets Geheul im Pfeifen des Windes hören. Mary rammte ihre Fersen in die Planken und zerrte die Pinne an ihre Brust, um die *Ariel* im Wind zu halten. Eiskaltes Wasser kochte über die Leegillung und stürzte wie ein Wasserfall ins Boot.

Bysshe tanzte geschmeidig nach achtern und löste die Großschotte. Das Donnern, als das Segel sich blähte, ging Mary durch Mark und Bein, doch das Boot richtete sich wieder auf. Bysshe nahm Mary die Pinne ab, holte Segel ein und lehnte sich in den Wind, als das Boot an Fahrt zunahm. Er hatte ein Grinsen im Gesicht.

»Entschuldigung!« rief er. »Ich hätte das Segel lockern sollen, bevor wir abgelegt haben.«

Bysshe wendete und brachte die *Ariel* nah der Mole in den Wind. Das Segel donnerte, als es den Wind auffing. Wellen warfen das Boot gegen die Mole. Der Mast schwankte wild. Die Steinmole war um einiges höher als das Deck des Bootes. Mary nahm Claires Gepäck entgegen – in einer schweren Tasche klirrten die Goldmünzen – und hielt Alba, während Bysshe Claire ins Boot half.

»Das ist ja naß«, sagte Claire, als sie die Kajüte sah.

»Pack deinen Wintermantel aus und setzt dich drauf«, erwiderte Mary.

»Das ist fürchterlich«, füge Claire hinzu, als sie vorsichtig in die Kajüte hinabstieg.

»Geh zum Bug«, sagte Bysshe zu Mary, »und drücke dich so fest von der Mole ab, wie du kannst.«

Zum Bug. Bysshe gebrauchte gern den Jargon von Seefahrern. Durch die Röcke und ihre Schwangerschaft gleichermaßen behindert, stieg Mary auf die Kajüte und tat wie geheißen. Das donnernde Segel füllte sich, Mary griff nach den Wanten, um ihr Gleichgewicht zu halten, und die *Ariel* schnellte von der Mole weg wie ein Stein aus der Schleuder eines Kindes. Mary kämpfte sich über das geneigte Deck zum Cockpit. Bysshe lehnte sich in das Unwetter hinaus. Seine großen Hände hatten weniger Schwierigkeiten mit der Ruderpinne; sein langes, schönes Haar flatterte im Wind.

»Ich werde dich nicht noch einmal darum bitten«, sagte er. »Von jetzt an soll George helfen.«

George und seine Dame würden das Boot von einer anderen Mole betreten – es war weniger wahrscheinlich, daß die Verantwortlichen eingreifen würden, wenn die beiden nicht dort gesehen wurden, wo ein anderer Engländer sein Boot flottmachte.

Die *Ariel* raste am Kai entlang, und der Schaum schien unter der Gillung zu kochen. Die zweite Mole – eine hölzerne, auf der einige in Mäntel gehüllte Gestalten standen – kam rasch näher. Bysshe drehte in den Wind, die Leinwand donnerte und brachte die *Ariel* nah ans Dock. Georges Männer ergriffen die Wanten und das Tau und hielten das Boot fest.

Georges hatte sich den runden Hut in die Stirn gezogen und den Mantelkragen hochgestellt, doch jeder Versuch, die Anonymität zu wahren, wurde durch seine berühmten Schnürstiefel vereitelt. Er packte einen Wanten und sprang leichtfüßig ins Boot, dann drehte er sich um und half seiner Begleiterin.

Diese war zurückgewichen, erschrocken über das pistolenschußartige Knattern der Segel und das wilde Schwingen der Spiere. In ihrem blauen Seidenkleid, mit einem breitkrempigen Damenhut und in einen schweren Mantel gehüllt, machte sie ein finsteres Gesicht, hatte die Unterlippe arrogant vorgeschoben und betrachtete abschätzig das kleine Boot und seine Fracht seltsamer Passagiere.

George beruhigte seine Gefährtin. Er und einer seiner Männer, der Fechtmeister Pásmány, halfen ihr ins Boot und hielt sie am Arm, als sie sich unter die Spiere duckte.

George faßte sich an die Krempe seines Huts, damit er nicht fortgeblasen wurde, und stellte die Fahrgäste hastig einander vor. »Mr. und Mrs. Shelley. Die Comtesse Laufenburg.«

Mary strengte ihr Gedächtnis an und versuchte sich zu erinnern, ob sie den Namen schon einmal gehört hatte. Die Comtesse lächelte überheblich und versuchte freundlich zu sein. »Ich bin entzückt, Ihre Bekanntschaft zu machen.«

Das Gewimmer eines Babys drang durch das Geflatter der Segel. George richtete sich auf, etwas Wildes im Blick.

»Ist Claire hier?« fragte er.

»Sie hatte keine Sehnsucht, in Montreux alleingelassen zu werden«, sagte er und versuchte das Wort *allein* zu betonen.

»Mein Gott!« seufzte George. »Ich wünschte, Sie würden mehr Rücksicht auf die ... die Realitäten nehmen.«

»Claire ist frei und kann tun, was sie will«, sagte Mary.

George biß die Zähne aufeinander. Er nahm die Comtesse am Arm und zog sie zur Kajüte.

»Das Boot wird besser ausbalanciert sein«, rief Bysshe hinterher, »wenn die Comtesse an der Luvseite sitzt.« *Und vielleicht,* dachte Mary, *werden wir dann auch nicht kentern.*

George warf Bysshe einen verständnislosen Blick zu. »Die Backbordseite«, erklärte Bysshe. Noch ein verständnisloser Blick.

»Zum Teufel noch mal! Die linke Seite.«

»Schon verstanden.«

George und die Comtesse zwängten sich durch die Luke. Mary hätte gern mitgehört, wie die Comtesse Claire vorgestellt wurde, aber das wilde Flattern des Segels übertönte alle Wortwechsel, sofern überhaupt etwas gesagt wurde. George stieg mit grimmiger Miene wieder nach oben, und Pásmány begann ihm das Gepäck zuzuwerfen. Abgesehen von einem Paar kleiner Handkoffer handelte es sich vornehmlich um militärische Utensilien: ein schon vertrauter Pistolenkasten, ein Paar Säbel, ein Satz Karabiner. George verstaute alles in der Kajüte. Dann sprang Pásmány selbst an Bord, und George gab ein Handzeichen, daß alles bereit sei. Bysshe setzte George an die luvseitige Reling, und Pásmány hockte sich aufs luvseitige Vorderdeck.

»Würden Sie uns bitte abdrücken, Gentlemen?« fragte Bysshe.

Das Segel blähte sich, und die *Ariel* gewann an Fahrt, erklomm jede Welle und sackte mit dumpfem Lärm in die Wellentäler. Bei jeder Erschütterung spritzte Gischt übers Deck. Bysshe braßte das Segel, das nur luvseitig ein wenig zitterte, ansonsten aber glatt und straff gespannt war, dann befestigte er mit Klampen das Hauptsegel.

»Eine ordentliche Strecke längs über den See«, sagte Bysshe mit einem Lächeln. »Keine Sache für einen Segler, aber ein wenig anstrengend für die Damen.«

George lugte über die Kajüte hinweg, tastete mit Blicken über den Strand. Das alte Schloß von Chillon, unmittelbar südlich von Montreux, ragte bedrohlich über dem Ufer auf.

»Wann überqueren wir die Grenze nach Genf?« fragte George.

»Warum interessiert Sie das?« erwiderte Bysshe. »Genf hat sich letztes Jahr der Schweizer Konföderation angeschlossen.«

»Aber die Administrationen sind noch nicht vereint. Und je mehr rechtliche Hindernisse zwischen der Comtesse und ihren Verfolgern liegen, um so ruhiger werde ich.«

George warf einen unbehaglichen Blick nach achtern. Den Mantel mit Gischt besprüht, den Hut auf den Kopf geklemmt, den Körper in einer verdrehten Haltung an die luvseitige Reling des Boots gedrückt, machte George einen ausgesprochen elenden Eindruck – und in einer überwältigenden Sturzflut von plötzlichen Einsichten wußte Mary nun auch, warum. Für ihn war alles vorüber. Seine edle Herkunft, sein Ruhm, sein ganzes Leben bis zu diesem Zeitpunkt – das war jetzt alles nichts mehr wert. Die Leidenschaft war sein einziger verbliebener Lebensinhalt. Seine Karriere war vorbei: Weder in der Armee noch in diplomatischen Kreisen, nicht einmal in der feinen Gesellschaft war noch Platz für ihn. In einem wilden Anfall von Leidenschaft hatte er das alles weggeworfen.

Er lebte jetzt im Exil, und die einzigen Menschen, von denen er Anteilnahme erwarten konnte, waren andere, die im Exil lebten.

So wie die an Bord der *Ariel*.

Vielleicht, dachte Mary, wurde ihm das erst jetzt klar. Armer George. Sie empfand tatsächlich Mitleid für ihn.

Das Schloß von Chillon fiel achtern zurück, wie ein großes Symbol von Georges Hoffnungen, einer Welt von Möglichkeiten, die sich nicht verwirklicht hatten.

»Verzeihung, Lord«, fragte sie, »aber wohin wollen Sie eigentlich?«

George runzelte die Stirn. »Nach Frankreich vielleicht«, sagte er. »Die Comtesse hat ein ... ein paar Freunde in Frankreich. Nach England, wenn es in Frankreich nicht geht, aber dort würden wir nicht lange bleiben können. Nach Amerika, wenn es sein muß.«

»Könnte der Prinzregent nicht in Ihrem Interesse intervenieren?«

George lächelte grimmig. »Wenn ihm etwas daran läge. Aber er unterliegt seltsamen Moralvorstellungen, insbesondere wenn die Verfehlungen, die zur Debatte stehen, ihn an seine eigenen erinnern. Prinny möchte eben nicht an Mrs. Fitzherbert und Lady Hertford erinnert werden. Er möchte einfach in aufrechter Haltung in die Augen der Nation blicken. Und er empfindet keine Loyalität für seine Freunde, nicht die geringste.« Er zuckte einmal langsam, wie unter Drogen, mit den Achseln. »Vielleicht wird er helfen, wenn ihn die Laune überkommt. Aber ich rechne nicht damit.« Er griff in seinen Mantel und betastete eine Innentasche. »Meinen Sie, ich kann in diesem Wind eine Zigarre anzünden? Wenn ja, dann hoffe ich, daß es Sie nicht stört, Mrs. Shelley.«

Es gelang ihm, mit seinem Feuerzeug einen Funken zu entfachen, und er pustete wie wild, bis der Zünder entflammte, dann zündete er eine Zigarre an und wandte sich Bysshe zu. »Ich habe Ihre Gedichte gefunden, Mr. Omnibus. *Queen Mab* und *Alastor*. Das letztere gefiel mir besser, obwohl ich beide gern gelesen habe.«

Bysshe sah ihn erstaunt an. Der Wind pfiff durchs Segeltuch. »Wie haben Sie die *Mab* gefunden? Es gab nur siebzig Exemplare, und ich denke, über den Verbleib jedes einzelnen unterrichtet zu sein.«

George schien zufrieden mit sich. »Für mich gibt es nur wenige verschlossene Türen.« Düsternis überflog sein Gesicht. »Oder besser: *gab* es ...«, fügte er mit einem

Seufzen hinzu. Er wischte sich mit dem Handrücken Wasserspritzer vom Ohr.

»Es überrascht mich, daß Ihnen *Mab* so gut gefallen hat«, erwiderte Bysshe rasch, »wo doch die Ideen in diesem Gedicht den Ihren so deutlich zuwiderlaufen.«

»Sie haben sie gut formuliert. Als eine poetische Abhandlung über Mrs. Godwins politisches Denken hört es sich für mich sehr vernünftig an – so vernünftig, wie sich derlei überhaupt anhören kann. Und ich glaube, Sie könnten es jetzt ohne Sorge veröffentlichen – es stellt kaum eine Bedrohung für die öffentliche Ordnung dar. Godwins Gedanken sind selbst unter Radikalen völlig aus der Mode.« Er zog nachdenklich an seiner Zigarre, dann klopfte er sie ab. Der Wind riß ihm den Rauch in kleinen Bäuschen aus dem Mund. »*Alastor* ist zwar dichterisch gelungener, scheint mir aber wenig gedankliches Unterfutter aufzuweisen. Ich habe nie begriffen, was dieser Bursche auf dem Boot überhaupt tat – war es eine Metapher für das Leben? Ich habe die ganze Zeit darauf gewartet, daß irgend etwas geschieht.«

Mary ärgerte sich über Georges herablassenden Ton. Was tun *Sie* denn auf diesem kleinen Boot? war sie versucht zu fragen.

Bysshe dagegen machte den Eindruck, als müsse er sich für irgend etwas entschuldigen. »Ich schreibe jetzt bessere Sachen.«

»Er schreibt jetzt *wundervolle* Sachen«, betonte Mary. »Eine Ode an den Mont Blanc. Einen Essay über das Christentum. Eine Hymne an intellektuelle Schönheit.«

George warf ihr einen amüsierten Blick zu. »Mrs. Shelleys Ton unterstellt, daß intellektuelle Schönheit etwas völlig Fremdes für mich ist, aber sie mißversteht, worauf ich hinaus will. Ich finde es erstaunlich, daß *Queen Mab* und *Alastor* derselben Feder entstammen können, und ich habe keinen Zweifel, daß ein derart vielseitiges Talent dichterisch hervorragende Werke produzieren wird – vorausgesetzt«, er nickte Bysshe zu,

»daß Mr. Shelley der Dichtung treu bleibt und sich nicht wieder der Technik oder der Chemie zuwendet.« Er grinste. »Oder ein Schiffskapitän wird.«

»Er ist und bleibt ein Dichter«, sagte Mary voller Überzeugung. Mit einer Ecke ihres Schals wischte sie sich Wasserspritzer von der Wange.

»Wen mögen Sie sonst noch, Lord?« fragte Bysshe.

»An Dichtern, meinen Sie? Scott vor allem. Shakespeare, der nicht nur vernünftige politische Ansichten hat, sondern außerdem einen großartigen ... soll ich es *Atem* nennen? Burns, den größten Dichter meines Landes. Und unseren Hofdichter.«

»Mr. Southey war sehr freundlich zu mir, als wir uns kennenlernten«, erzählte Bysshe. »Und Mrs. Southey hat wunderbare Teekuchen gebacken. Aber ich wünschte, ich könnte sein Werk mehr bewundern.« Er blickte auf. »Was halten Sie von Milton? Maie und ich lesen ihn ständig.«

George zuckte mit den Achseln. »Ein starrsinniger Puritaner. Wundert mich, daß Sie ihn überhaupt ertragen können.«

»Seine Gedichte sind wundervoll. Und er war kein Puritaner, sondern ein Unabhängiger wie Cromwell – seine Philosophie war ziemlich unorthodox. Er glaubte zum Beispiel an die Vielehe.«

Georges Augen glänzten. »Tatsächlich?«

»Ja. Und sein Satan ist eine bewundernswerte Schöpfung, weit interessanter als all seine Engel oder sein albern lächelnder, pedantischer Christus. Dieser lange, rasende Sturz von der Gnade in eine fast greifbare Dunkelheit.«

George legte die Stirn in Falten. Vielleicht dachte er an seinen eigenen tiefen Sturz aus dem Himmel der feinen Gesellschaft. Sein Blick wandte sich Mary zu.

»Und wie geht's dem Begründer von Mr. Shelleys politischem Denken? Was macht Ihr Vater, Mrs. Shelley?«

»Er arbeitet an einem Roman. Ein wichtiges Werk.«

»Freut mich zu hören. Wie kommt er voran?«

Mary wollte einfach ›Sehr gut‹ antworten, aber Bysshe kam ihr zuvor. »Es fehlt ihm an Geld«, fügte er hinzu. »Wir werden nach England reisen, um ihm zur Seite zu stehen, wenn diese… äh… Mission beendet ist.«

»Ihre Großzügigkeit ehrt Sie«, sagte George, dann färbten Vorbehalte seinen Blick, und er schürzte die Lippen. »Sicher können Sie es sich jetzt eher leisten, großzügig zu sein.«

»Mr. Godwin lebt zum Teil von unserer Unterstützung«, antwortete Bysshe gelassen, »aber er wird nicht mit uns reden, weil ich mit seiner Tochter durchgebrannt bin. Sie werden Alba nicht anerkennen, aber wenigstens haben Sie sich… überreden lassen… für ihr Wohlergehen zu sorgen.«

George zog es vor, nicht darauf einzugehen, bemühte sich statt dessen um eine Klärung. »Sie unterstützen einen Mann, der Sie nicht anerkennen will?«

»Es ist nicht mein Schwiegervater, den ich unterstütze, sondern der Verfasser von *Political Justice.*«

»Das wissen Sie ja gut zu trennen«, bemerkte George. »Vielleicht zu gut.«

»Man tut, was man Gutes tun kann. Und man hofft, daß die Menschen es einem vergelten.« Er blickte dabei auf George, der um seine Zigarre herum zynisch lächelte.

»Ihre Güte spricht für Sie. Aber vielleicht hätte Mr. Godwin ein größeres Interesse daran, sein Buch zu beenden, wenn man ihm seine Armut nicht so bequem gestalten würde.«

Mary spürte, wie sie rot wurde. Aber Bysshe antwortete erneut sehr gelassen. »So einfach ist das nicht. Mr. Godwin hat Angehörige, und die Öffentlichkeit, die ihn früher für sein Denken feierte, hat ihn leider vergessen. Sein Roman könnte eine Wende bedeuten. Aber ein so niveauvolles Werk wie dieses kann nicht übereilt werden – nicht, wenn es den Eindruck hinterlassen soll, den es verdient.«

»Ich verneige mich vor Ihrer Kompetenz, was literarische Dinge angeht. Aber trotzdem ... jemanden unterstützen, der nicht einmal mit Ihnen reden will – das zeugt wirklich von Güte. Und es zeugt nicht gerade von Mr. Godwins Dankbarkeit.«

»Mein Vater ist ein großer Mann!« Mary wußte, daß ihr Temperament mit ihr durchging, und sie unterdrückte ihre Wut. »Aber er urteilt nach ... sehr hohen moralischen Maßstäben. Er akzeptiert Unterstützung von einem aufrichtigen Bewunderer, aber er hat die Tiefe der Gefühle zwischen Bysshe und mir noch nicht verstanden; außerdem glaubt er, Bysshe habe meinem Ansehen geschadet.« Wieder flammten ihre Gefühle auf. »Als wenn mir das etwas ausmachte.«

Die *Ariel* sackte geräuschvoll in ein Wellental, und George zuckte bei der Erschütterung zusammen. Er rückte sich an der Reling zurecht und nickte. »Mr. Godwin nimmt Geld von einem Bewunderer an, aber keine Briefe von seinem Schwiegersohn. Und Mr. Shelley unterstützt den Verfasser von *Political Justice,* aber nicht *seinen* Schwiegervater.«

»Und *Sie*«, entgegnete Mary, »unterstützen einen Erpresser, aber nicht ihre Tochter.«

Georges Blick wurde starr. Mary begriff, daß sie unter diesen gedrängten Umständen, auf diesem kleinen Boot, zu weit gegangen war.

»Es ist kalt, Gentlemen«, erklärte sie. »Ich werde mich zurückziehen.«

Sie tastete sich vorsichtig zur Kajüte. Die hochgewachsene Comtesse hockte ungemütlich auf feuchten Kissen an der Luke, und ihr Hut strich an den Planken entlang. Sie hatte einen sanften Blick, aber einen hochmütigen Zug um den Mund. Sie und Claire, die Alba stillte und sichtlich Groll gegen sie hegte, achteten darauf, daß zwischen ihnen entsprechend Platz blieb.

Mary ging an ihnen vorbei zur Piek und setzte sich neben Claire auf ein feuchtes Kissen. Ihre Knie stießen jedesmal zusammen, wenn die *Ariel* in ein Wellental stürzte. Die Kajüte roch nach feuchten Polstern und schalem Wasser. Auf dem Boden schwappte immer noch Wasser hin und her.

Mary betrachtete Claires Baby und empfand Traurigkeit wie einen Schmerz in ihrer Brust.

Claire schaute sie ärgerlich an. »Das französische Miststück haßt uns«, flüsterte sie hastig. »Schau dir ihr Gesicht an.«

Mary wäre es lieber gewesen, wenn Claire ihre Stimme gesenkt hätte. Mary beugte sich vor, um zur Comtesse hinüberzusehen, und brachte ein Lächeln zustande. »Vous parlez anglais?« fragte sie.

»Non. Je regrette. Parles-tu français?« Die Comtesse hatte einen sonderbaren Akzent. Wie bei jemandem, der Laufenburg hieß, auch nicht anders zu erwarten war.

Allerdings war es sehr freundlich von ihr, ein vertrauliches *tu* zu verwenden. »Je comprends un peu.« Claires Französisch war weit besser als ihres, aber Claire hatte offenbar kein Interesse an einer Konversation.

Die Comtesse betrachtete das Baby an Claires Brust. Ein Schatten überflog ihr Gesicht. »Mein eigenes Kind«, sagte sie auf französisch, »mußte ich notgedrungen zurücklassen.«

»Das tut mir leid.« Einen Moment lang haßte Mary die Comtesse dafür, daß sie ein Kind hatte, das sie zurücklassen konnte – und dafür, daß sie es tatsächlich getan hatte.

Nein. Auch Bysshe, fiel ihr ein, hatte seine eigenen Kinder zurückgelassen. Das war nicht unbedingt unnatürlich. Manchmal hing es einfach von den Umständen ab.

Die Konversation erlahmte nach diesem nicht sehr vielversprechenden Anfang. Mary lehnte ihren Kopf gegen die Verschalung, versuchte zu schlafen und spürte mit einer gewissen Traurigkeit das kalte Wasser, das ihr Kleid heraufkroch. Das Boot bewegte sich zu heftig, um einen ausruhen zu lassen, aber sie versuchte mit bewußter Anstrengung einzuschlafen. Bilder trieben ihr durch den Kopf: der große zerfallende Hauptturm von Chillon, der über dem aufgewühlten Wasser aufragte wie der Schauplatz in einem Roman des ›Mönchs‹ Lewis; eine graue Katze, die eine erblühte Rose auffraß; eine mächtige, bedrohliche Gestalt, irgendwo zwischen George und ihrem Vater Godwin, die das Bettlaken zurückwarf, um im hellen Licht des Morgens das friedliche, blondhaarige Gesicht der Comtesse Laufenburg mit seinen vorgeschobenen Habsburger Lippen zu enthüllen.

Habsburg. Mary fuhr mit einem Schrei hoch und stieß mit dem Kopf gegen die Deckplanke.

Sie warf einen wilden Blick auf Claire und die Comtesse und sah sie beide dösen, Alba in Claires Schoß schlafen. Das Boot schwankte wie irr in einer auffrischenden Brise; der Wind zerrte mit sonderbarem, berohlichem Gekreisch an der Takelage. In der Kajüte stank es fürchterlich.

Mary kletterte nach draußen und klammerte sich an den Rand der Luke, als das Boot sie hinauszuschleudern versuchte. Bysshe hielt die Ruderpinne verbissen mit einer großen Hand und steuerte das Segel mit der anderen, während die Gischt seinen Mantel durchtränkte; George und Pásmány hielten sich an den Wanten fest, um nicht über das geneigte Deck zu rutschen.

Achtern lag Lausanne, nördlich des Sees, und die Cornettes im Süden, der Mont Billat, der über dem Tal der Dranse im Süden aufragte, rechts querab; sie befanden sich also mitten auf dem See, und der *Vaudaire*-Wind toste durch das Tal wie durch einen Trichter, stärker denn je, nun da ihm das Hindernis der Berge nicht mehr im Weg war.

Mary packte die Reling und zog sich über das geneigte Deck in Richtung George. »Ich kenne Ihr Geheimnis«, sagte sie. »Ich weiß, wer diese Frau ist.«

Über Georges Gesicht rann die Gischt; sein kastanienbraunes Haar klebte ihm am Hals. Er starrte sie an mit Augen, kälter als die Gletscher des Mont Blanc. »Tatsächlich«, sagte er.

»Marie-Louise aus dem Hause Habsburg.« Ein heißer Zorn durchpulste sie, brannte gegen den kalten Nebel in ihrem Gesicht an. »Die frühere Kaiserin von Frankreich.«

George wandte unruhig den Blick ab. »Tatsächlich«, wiederholte er.

Mary packte einen Wanten und zog sich neben ihn an die Reling. Bysshe schaute schockiert herüber, als Mary in den Wind brüllte. »Ihr Mann ist im Ausland! Im Ausland – allerdings! In St. Helena nämlich! Sie mußte ihr Kind zurücklassen, weil ihr Vater nie zugelassen hätte, daß Napoleons Sohn auch nur einen Moment aus seiner Kontrolle gerät. Sogar die Lippen einer Habsburgerin – mein Gott!«

»Sehr schlau, Miss Godwin. Aber ich glaube, Sie haben meine Gefühle erahnt, was kluge Frauen angeht.« George sah nach Genf hinüber. »Jetzt verstehen Sie wohl, warum ich fort will.«

»Ich sehe nur Eitelkeit!« tobte Mary. »Kolossale Eitelkeit! Sie können nicht einmal jetzt damit aufhören, gegen Napoleon zu kämpfen! Auch wenn das Schlachtfeld nur ein Bett ist!«

George starrte sie finster an. »Ist es denn meine Schuld, daß Napoleon seine Frauen nicht halten kann?«

»Es ist Ihre Schuld, daß Sie sie festhalten!«

George machte den Mund auf, um ihr eine Antwort entgegenzuspucken, doch da packte der *Vaudaire* wie mit einer gewaltigen Faust den Mast der *Ariel* und rammte das zerbrechliche Boot herum. Bysshe schrie auf, zog sich die Pinne an die Brust und ließ das Hauptsegel los, doch all das zu spät. Das Deck kippte unter Marys Sohlen weg, und sie klammerte sich an die Wanten, um ihr nacktes Leben zu retten. Pásmány fluchte auf ungarisch. Sie hörten ein Tosen, als das Segel auf dem Wasser aufschlug. Der See schäumte über die leeseitige Reling, und der Wind schnitt Mary den Atem ab. Aus der Kajüte drangen Schreie, als Wasser in die kleine Kabine floß.

»Falleinen wegfieren und Topsegel heben!« keuchte Bysshe. Er klammerte sich an die windseitige Reling; ein Brecher explodierte in seinem Gesicht, und er japste nach Luft. »Laßt sie los!«

Wenn das Segel sich mit Wasser füllte, war alles verloren. Mary ließ die Wanten los und tastete sich mit den Händen am Deck entlang. Eiskaltes Seewasser schwappte ihr um die Knöchel. Harriet Shelley kreischte Mary mit einer Stimme wie der Wind ihren Triumph in die Ohren. Mary taumelte auf den Mast zu, warf die Falleinen und löste die Klampen, die das Topsegel hielten. Das Segel sackte los, leer bis auf das Wasser, das sich über das Leintuch ergoß, und verwandelte sich in ein riesiges Gewicht, das das Boot herüberziehen sollte. Zu spät.

»Retten Sie die Damen, George!« rief Bysshe. Sein Gesicht war leichenblaß, aber seine Stimme ruhig. »Ich kann nicht schwimmen!«

Wasser durchtränkte Marys Kleid. Sie spürte, wie ein tödliches Gewicht sie herunterzog, als sie Georges Bein packte und sich aufs Deck zog. Sie schrie auf, als ihr ungeborenes Kind seinen Unmut kundtat, ein stechender Schmerz tief in ihrem Bauch.

George war außer sich. »Verdammt noch mal, Shelley, was soll ich denn machen?« Er hatte ein Bein über einen der Wanten bekommen, an dem anderen hielt sich Mary fest. Der Wind hatte seinen Hut fortgeschleudert, und sein Mantel umflatterte ihn wie ein Segel.

»Schneiden Sie den Mast los!«

George wandte sich Mary zu. »Mein Schwert! Holen Sie es aus der Kabine!«

Mary schaute hinunter in die entsetzten schwarzen Augen von Claire, die halb aus der Kabine geklettert war. Sie hielt eine wimmernde Alba in den Armen. »Nimm das Kind!« schrie sie.

»Gib mir ein Schwert!« sagte Mary. Eine Welle brach sich über dem Boot, tauchte sie alle in einen eisigen Regen. Mary dachte an Harriets Lächeln, an ihr Haar, das wie Tang im Wasser trieb.

»Rette mein Kind!«

»Das *Schwert!* Byrons *Schwert! Gib's mir!*« Mary krallte sich mit einer Hand an Georges Bein und stieß mit der anderen den weinenden Säugling weg.

»*Ich hasse dich!*« schrie Claire, drehte sich aber um und kramte nach Georges Schwert. Sie hielt es aus der Luke, und Mary nahm den kalten Stahlgriff in die Hand und zog das Schwert mit einem schabenden Geräusch aus der Scheide. Sie hielt es blind über ihren Kopf und spürte, wie sich Georges feste Hand um ihre schloß und ihr den Säbel abnahm. Der Schmerz in ihrem Bauch war wie ein Messerstich. Durch das Boot und ihre Wirbelsäule spürte sie die dumpfe Schläge, als George auf die Wanten eindrosch, und dann hörte sie ein Reißen, als der Mast umknickte und die *Ariel*, von ihrem Haupthemmnis befreit, sich plötzlich aufstellte.

Der halbe See schien ins Boot zu schwappen, als es sich aus der Schräglage aufrichtete. George kippte rücklings über die Reling, als die *Ariel* in die Horizontale zurückfand, aber Mary klammerte sich an sein Bein und verhinderte so, daß er nicht in den See stürzte, während er sich an der Reling hochzog.

Eine weitere Welle brach sich über ihnen. Mary faßte sich an den Bauch und stöhnte. Der Schmerz ließ nach. Das Boot drehte Pirouetten auf dem See, als der Wind es erfaßte, und dann kam die *Ariel* ruckartig zur Ruhe. Der umgestürzte Mast wirkte wie ein Anker, der den

Wellengang abfing und das Boot stabilisierte. Albas Geschrei hing über den Überresten der *Ariel* in der Luft.

Holz schwimmt, erinnerte sich Mary dunkel. Und die *Ariel* bestand aus Holz, ganz gleich, wieviel Wasser in ihrem Innern schwappte.

Shelley rappelte sich auf, wadentief im Seewasser. »Bei Gott, George«, keuchte er. »Sie haben uns gerettet.«

»Bei Gott«, antwortete George, »das habe ich wohl.« Mary blickte vom Deck auf, um George mit einem teuflischen Glitzern in den Augen zu sehen, das Gesicht hochrot und den Säbel in der Hand. So, vermutete sie, mußte er Napoleon bei Genappe erschienen sein. George bückte sich und lugte in die Kajüte.

»Sind die Damen wohlauf?«

»Je suis bien, merci«, antwortete die österreichische Prinzessin.

»Zum Teufel mit Ihnen, George!« schrie Claire. George grinste nur.

»Wie ich sehe, haben es alle überstanden«, sagte er.

Doch dann spürte Mary das warme Blut, das die Innenseiten ihrer Beine hinabbrann, und wußte, daß George sich irrte.

Mary lag auf einem Bett in dem Bauernhaus und nippte an einem warmen Brandy. Zwischen ihre Beine hatte man Tücher gestopft. Die Blutung hatte noch nicht aufgehört, aber wenigstens empfand sie keine Schmerzen mehr. Mary konnte spüren, wie das Kind in ihr sich bewegte, als winde es sich vor Entsetzen. Durch das Klicken von Stricknadeln hörte sie Männerstimmen aus der Küche und roch Georges Zigarre.

Der große Hof, der unterhalb seines Weidelandes lag, das sich den Noirmont hinauf erstreckte, gehörte einem alten Mann mit weißem Schnurrbart namens Fleury, ein Mann, der unfähig schien, Verblüffung oder Verwirrung zu zeigen, selbst wenn einige bewaffnete Männer, die einen Sack voller Gold und eine blutende Frau zwischen sich trugen, auf seiner Schwelle erschienen. Er vertraute Mary seiner Frau an, zog sich die Hosen hoch, setzte seinen Hut auf und ging nach St. Prex, um einen Arzt zu holen.

Madame Fleury, eine große Frau, ebenso besonnen wie ihr Mann, versorgte Mary und gab ihr Branntweinpunsch zu trinken, während sie an ihrer Seite saß und strickte.

Als Fleury zurückkehrte, brachte er keine guten Nachrichten mit. Die örtliche Arzt war auf der Straße, um die Knochen eines Arbeiters zu richten, der in eine Lawine geraten war – vielleicht würde er sogar eine Amputation vornehmen müssen –, aber er wollte kommen, so schnell er konnte. Die westliche Straße nach Genf war immer noch verschüttet, die östliche nach Lausannne inzwischen freigeräumt worden. George schienen die Neuigkeiten nachdenklich zu machen. Seine Stimme hallte von der Küche herein. »Vielleicht wird die Jagd einfach abgebrochen«, sagte er auf englisch.

»Welch eine Art von Nachstellung erwarten Sie denn?« fragte Bysshe. »Sie rechnen doch wohl nicht damit, daß der Kaiser von Österreich seine Truppen in die Schweiz schickt?«

»Es sind schon seltsamere Dinge geschehen«, bemerkte George. »Und es könnte sein, daß nicht die Handlanger des Kaisers selbst hinter uns her sind – es könnte Neipperg sein, der auf eigene Faust handelt.«

Mary wußte, daß sie den Namen schon einmal gehört hatte, und versuchte sich zu erinnern, wer es war. Aber Bysshe fragte: »Der General? Was sollte ihn das kümmern?«

In Georges Stimme schwang zynische Belustigung mit. »Weil er der ehemalige Liebhaber Ihrer Hoheit ist! Ich könnte mir vorstellen, daß er nicht gern zusieht, wie ihm seine Liebste weggenommen wird.«

»Unterstellen Sie ihm so niederträchtige Motive?«

George lachte. »Um zu verhindern, daß Marie-Louise sich Napoleon anschließt, hat Fürst Metternich diesem von Neipperg sogar *den Befehl erteilt,* Ihre Hoheit zu verführen – und dieser einäugige Halunke war nur zu gern bereit, diesem Befehl Folge zu leisten. Seine Belohnung war die Mitherrschaft über Parma, wo Ihre Hoheit Herzogin werden sollte.«

»Sind Sie sicher?«

»Metternich hat mir das am Mittagstisch bei einer Pfeife Tabak erzählt. Und Neipperg hat vor mir damit *geprahlt,* Sir!« Ein Seufzen, fast ein Knurren, entwich Georges Kehle. »Seine Worte gingen mir ans Herz, Mr. Shelley. Denn ich hatte Ihre Hoheit bereits kennengelernt und ...« Für einen Moment fehlten ihm die Worte. »Ich war entschlossen, sie aus Neippergs Fängen zu befreien, obwohl mir die Ungarischen Grenadiere des Reichs im Weg standen!«

»Das war sehr bewundernswert, Lord«, sagte Bysshe ruhig.

Claires Stimme fing an zu plappern. »Wer ist denn dieser Neipperg?«

»Adam von Neipperg, ein Kavallerieoffizier, der Murat geschlagen hat«, sagte Bysshe. »Mehr weiß ich von ihm nicht.«

Georges Stimme klang nachdenklich. »Er ist der beste, den die Österreicher haben. Ein *beau sabreur,* wie er im Buche steht, und ein ebensoguter Diplomat. Er hat Kronprinz Bernadotte überredet, vor der Schlacht von Leipzig die Seiten zu wechseln. Und ja, er hat Murat auf dem Feld von Tolentino besiegt, wenige Wochen vor Waterloo. Das Kommando über die Armee Österreichs war eine weitere Belohnung Fürst Metternichs für seine ... Dienste.«

Murat, soviel wußte Mary, war Napoleons großer Kavalleriegeneral gewesen. Neipperg, der beste österreichische Kavallerist, hatte Murat geschlagen, und jetzt hatte Großbritanniens größter Kavallerist Napoleon *und*

Neipperg besiegt, den einen auf dem Schlachtfeld, und beide im Bett.

Was für eine streitsüchtige kleine Gesellschaft von Edelleuten, dachte Mary. Madame Fleurys Stricknadeln klickten in einem komplizierten Rhythmus.

»Sie glauben, er ist hinter ihnen her?« fragte Bysshe.

»*Ich* wäre es«, erwiderte George schlicht. »Und weder ihn noch mich würde es kümmern, was die Schweizer dazu sagen. Und er wird genug Offiziere finden, die bereit sind, für die… äh… Ehre der Kaiserfamilie zu kämpfen. Und sicher hat er unter den Schweizern Kundschafter und Agenten, die nach mir suchen – wahrscheinlich hat einer von ihnen den Commissaire von Montreux besucht.«

»Ich verstehe.« Mary konnte hören, wie sich Bysshe von seinem Platz erhob. »Ich muß nach Mary sehen.«

Er trat ins Schlafzimmer, setzte sich auf die Bettkante und nahm Marys Hand. Madame Fleury blickte kaum von ihrem Strickzeug auf.

»Geht's dir besser, Pecksie?«

»Es hat sich nichts geändert.« *Ich sterbe immer noch*, dachte sie.

Bysshe seufzte. »Es tut mir leid«, sagte er, »daß ich dich einer solchen Gefahr ausgesetzt habe. Und jetzt weiß ich nicht mehr, was ich tun soll.«

»Und das alles für so wenig.«

Bysshe wurde nachdenklich. »Glaubst du, Freiheit sei so wenig? Und Byron – die Stimme der Monarchie und Reaktion – kämpft für die Freiheit! Denk mal darüber nach!«

Mein Leben blutet aus, dachte Mary ungläubig, *und sein Kind mit ihm.* Ihre Stimme hatte einen giftigen Unterton, als sie antwortete.

»Es geht hier nicht um die Freiheit einer Frau, sondern um die Freiheit eines Mannes, zu tun, was ihm beliebt.«

Bysshe schaute sie mißbilligend an.

»Er kann nicht lieben«, beharrte Mary. »Er empfindet keine Liebe, weder für seine Frau noch für Claire.« Bysshe legte einen Finger an die Lippen und versuchte sie zum Schweigen anzuhalten – vermutlich war ihre Stimme in der Küche deutlich zu verstehen. Aber es machte ihr Spaß, nichts darum zu geben.

»Es ist keine Liebe, die er für diese arme Frau im Keller empfindet«, sagte sie. »Seine Leidenschaften drehen sich ausschließlich um sich selbst – und jetzt, wo er sie nicht mehr auf dem Schlachtfeld ausleben kann, sucht er nach anderen Möglichkeiten.«

»Bist du sicher?«

»Er ist ein irrer Wirbelwind der Zerstörung! Schau doch, was er Claire angetan hat. Und jetzt hat er die *Ariel* zerstört; er könnte uns alle in eine Schlacht verwickeln – und das auch noch mit der österreichischen Kavallerie! Er wird uns vernichten, wenn wir es zulassen.«

»Vielleicht wird es nicht dazu kommen.«

George erschien in der Tür. Er war in eine Decke gehüllt und trug einen Karabiner, und wenn ihm peinlich war, was er eben gehört hatte, wußte er es gut zu überspielen. »Mit Ihrer Erlaubnis, Mr. Shelley, werde ich versuchen, unser Boot zu versenken. Es liegt auf einem Felsen unmittelbar unterhalb unseres Standorts, wie eine Pistole, die direkt auf unseren Kopf zielt.«

Bysshe sah Mary an. »Tun Sie, was Sie für richtig halten.«

»Dann will ich Sie nicht mehr stören.« Mit diesen Worten schloß er die Tür.

Mary hörte den Marschtritt seiner Stiefel und dann, wie die Haustür geöffnet und geschlossen wurde. Sie legte eine Hand auf Bysshes Arm. *Ich verblute*, dachte sie. »Versprich mir, daß du dich in nichts hineinziehen läßt«, sagte sie. »George wird versuchen, dich zu überreden, die Prinzessin zu verteidigen – er weiß, daß du ein guter Schütze bist.«

»Aber was ist mit Marie-Louise? Mit Waffengewalt nach Österreich zurückgebracht zu werden – ist das eine Aussicht? Ein Verbrechen, unmenschlich und erniedrigend.«

Ich verblute, dachte Mary. Aber sie rang sich zu einer vernünftigen Antwort durch. »Ihr Zustand betrübt mich. Aber sie wurde als Schachfigur geboren und hat ihr ganzes Leben als Schachfigur verbracht. Wie immer diese Sache ausgeht, sie wird entweder Georges oder Metternichs Schachfigur sein, und daran können wir nichts ändern. Es ist das Übel der Monarchie und Tyrannei, dem sie das verdankt. Wir können dankbar sein, daß wir nicht als Angehörige ihrer Klasse zur Welt gekommen sind.«

Bysshe standen Tränen in den Augen. »Also gut. Wenn du es für das beste hältst, werde ich in dieser Angelegenheit keinen Finger rühren.«

Mary legte ihre Arme um ihn und drückte sich fest an seine Wärme. Sie verschränkte ihre zitternden Hände hinter seinem Rücken.

Bald, dachte sie, *werde ich selbst dafür zu schwach sein. Und dann werde ich sterben.*

Sie spürte einen warmen See zwischen ihren Beinen, der langsam größer wurde. Sie fühlte sich sehr benommen, als sie Bysshe im Arm hielt, vermutlich eine Auswirkung des Brandys, und sie schloß die Augen und versuchte sich zu entspannen. Bysshe streichelte ihre Wangen und ihr Haar. Mary träumte einen Moment lang.

Sie träumte davon, verfolgt zu werden, von einer hochaufgeschossenen, verschleierten Gestalt, die über den See hinter ihr her stakste – aber der See war gefroren, und als Mary über das Eis floh, sah sie andere Menschen dort stehen, Menschen, auf die sie zulief, um sie um Hilfe zu bitten, um aber dann doch nur festzustellen, daß sie alle tot waren, an ihren Standorten festgefroren und mit Reif überkrustet. Entsetzt rannte sie zwischen ihnen umher und erkannte zu ihrem noch größeren Entsetzen, daß sie sie alle kannte: ihre Mutter und Namensvetterin; und Mr. Godwin; und George, der sie mit Augen aus schwarzem Eis überheblich anblickte; und zuletzt die Gestalt von Harriet Shelley, eine Frau, der sie im Leben nie begegnet war, die sie aber sofort erkannte. Harriet war auf einem Stück Eis festgefroren und hielt in ihren Armen die frostumhüllte Gestalt eines Kindes. Und trotz des Rauhreifs, der das winzige Gesicht bedeckte, wußte Mary gleich, erkannte sie mit lähmendem Entsetzen, wessen Kind es war, das Harriet so triumphierend im Arm hielt.

Sie erwachte, und vor Grauen pochte ihr das Herz. Von draußen hörte sie einen Schuß. Bysshe erstarrte. Noch ein Schuß. Und dann die Geräusche trampelnder Füße.

»Sie sind hier, verflucht!« rief George. »Und mein Schuß ist danebengegangen!«

Gewehrfeuer und donnernder Lärm verwirrten Marys Sinne. Möbel wurden verschoben, Türen verbarrikadiert, Waffen bereitgelegt. Die Fensterläden waren bereits gegen den *Vaudaire* geschlossen werden, daher mußte sich niemand dem Risiko aussetzen, die Fenster zu sichern. Claire und Alba kamen in Marys Zimmer, und beide schrien; und Mary, die es nicht mehr kümmerte, schickte sie weg. George steckte sie in den Keller zu der österreichischen Prinzessin – Mary amüsierte es, daß sie vom Schicksal dazu verurteilt schienen, dasselbe Quartier zu teilen. Bysshe blieb die ganze Zeit auf dem Bett sitzen und hielt Mary in den Armen. Er wirkte ruhig, aber sein Herz pochte gegen ihr Ohr. Monsieur Fleury erschien und erklärte beiläufig, während er eine alte Charleville-Muskete lud, daß er in einem der Schweizer Söldnerregimenter von Louis XVI. gedient hatte. Seine Frau legte ihr Strickzeug weg, füllte Schrot in ihre Schürzentasche und folgte ihm, um ihm beim

Laden zu helfen. Hinterher fragte sich Mary, ob diese Episode, der Anblick des alten Mannes mit seinem Gewehr und dem Pulverhorn, nicht ein Traum gewesen sei – aber nein, Madame Fleury war fort und ihre Taschen voller Blei.

Schließlich erstarb der Lärm. George kam herein, seine Mantons unter den Gürtel geklemmt, und schien zufrieden mit sich. »Ich glaube, wir haben uns gut geschlagen«, erklärte er. »Dieses Haus gibt eine gute Festung ab. In Waterloo haben wir Hougoumont und La Haye Sainte gegen schlimmere Angriffe gehalten – und Neipperg hat keine Artillerie. Unsere Chancen stehen nicht schlecht – ich habe nur acht Männer gezählt.« Er sah Bysshe an. »Es sei denn, Mr. Shelley, Sie wollen uns nicht dabei beistehen, die Freiheit Ihrer Hoheit zu verteidigen.«

Bysshe setzte sich auf. »Ich möchte kein Blut an meinen Händen haben.« Mary staunte über die Festigkeit seiner Stimme.

»Ich will nicht gegen Ihr Gewissen reden, aber wenn Sie nicht kämpfen wollen, können Sie dann vielleicht für mich laden?«

»Was ist mit Mary?« fragte Bysshe.

Allerdings, dachte Mary. *Was ist mit mir?*

»Ist es möglich, daß sie, Claire und Alba dieses Haus verlassen können?«

George schüttelte den Kopf. »Sie werden es nicht riskieren, sie gehen zu lassen – sie würden sofort die Schweizer Autoritäten unterrichten. Ich könnte einen Waffenstillstand aushandeln, damit sie ihre Gefangenen werden, aber dann müßten sie in der Scheune oder im Freien nächtigen, wo sie es nicht so bequem haben wie hier.« Er sah auf Mary hinunter. »Ich denke jedenfalls nicht, daß wir unsere Dame verlegen sollten. Hier im Haus ist es völlig sicher.«

»Aber was ist, wenn eine Schlacht stattfindet? Mein Gott – es ist schon geschossen worden!«

»Sie werden bemerkt haben, daß niemand verletzt worden ist –allerdings wage ich zu behaupten, daß ich mit einer Baker oder einem Jagdgewehr statt meinem lächerlichen kleinen Karabiner mindestens einen von ihnen erwischt hätte. Nein – es wird so ausgehen, daß sie jetzt entweder einen Überfall wagen, was einige Vorbereitungen erfordert, weil sie alle ringsum verstreut sind und das Haus beobachten, und was sie am Ende teuer zu stehen kommen wird ... oder sie werden warten. Sie wissen nicht, wie viele Personen wir hier sind, und daher werden sie vorsichtig sein. Wir sind hier drin, haben reichlich Nahrung, Brennstoff und Munition, und sie sitzen draußen und müssen ein für diese Jahreszeit ungewöhnlich kaltes Wetter ertragen. Und je länger sie warten, um so wahrscheinlicher wird es, daß unsere hiesigen Schweizer Milizsoldaten sie entdecken, und dann ...« Er lachte dumpf auf. »Österreichische Soldaten haben sich in der Schweiz nie besonders gut geschlagen, seit den Tagen eines Wilhelm Tell nicht mehr. Man wird unsere österreichischen Freunde verhaften und einsperren.«

»Aber was ist mit dem Arzt? Werden sie den Arzt durchlassen?«

»Das kann ich nicht sagen.«

Bysshe starrte ihn an. »Mein Gott! Können Sie nicht mit ihnen reden?«

»Ich werde es versuchen, wenn Sie wollen. Aber ich weiß nicht, was ein Arzt tun kann, das wir nicht selber tun können.«

Bysshe wirkte verzweifelt. »Wir müssen irgendwie die Blutung stoppen!«

Ja, dachte Mary. *Tod. Harriet hat gewonnen.*

George sah mit nachdenklichen Augen auf Mary. »Eine schottische Hebamme würde sie in eine Wanne mit Eiswasser setzen.«

Bysshe wurde steif wie ein Hund, der auf den Hinterläufen stand. »Haben wir Eis? Gibt es hier einen Eiskeller?« Er lief aus dem Zimmer. Mary konnte ihn auf französisch hastige Sätze stammeln hören, dann Fleurys spontane Antwort. Als Bysshe zurückkam, wirkte er niedergeschlagen. »Es gibt ein Eishaus, aber es ist draußen hinter der Scheune.«

»Und in den Händen des Feindes«, seufzte George. »Nun, ich werde sie fragen, ob sie Madame Fleury erlauben, Eis ins Haus zu holen, und ob sie den Doktor durchlassen werden, wenn er kommt.«

George verließ das Zimmer und führte mit jemandem von draußen ein lautstarkes Gespräch auf französisch. Georges voluminöse Stimme ließ Mary zusammenzucken. Die Stimme von draußen sprach Französisch mit einem rauhen Akzent.

Nein, verstand sie. Sie würden weder Eis noch den Arzt ins Haus lassen.

»Sie vermuten eine List, nehme ich an«, berichtete George. Er stand erschöpft in der Tür. »Oder sie glauben, einer unserer Männer sei verwundet.«

»Sie wollen, daß Sie jemanden sterben sehen«, erwiderte Mary. »Und hoffen, daß Sie dann aufgeben.«

George sah sie an. »Ja, Sie haben ihre Absicht durchschaut«, sagte er. »Genauso haben sie sich das gedacht.«
Bysshe schien entsetzt.

Georges Blick gewann etwas Verbissenes. »Und was will Mrs. Mary?«

Mary schloß die Augen. »Mrs. Mary will leben und wünscht euch alle zum Teufel.«

George lachte, ein tiefes, misanthrophisches Lachen. »Sehr gut. Sie werden leben – und ich glaube, ich weiß, wie wir das anstellen.«

Er ging in das andere Zimmer zurück, und Mary hörte seine Stimme wieder lauter werden. Er fragte auf französisch, was die Störenfriede verlangten, und verglich ihr Vorgehen nebenbei mit Napoleons Entführung der Duc d'Enghien, die zu Recht von allen Nationen mit Abscheu aufgenommen worden sei.

»Volltreffer«, sagte Mary. »Guter alter George.« Sie schlang ihre kleinen, bleichen Hände um Bysshes große.

Dieselbe Stimme antwortete und verlangte, daß Ihre Hoheit, die Herzogin von Parma, ausgeliefert werde. George erwiderte, daß Ihre Hoheit aus freiem Willen hier sei und den Befehl erteile, die Eindringlinge sollten sich hinter ihre eigenen Grenzen zurückziehen und sie nicht mehr belästigen. Der Abgesandte sagte, er und seine Männer dienten der Ehre Österreichs und des Hauses von Habsburg. George erklärte, daß er Zweifel daran hege, ob ihr skandalöses Vorgehen in irgendeiner Hinsicht ehrenvoll zu nennen sei, und daß er bereit sei, es zu beweisen, *corps-à-corps*, wenn *Feldmarschall-Leutnant* von Neipperg ihm den Gefallen tun würde.

»Mein Gott!« sagte Bysshe. »Er fordert den Schuft heraus!«

Mary konnte nur lachen. Ein Duell, das um eine österreichische Prinzessin und Marys blutenden Leib ausgefochten wurde.

Der andere bat um Bedenkzeit. George gewährte sie ihm.

»Ist das nicht eine elegante Lösung für unser Dilemma?« fragte er, als er zurückkam. »Wenn ich Neipperg schlage, wird der Rest dieser deutschen Schnösel ohne Führung sein – und bald wieder auf dem Heimweg nach Österreich. Ihre königliche Hoheit und ich können dann ungestört unseren Weg in ein freundliches Land fortsetzen. Keine Beamten, keine unangenehmen Fragen und der Beginn eines neuen Lebens.« Er lächelte. »Und alles Eis auf der Welt für Mrs. Mary.«

»Und wenn Sie verlieren?« fragte Bysshe.

»Das ist nicht einmal im Bereich des Denkbaren. Ich bin ein Meister des Säbels. Ich übe mit Pásmány beinahe täglich, und welche sonstigen Tugenden Neipperg auch vorzuweisen hat, so bezweifle ich doch, daß er sich in der Kunst des Schwertkampfs mit mir messen kann. Die einzige Frage«, er wandte sich nachdenklich ab, »ist die, ob wir seinem Angebot trauen können. Wenn er etwas Hinterlistiges plant...«

»Oder wenn er auf ein Pistolenduell besteht!« Mary kam nicht umhin, diese Möglichkeit anzusprechen. »Sie haben sich nicht gerade mit Ruhm bekleckert, als ich Sie das letzte Mal schießen sah.«

George schien allenfalls amüsiert. »Neipperg hat nur ein Auge – ich denke, er ist auch kein besonders guter Schütze. Mein Sekundant wird auf ein Säbelduell bestehen müssen«, dabei lächelte er, »*pour l'honneur de la cavalerie.*«

Irgendwie fand Mary das zufriedenstellend. »Gehen Sie kämpfen, George. Ich weiß, daß Sie Ihre Legende mehr lieben, als Sie jemals dieses österreichische Mädchen geliebt haben – und dieses Duell wird ihr die Krone aufsetzen.«

George kicherte nur, während Bysshe ein schockiertes Gesicht machte. »Also wirklich, Mrs. Mary«, sagte George. »Nie ohne eine spitze Bemerkung.«

»In meiner augenblicklichen Lage sehe ich keine Veranlassung, höflich zu sein.«

»Sie hätten einen guten Soldaten abgegeben, Mrs. Shelley.«

Mary überkam Sehnsucht. »Ich wäre eine noch bessere Mutter geworden«, sagte sie und spürte Tränen in ihren Augen brennen.

»Gott, Maie!« schluchzte Bysshe. »Was ich dafür geben würde!« Er beugte sich über sie und fing an zu weinen.

Das wurde auch Zeit, dachte Mary und stellte fest, daß der nahe Tod sie sarkastisch machte.

George betrachtete sie eine Zeitlang, dann zog er sich zurück. Mary konnte aus der Küche seine Stiefel hin und her stapfen hören, und dann rief von draußen eine andere, jüngere Stimme.

Der *Feldmarschall-Leutnant* hatte sich zu einem Duell

bereit erklärt. Er, zu dem die neue Stimme gehörte, war bereit, sich als von Neippergs Sekundant vorzustellen.

»Sicher ein Soldat«, bemerkte George. »Zivile Kleidung, aber dafür ist er mit diesem grünen Zweiglein geschmückt, das österreichische Soldaten am Hut tragen.« Er hob die Stimme. »Das ist weit genug, Bursche!« Er stieg auf Französisch um und sagte, daß sein Sekundant gleich draußen erscheinen würde. Dann näherten sich seine Schritte wieder Marys Zimmer, und er legte eine Hand auf Bysshes Schulter.

»Mr. Shelley«, sagte er. »Ich bedauere diese Störung, aber ich muß Sie fragen – möchten Sie mir den Gefallen erweisen, mir in dieser Angelegenheit als mein Sekundant zur Seite zu stehen?«

»Bysshe!« rief Mary. »Natürlich nicht!«

Bysshe blinzelte mit tränenfeuchten Augen, brachte es aber fertig, einigermaßen deutlich zu sprechen. »Ich bin grundsätzlich gegen derartige Auseinandersetzungen. Sie sind verwerflich, verschwenderisch und entbehren jeglicher moralischen Grundlage. Sie sind Ausdruck von Grausamkeit, dunklen Zeitaltern und der Heuchelei einer herrschenden Klasse.«

Georges Stimme klang sanft. »Es sind sonst keine Gentlemen hier«, sagte er. »Pásmány ist ein Diener, und ich kann nicht unseren ehrenwerten Monsieur Fleury hinausschicken, um mit diesem kleinen Edelmann zu verhandeln. Außerdem ...«, er sah Mary an, »braucht Ihre Dame Eis und ihren Arzt.«

Damit hatte er Bysshe getroffen. »Ich weiß nicht das geringste darüber, wie ein solches Zusammentreffen abläuft«, erwiderte er. »Ich würde Ihnen keine große Hilfe sein. Wenn Sie als Folge meiner Pfuscherei scheitern sollte, könnte ich mir das nie verzeihen.«

»Ich werde Ihnen erklären, was Sie sagen sollen, und wenn er nicht zustimmt, brechen Sie die Verhandlungen ab.«

»Bysshe«, gemahnte Mary, »du hast gesagt, du wirst dich da nicht einmischen.«

Bysshe wischte sich die Tränen aus den Augen und sah nachdenklich drein.

»Begreifst du nicht, daß das nur Theater ist?« hakte Mary nach. »George bastelt an seiner eigenen Legende – er gibt keinen Deut um irgend jemanden hier.«

George schienen ihre Einwände zu amüsieren. »Ich glaube, Sie sind noch lange nicht tot, Madam, wenn Sie noch so leidenschaftlich werden können«, sagte er. »Kommen Sie, Mr. Shelley! Was Mary auch denkt, ein Kampf mit Neipperg ist die einzige Möglichkeit, wie wir entkommen können, ohne die Damen zu gefährden.«

»Nein«, sagte Mary.

Bysshe schien durch und durch unglücklich. »Also gut«, sagte er. »Mary zuliebe werde ich tun, worum Sie mich bitten, vorausgesetzt, daß ich nicht selber jemanden verletzen muß. Aber ich sollte dazu sagen, daß es mir widerstrebt, überhaupt in diese... *außerordentliche* Lage zu geraten.«

Mary starrte Bysshe nur noch düster an.

Durchs Fenster wurden weitere Verhandlungen geführt, und nachdem Bysshe knapp instruiert worden war, straffte er sich, klopfte seine Jacke und seine Knie ab, setzte seinen Hut auf und verabschiedete sich von Mary. Er war sehr blaß unter seinen Sommersprossen.

»Vergessen Sie nicht zu betonen«, sagte George, »daß Neipperg, sollte er irgend etwas Hinterlistiges versuchen, sofort von einem meiner Männer aus dem Haus erschossen wird.«

»Verstanden.«

Er ließ Mary in ihrem Bett zurück. George half ihm, die Möbelbarrikade an der Haustür wegzuschieben.

Mary wurde klar, daß sie nicht im Bett liegen bleiben konnte, während Bysshe draußen seinen Hals riskierte. Sie warf die Decke zurück und trat ans Fenster, öffnete die Läden und stieß es ein Stück weit auf.

Etwas Feuchtes floß an ihren Beinen hinunter.

Bysshe führte ein Gespräch mit einem steifen jungen Mann in einem Überzieher. Wenig später kam Bysshe zurück und erstattete George Bericht. Mary, die sich wie ein ungezogenes Kind fühlte, stieg in ihr Bett zurück.

»Baron von Strickow – das ist Neippergs Sekundant – war von Ihrem Gedanken angetan, einen Schwertkampf *pour la cavalerie* auszutragen, besteht aber darauf, daß der Kampf auf Pferden stattfinden müsse.« Er runzelte die Stirn. »Natürlich wissen sie, daß Sie kein Pferd bei sich haben.«

»Wahrscheinlich werden Sie mir irgendeinen Klepper anbieten.« George überlegte einen Moment lang. »Also gut. Ich finde den Gedanken, auf Pferden zu kämpfen, einfach zu reizvoll, um das Angebot auszuschlagen – sagen Sie ihnen, wenn sie auf einen solchen Kampf bestehen, müssen sie sechs gesattelte Pferde herbringen, und ich werde mir als erster eines aussuchen, bevor Neipperg an der Reihe ist.«

»Gut.«

Bysshe kehrte zu den Verhandlungen zurück und berichtete hinterher, daß alles geregelt sei. »Mit gewissem Widerwillen, was Ihre letzte Bedingung angeht. Aber er mußte zugestehen, daß es fair sei.« Bysshe kam in Marys Zimmer zurück und sprach über die Schulter mit George. »Es ist vielleicht sogar besser, daß Sie es auf Pferden austragen. Der Hof ist feucht und rutschig – ein schlechter Untergrund für einen Schwertkampf.«

»Auf dem Pferd werde ich auch keine schnellen Wenden versuchen.« George trat ins Zimmer und warf Mary einen Blick zu, dann sah er Bysshe an. »Ihr Eindruck von unseren Gegnern?«

»Der Baron war müde und schlammbesudelt. Er hatte einen anstrengenden Ritt hinter sich. Ich kann mir kaum vorstellen, daß die anderen besser ausgeruht sind.« Bysshe setzte sich neben Mary und nahm ihre Hand. »Er wollte zunächst meine Hand schütteln, als er erfuhr, daß mein Vater ein Baronet war. Doch dann wollte ich nicht mehr einschlagen.«

»Großer Gott!«

Bysshe setzte eine selbstzufriedene Miene auf. »Ich glaube, das hat ihn außer Fassung gebracht.«

George fand das komisch. »Gegen diese Krautfresser bin ich der reinste Demokrat.« Er ging, um Pásmány seinen Karabiner und seine Pistole auszuhändigen. »... nur damit Neipperg sein Wort hält.«

»Was ist mit der Prinzessin?« wollte Mary wissen. »Meinst du, er macht sich die Mühe, sie darüber zu unterrichten, was er ihr zuliebe unternimmt?«

Wenig später hörten sie, wie die Falltür in der Küche aufgezogen wurde, und Georges Stiefeltritte, als er in den Keller hinabstieg. Ein gedämpfter Wortwechsel auf französisch, eine weibliche Stimme, die protestierte, Georges ruhige Beharrlichkeit. Claires wildes Geschrei, Georges prompte Entgegnung und dann seine Rückkehr in die Küche.

Mit rasselnden Sporen erschien George in der Tür und hatte ein Schwert in der Hand. Marie-Louise stand mit bleichem Gesicht hinter ihm.

Mary blickte zu Bysshe auf. »Du brauchst jetzt nicht mehr mitzumachen, ja?«

George antwortete an seiner Stelle. »Ich wäre Mr. Shelley sehr verbunden, wenn er mir dabei helfen würde, das richtige Pferd auszusuchen. Dann können Sie sich in die Vorhalle zurückziehen – aber wenn wir betrogen worden sind, seien Sie darauf vorbereitet, die Tür wieder zu verbarrikadieren.«

Bysshe nickte. »Verstanden.« Er stand auf und sah zum Fenster hinaus. »Die Pferde kommen, und mit ihnen der Baron und ein Einäugiger.«

George warf einen beiläufigen Blick auf den Hof. »Das ist der Knabe. Er hat sein Auge in Neerwinden verloren – ein französischer Säbelhieb.« Seine Stimme drückte Entschlossenheit und Zuversicht aus, als er sagte: »Ich versuche, ihn von seiner blinden Seite anzugreifen – vielleicht ist er da schwächer.«

Bysshe zeigte mehr Interesse an den Tieren. »Es sind drei weiße Pferde. Welche Rasse ist das?«

»Lipizzaner aus dem kaiserlichen Gestüt«, erklärte George. »Die römischen Cäsaren haben sie schon geritten, behaupten die Österreicher jedenfalls. Kleine Pferde, verglichen mit unseren englischen Jagdpferden, aber stark und sehr robust. Gezüchtet und trainiert für den Krieg.« Ein Lächeln überflog sein Gesicht. »Ich glaube, eins von denen wird mir genügen.«

Er warf sich den Mantel über und wollte zur Tür marschieren, schien sich aber im letzten Moment noch einmal auf den Gegenstand der Auseinandersetzung zu besinnen und wandte sich Marie-Louise zu. Er schloß sie in die Arme, murmelte etwas und küßte sie auf die Wange. Dann schritt er mit einem Lächeln ins andere Zimmer hinüber. Ein zutiefst betrübter Bysshe folgte ihm. Und dann quälte sich Mary, die die fragenden Blicke der österreichischen Prinzessin ignorierte, aus dem Bett und ging zum Fenster.

Vom Fenster konnte Mary beobachten, wie George sich Zeit nahm, jedes einzelne Pferd genauestens zu begutachten, über ihre Vorzüge mit Bysshe zu beraten und ihre Hufe und Augen zu prüfen, als wolle er sie kaufen. Die Österreicher wirkten steif und mißmutig. Neipperg war ein großer, trotz seiner Augenklappe gutaussehender Mann mit muskulöser Brust und einem sorgfältig gepflegten, ringförmigen Haarschopf.

Vielleicht zog George die Sache hin, um seinen Gegner zu reizen.

George bestieg eins der weißen Pferde und ließ es kurz über den Hof traben, dann wiederholte er das Experiment mit dem zweiten Lipizzaner. Schließlich ging er zu dem ersten zurück und erklärte sich mit ihm zufrieden.

Neipperg, der nun noch steifer wirkte, nahm das

zweite Pferd, das George zurückgewiesen hatte. *Vielleicht war es sein eigenes*, dachte Mary.

Bysshe zog sich auf die Veranda des Bauernhauses zurück, Strickow zur Scheune und die beiden Reiter an gegenüberliegende Seiten des Hofes. Bysshe fragte beide, ob sie bereit seien, und bekam jeweils ein kurzes Nicken zur Antwort.

Marys Beine zitterten. Sie hoffte, sie würde nicht hinstürzen. Sie mußte es miterleben. »*Un*«, rief Strickow mit lauter Stimme. »*Deux. Trois!*« Mary hatte erwartet, daß die Kontrahenten sofort aufeinander losdreschen würden, aber sie waren zu vorsichtig, zu professionell – statt dessen zügelte jeder sein Pferd zu einem leichten Trab und hielt den Säbel so am Heft hoch, daß die Klinge in einer wachsamen Haltung vor dem Körper lag. Mary fiel auf, daß George sich seinem Gegner von den blinden rechten Seite näherte. Als sie aufeinandertrafen, zuckten plötzlich silberne Blitze – zu schnell, als daß ein Auge ihnen hätte folgen können – und Stahl klirrte.

Dann waren sie aneinander vorbei. Neipperg aber setzte, indem er seinem Pferd die Sporen gab, einen wilden Hieb auf Georges Rücken an. Mary schrie auf, doch dann klirrte wieder etwas – George hatte sich die Schwertspitze hinter den Rücken gehalten, um eben diesen Angriff abzuwehren.

»Daneben!« rief Bysshe von der Veranda und klatschte in die Hände. »Gut gemacht, George!«

George riß mit gespannter Miene das Pferd herum, als nehme er an seinem Gegner Maß. Dann rief jemand etwas von irgendwo aus dem Bauernhaus, und Claire kam mit entsetztem Blick aus ihrem Versteck im Keller. »Kämpfen Sie etwa?« jammerte sie und schob sich an Mary vorbei ans Fenster.

Mary versuchte sie zurückzuziehen, doch es gelang ihr nicht. Ihr schwindelte. »Du willst dir das doch nicht ansehen?« fragte sie.

Aus dem Keller fing Alba an zu weinen. Claire stieß die Fensterläden weit auf und streckte den Kopf hinaus.

»Bring ihn um, George!« rief sie. »Bring ihn um!«

George schien sie nicht gehört zu haben – er und Neipperg trabten aneinander vorbei, und George hatte sich an den Hals seines Pferdes geduckt, alle Aufmerksamkeit auf seinen Gegner gerichtet.

Mary sah über Claires Schulter zu, wie die beiden sich näherten, wie Klingen aufblitzten und klirrten – einmal, zweimal –, und als George nach Neippergs Kehle hieb, keuchte Mary auf, nicht bloß aufgrund der Gnadenlosigkeit, sondern auch der seltsamen physischen Vollendung dieses Akts, der Art, wie Pferd und Reiter, Arm und Schwert, der Schwung der Klinge und die Vorwärtsbewegung von Pferd und Reiter für einen Sekundenbruchteil zu einem ehrfurchtsgebietenden Moment der Perfektion verschmolzen ...

Neipperg ritt noch ein paar Sekunden weiter, während Blut wie aus einer Quelle über die Vorderseite seines weißen Hemdes sprudelte, dann kippte er aus dem Sattel und fiel wie ein Sack vor seinem Tier auf den Boden. Mary erschauderte, als ihr klar wurde, daß sie gerade Zeuge geworden war, wie jemand mit Vorbedacht und voller Absicht einen Menschen getötet hatte. Und George, noch immer diesen gespannten Ausdruck im Gesicht, als er Neipperg über die Schulter beobachtete, senkte die scharlachrote Spitze seines Schwertes und ruckte einmal beiläufig an den Zügeln, um sein Pferd herumzuziehen ...

Zu beiläufig. Das Pferd scheute und fuhr zu plötzlich herum. Seine Hinterbeine rutschten auf dem feuchten Gras aus, George ruderte mit den Armen, um das Gleichgewicht wiederzugewinnen, und das Pferd fiel mit einem fast menschlichen Schrei auf Georges rechtes Bein.

Claire und Mary schrien auf. Die Beine des Lipizza-

235

ners schnellten durch die Luft, als er über George rollte. Bysshe stieß sich von der Veranda ab und lief zu ihm. George fing an zu schreien, daß sich Mary die Nackenhaare sträubten.

Und während Adam von Neipperg auf dem Gras unter letzten Zuckungen sein Leben aushauchte, hetzte Marie-Louise von Österreich, Frankreich und Parma, als sie Georges Schmerzensschreie hörte, hysterisch zur Tür, lief auf den Hof hinaus und ihrem Landsmann in die Arme.

»Nein!« beharrte George. »Keine Ärzte!«

Kein Wort, fiel Mary auf, über die verlorene Marie-Louise. Sie sah von der Tür zu, wie seine Freunde ihn hereintrugen und auf den Küchentisch legten. Der gleichmütige Monsieur Fleury schnitt den Stiefel mit einer großen Schere auf und riß das Leder mit einem so heftigen Ruck auseinander, daß George aufkeuchte. Bysshe streifte ihm die blutgetränkte Socke ab und biß sich auf die Lippen, als er den durch die Haut gestoßenen Knochen sah.

»Dafür *müssen* wir einen Arzt konsultieren«, sagte Bysshe. »Der Fuß und der Knöchel sind zertrümmert.«

»Nein!« Schweißperlen benetzten Georges Stirn. »Ich habe Ärzte bei der Arbeit gesehen. Mein Gott...« Grauen färbte seinen Blick. »Sie werden mich zum *Krüppel* machen!«

Monsieur Fleury sagte nichts, betrachtete nur den zertrümmerten Knöchel mit den erfahrenen Augen eines Veteranen. Er krempelte seine Hose hoch, zog unter der Anrichte einen Eimer hervor und ging für Mary Eis holen.

Die Österreicher waren schon längst mit ihrer blonden Trophäe davongeritten. Ihr gefallener Paladin lag noch immer auf dem Hof – er hätte ihre Flucht nur aufgehalten.

George war blaß und seine Haut feucht. Claire

schluckte Tränen hinunter, als sie ihn ansah. »Tut es sehr weh?«

»Ja«, gestand George, »sehr. Vielleicht ist Madame Fleury so freundlich und bringt mir ein Glas Brandy.«

Madame Fleury brachte den Krug und einige Gläser. Pásmány stand in der Ecke und strahlte eine düstere ungarische Schwermut aus. George blickte zu Mary auf und schien überrascht, daß sie nicht im Bett lag.

»Ich scheine Ihrer kleinen Familie Unglück zu bringen«, sagte er. »Ich hoffe, Sie werden mir verzeihen.«

»Wenn ich kann«, erwiderte Mary.

George lächelte. »Die aufrichtige Mrs. Mary. Sie sind eine wundervolle Frau.« Ein Anfall von Schmerzen schüttelte ihn, und er keuchte auf. Madame Fleury gab ihm einen Brandy in die Hand, und er kippte ihn hinunter.

»Mary!« Bysshe stürzte auf sie zu. »Du solltest das nicht sehen. Geh wieder ins Bett.«

»Was für einen Unterschied macht das?« fragte Mary, die spürte, wie das Blut ihre Oberschenkel benetzte; aber sie ließ es zu, daß er sie ins Bett brachte.

Bald war die Wanne mit dem Eiswasser fertig. Sie war zu groß, um durch die Tür in Marys Zimmer geschoben zu werden, also mußte Mary sich schließlich doch zu George in die Küche gesellen. Sie setzte sich in die kalte Flüssigkeit, Bysshe stopfte ihr Kissen in den Rücken, und beide sahen zu, wie das Wasser sich rot färbte.

George war blaß und schluckte Brandy aus der Flasche. Er sah zu Bysshe hinüber.

»Vielleicht könnten Sie uns etwas ablenken«, sagte er. »Erzählen Sie mir doch eine Ihrer Gespenstergeschichten.«

Bysshe konnte nichts sagen. Tränen liefen ihm das Gesicht hinunter. Um ihn zu beruhigen und um etwas zu tun zu haben, bis sie starb, begann deshalb Mary, eine Geschichte zu erzählen. Sie drehte sich um einen gewissenlosen Mann, einen Schweizer Baron, der ein Genie war, dem aber alle seelischen Qualitäten fehlten. Auf Englisch bedeutete sein Name ›the Franked Stone‹ – der Stein, dessen edle Abkunft ihm Hindernisse aus dem Weg räumte, der aber doch ein Stein blieb und wie ein Stein nicht wissen konnte, was Liebe ist.

Und dieser Baron litt an einer zehrenden Krankheit, die seine Glieder faulen und absterben ließ. So wußte er, daß er bald ein Krüppel sein würde.

Da er ein Genie war, glaubte der Baron eine Lösung zu wissen. Aus Protoplasma, Elektrizität und Leichenteilen, die er vom Friedhof gestohlen hatte, schuf er einen neuen Menschen. Er nannte diesen Mann ein Monstrum und hielt ihn als Gefangenen. Und jedesmal, wenn eines der Glieder des Barons zu faulen begann, ließ er dem Monster von seinem Assistenten das entsprechende Glied abschneiden, um sein verfaultes damit zu ersetzen. Die Glieder des Monstrums ersetzte er durch Leichenteile vom Friedhof. Und das Monster durchlitt entsetzliche Schmerzen, einen greulichen chirurgischen Eingriff nach dem anderen, aber den Baron kümmerte es nicht, denn er war wieder eins und das Monster nur ein Monster, ein Ding, das er geschaffen hatte.

Doch dann floh das Monstrum. Es unterrichtete sich selbst, gewann an Einsicht und Vernunft und spionierte den Baron und seine Familie aus. Aus Rache mordete das Monstrum jeden, den der Baron kannte, und der Baron war außer sich vor Zorn, nicht weil er seine Familie liebte, sondern weil die Morde einen Angriff auf seinen Stolz darstellten. So schwor der Baron dem Monstrum Rache und machte sich an seine Verfolgung.

Die Jagd führte den Baron in alle Teile der Welt, fand aber kein Ende. Zuletzt verfolgte der Baron das Monster in die Arktis und verschwand für immer im Eis und Nebel, im Herzen der weißen Wüste am Pol.

Natürlich meinte Mary mit dem Monstrum die Seele, und der Baron stand für die Vernunft. Weil beide nicht friedlich zusammenfinden konnten, endete alles in eisiger Einöde.

Es kostete Mary einige Zeit, ihre Geschichte zu erzählen, und sie wußte nicht zu sagen, ob George ihre Bedeutung begriff oder nicht. Als sie zu Ende erzählt hatte, war der Tag beinahe vorüber und ihre eigene Blutung hatte aufgehört. George hatte sich fast besinnungslos getrunken, und aus St. Prex war ein schüchterner Notar eingetroffen, der beiden ihre Zeugenaussage abnahm.

Mary ging zurück ins Bett, in die warmen Laken und die Arme ihres geliebten Mannes. Sie und ihr Kind würden überleben.

Der Arzt begleitete sie, warf einen Blick auf Georges Fuß und erklärte, daß er amputiert werden müsse.

Die Operation wurde auf dem Küchentisch durchgeführt, und Georges Schreie hallten noch lange Zeit durch Marys Ohren.

Nach wenigen Tagen hatte sich Mary weitgehend erholt. Sie und Bysshe dankten den Fleurys und segelten an einem wunderschönen Frühlingstag in einem gemieteten Boot nach Genf. George und Claire – denn George hatte sich wieder Claire zugewandt – blieben zurück, um Georges juristische Probleme zu regeln. Mary rechnete nicht damit, daß ihre Freundschaft Georges unmittelbare Genesung überdauern sollte, und hoffte, daß Claire nicht mit einem zweiten Kind im Schoß nach England zurückkehren würde.

Nach einer weiteren Woche der Erholung in Genf machten sich Bysshe und Mary auf nach England und der finanziellen Rettung durch Mr. Godwin. Mary hatte sich ein Notizbuch gekauft und füllte seine Seite bereits mit der Geschichte des ›Franked Stone‹. Bysshe kannte zahlreiche Verleger und versicherte ihr, das Buch würde bei einem von ihnen unterkommen.

Frankenstein war ein sofortiger Erfolg. Zu Beginn waren über zwanzig Fassungen gleichzeitig auf der Bühne. Obwohl sie für die Bühnenadaptionen kein Geld bekam, erwies sich das Buch als gut verkäuflich und blieb ständig im Druck. Die Tantiemen erwiesen sich als nützlicher Beitrag zum Unterhalt von Mary, Bysshe und Claire – nachdem sie wieder mit einem Kind zu ihnen zurückgekehrt war – während ihrer Jahre der Wanderschaft, vor allem durch die Schweiz und Italien.

Die tausend Pfund jährlich, die George versprochen hatte, trafen nie ein.

Und das Monstrum, das arme, mißbrauchte, aus Leichen erschaffene Geschöpf, Marys Abrechnung mit dem Tod, spukte jetzt in aller Welt durch die Köpfe.

George ging nach Südamerika, um sein Schwert dem revolutionären Kampf zu weihen. Mary und Bysshe, die über seine Abenteuer in zerfetzten Zeitungen lasen, die ihnen aus England geschickt wurden, fanden es irgendwie befriedigend, daß er am Ende doch, wie widerwillig auch immer, für die Freiheit kämpfte.

Sie sahen ihn nie wieder, aber Mary dachte oft an ihn – diese große, legendenumwobene Gestalt, die schmerzhaft von Schlacht zu Schlacht hinkte, verkrüppelt, immer ruhelos, und in seiner Brust die arktische Einöde der Seele, der freimütige und stählerne Schöpfer mit dem Herz aus Stein.

Originaltitel: ›Wall, Stone, Craft‹ • Copyright © 1993 by Mercury Press, Inc. • Aus: ›The Magazine of Fantasy & Science Fiction‹, Oktober/November 1993 • Aus dem Amerikanischen übersetzt von Michael K. Iwoleit